Arena-Taschenbuch
51261

Weitere Bücher von Jennifer Alice Jager im Arena Verlag:
Rising. Terra #2
Collapse. Terra #3
Afterglow. Terra #4
Windborn. Erbin von Asche und Sturm

Jennifer Alice Jager schrieb ihr erstes Buch während der Ausbildung zur Mediengestalterin. Schnell erlangte sie Bekanntheit durch ihre erfolgreichen Märchenadaptionen und Fantasyromane bei Carlsen Impress. Nachdem sie eine Zeit lang in Japan lebte, wohnt sie heute wieder in ihrer Heimat, dem Saarland, widmet sich hauptberuflich dem Schreiben und verbringt ihre Freizeit am liebsten mit ihren Tieren in der freien Natur.

Mehr Infos auch auf Instagram unter @jennifer_alice_jager

Jennifer Alice Jager

AWAKENING

TERRA #1

Ein Verlag der westermann GRUPPE

1. Auflage als Arena-Taschenbuch 2021

Rottendorfer Straße 16, 97074 Würzburg

Dieses Werk wurde vermittelt durch die
Michael Meller Literary Agency GmbH, München

Umschlaggestaltung: Isabelle Hirtz, Inkcraft, unter Verwendung
mehrerer
Motive von Shutterstock (© Dmytro Zinkevych,
studio2013, bluefish_ds, Jer123)

Gesamtherstellung: Westermann Druck GmbH
Printed in Germany

ISSN 0518-4002
ISBN 978-3-401-51261-7

Besuche den Arena Verlag im Netz:
www.arena-verlag.de

見ざる 言わざる 聞かざる

Für all jene, die Ohren, Mund und Augen
nicht vor dem verschließen, was wir
mit eigener Hand anrichten.

Because
#thereisnoplanetb

KAPITEL 1

ADDY

TAG 1: SA, 08:35 UHR, ORSETT, ENGLAND

Wenn es etwas gab, in dem Addy unschlagbar war, dann darin, sich in unter zehn Minuten fertig zu machen. Dank ihrer Schuluniform musste sie morgens nicht einmal Zeit vor dem Kleiderschrank verschwenden. Wenn man dann noch keinen Wert auf faltenfreie Kleidung, eine aufwendige Frisur und schickes Make-up legte, war der Rest ein Kinderspiel.

Eben noch lag sie mit zerzaustem Haar im Bett, acht Minuten später stürzte sie mit lautem Gepolter die Treppe nach unten, schnappte sich ihren Schulrucksack und die Jacke und griff nach der Türklinke.

»Morgen!«, rief sie flüchtig in die Küche.

»Einen Moment mal, junge Dame!«, hielt ihre Mum sie auf.

Addy hatte die Haustür bereits aufgezogen, hielt die Klinke noch in der Hand und schlüpfte, auf einem Bein hüpfend, in ihren Lederslipper.

»Keine Zeit«, wiegelte sie ab und griff sich ihren zweiten Schuh.

»Sicher?« Ihre Mum stand an der Küchentheke, schmunzelte provokant und wedelte Addy den Duft ihres frisch aufgebrühten Kaffees entgegen.

Dabei hatte Addy wirklich keine Zeit für so etwas. Sie hatte vergessen, die Weckfunktion ihres Handys auch auf Samstag einzustellen, weswegen sie nicht rechtzeitig wach geworden war. Ihre Mum hatte sie nicht geweckt und in zehn Minuten musste Addy schon in der Schule sein. Aber es war Kaffee! Heißer, verführerisch duftender, alles besser machender Kaffee. Unmöglich, dem zu widerstehen.

Sie seufzte theatralisch, vergaß auch nicht, mit den Augen zu rollen, und ging in die Küche. »Du bist schuld, wenn ich jetzt Ärger bekomme.«

Ihre Mum stellte eine zweite Tasse auf die Theke und goss ein. »Das mag schon sein. Aber das ist mir immer noch lieber, als zu vergessen, wie meine eigene Tochter aussieht.« Sie blickte Addy über ihren Kaffee hinweg an und wirkte trotz freundlichem Lächeln müde und ausgelaugt. Sofort bekam Addy ein schlechtes Gewissen.

Um ihr die teure Schule zu finanzieren und sich die Miete für das kleine Haus in einer ruhigen Straße von Orsett leisten zu können, hatte ihre Mum zwei Jobs. Nachmittags bediente sie in einem Pub und nachts putzte sie im Stromkraftwerk der Elekreen Group die Büroräume. Und das alles nur, weil London für Addy zu einem Gefängnis geworden war – weil der Lärm, der Dreck und die beengte Wohnung ihr die Luft zum Atmen genommen hatten. Nur ihretwegen waren sie vor zwei Jahren von dort weggezogen, ihretwegen schuftete sich ihre Mum halb tot und Addy war auch fest davon überzeugt, der Grund für die Trennung ihrer Mum von Luc gewesen zu sein – auch wenn Helen das nie zugeben würde.

»Wie du siehst, habe ich mich nicht verändert«, sagte Addy mit einem schmalen Lächeln auf den Lippen und deutete an sich herunter.

Eigentlich stimmte das nicht so ganz. Zwar war sie noch immer das eher schlichte Mädchen mit dem dunkelbraunen Pferdeschwanz, dem runden Gesicht und trotz ihrer siebzehn Jahre der Figur eines 14-jährigen Jungen, aber immerhin war dieses Gesamtpaket jetzt in die Uniform einer Privatschule gehüllt. Elekreen, dem Arbeitgeber ihrer Mum, zum Dank.

»Oh doch, das hast du«, widersprach Helen und strich Addy eine lose Strähne hinters Ohr. »Du strahlst von innen heraus. Du bist wieder mein kleines Mädchen.«

Verlegen senkte Addy den Blick und starrte in ihren Kaffee. Sie hatte noch immer nicht ganz verwunden, was damals vorgefallen war. Keiner von ihnen beiden hatte das. Addy schämte sich sogar dafür und hatte niemandem aus ihrem neuen Leben davon erzählt. Nicht einmal ihre beste Freundin wusste, dass Addy noch vor nicht allzu langer Zeit allein bei dem Gedanken daran, ihr Zimmer zu verlassen, Panik bekommen hatte. Das war nichts, woran sie gerne erinnert wurde. Selbst dann nicht, wenn ihre Mum es in ein Lob verpackte.

»Und die Schule? Läuft alles gut?«, fragte ihre Mum.

»Ja, alles super«, bestätigte Addy nickend.

Gerne hätte sie ihr den Gefallen getan und ihr alles erzählt, was in letzter Zeit Spannendes passiert war, jedoch gab es da nichts zu berichten.

Sie lebte wieder. Darauf kam es an. Sie ging vor die Tür, hatte Freunde, genoss die frische Luft und die Ruhe. All das, was es in London nicht gab. Sie hatte in ihrem neuen Zuhause alles, was sie brauchte, um glücklich zu sein. Nur in Gegenwart ihrer Mum fühlte sie sich immer so, als wäre das nicht genug. Als müsse sie ihr beweisen, dass die Opfer, die sie gebracht hatten, es wert gewesen waren. Und nicht irgendwann alles wieder von vorne anfangen würde, sie innerlich zusammenschrumpfte und ihre Ängste die Oberhand gewannen.

Addy wollte ja selbst nicht, dass es so weit kam. Und sie verstand auch nicht, wie es überhaupt so weit hatte kommen können. Sie war schon immer sehr empfindlich gewesen, was Lärm und Großstadtgetümmel anging, aber irgendwie war sie damit zurechtgekommen. Bis zu diesem einen Tag, an dem alles anders geworden war.

»Alles in Ordnung?« Ihre Mum sah sie sorgenvoll an.

»Sicher!«, bestätigte sie und setzte ein Lächeln auf, das scheinbar nicht ganz überzeugend wirkte. Addy wich dem forschenden Blick ihrer Mum aus und blieb am Fernseher hängen, der im Hintergrund lief. Mal wieder ein Bericht über einen Tornado oder Tsunami. Man sah zerstörte Häuser, verzweifelte Menschen und beim Anblick der entwurzelten Bäume und dem vielen Müll, der wie Konfetti über die Gegend verstreut worden war, schnürte es Addy die Luft ab. Ein Nachrichtensprecher im Vordergrund berichtete mit regloser Miene und toten Augen über die Geschehnisse, als wäre es das Normalste der Welt.

Addy hatte das Gefühl, als gäbe es nur noch schlechte Meldungen. Jeden Tag wurden irgendwo Städte und ganze Landstriche überflutet, abgebrannt oder unter Geröll vergraben. Einer Naturkatastrophe folgte die nächste, wie in einer Aufwärtsspirale der Zerstörung. Sie wünschte sich, man hätte auf die vielen Jugendlichen gehört, die freitags auf die Straße gegangen waren, um etwas zu bewegen. Sie wünschte sich, sie hätten wirklich etwas verändern können. Bei dem Gedanken an die Demos, das Gebrüll und die Enge auf Londons Straßen überkam sie ein Schauer und das Gefühl, nicht atmen zu können, drängte sich ihr auf.

Ihre Mum folgte ihrem Blick, sah, dass die Nachrichten liefen, und schaltete den Fernseher aus. Ganz offensichtlich machte sie sich noch immer große Sorgen, Addy könne zu labil sein, um sich der Realität zu stellen. War sie das denn? Sie fühlte sich nicht schwach und hilfsbedürftig. Sie wollte das nicht sein. Und dennoch konnte sie es nicht abschalten, Atemnot zu bekommen, wenn sie auch nur an die Großstadt dachte.

»Ich meinte nicht deine Noten«, verbesserte Helen sich und legte eine Hand auf Addys Arm. »Wie läuft es mit deinen Freunden und in der Liebe?«

Addy lachte verhalten, bemerkte dann aber den ernsten Blick ihrer Mum. Wollte sie wirklich irgendwelche Jungsgeschichten hören? Zum Glück blieb es Addy erspart zu antworten, denn noch bevor sie den Mund aufmachen konnte, hupte jemand vor ihrem Haus.

»Das wird Sarah sein«, meinte sie und nahm schnell noch einen Schluck Kaffee.

»Sarah holt dich oft ab. Ist sie deine BFF?«

Addy war bereits im Gehen, stockte bei dem holprigen Versuch ihrer Mum, sich in Jugendsprache zu versuchen, und wehrte die Vermutung mit einer knappen Handbewegung ab.

»Nur eine Freundin«, behauptete sie.

»Bring sie doch mal mit!«

»Mum, bitte!«, flehte Addy.

»Oder gleich ein paar Freundinnen. Wie wäre das? Ich koche auch etwas Leckeres.«

Addy war schon durch die Tür geschlüpft und streckte nur noch einmal den Kopf hindurch, um sich zu verabschieden.

»Bis dann«, sagte sie, ohne auf den Vorschlag einzugehen. »Hab dich lieb.«

Irgendwann würde ihre Mum Sarah kennenlernen und neben ihr vielleicht auch ein paar andere Freunde. Aber noch war Addy nicht so weit. Noch war ihre Angst zu groß, ihre Mum würde sich verplappern und es käme ans Licht, dass Addy einen

Sprung in der Schüssel hatte. Was würden ihre Mitschüler dann von ihr denken?

Sie zog die Tür zu, drehte sich um und sah sich einem Urwald gegenüberstehen. Ihr Vorgarten sah aus wie ein Erholungsgebiet für Insekten und Kleintiere. Das Gras stand kniehoch, überall wucherte Unkraut und die Äste einer Eiche hingen tief über der Einfahrt.

Für einen Moment blieb Addy stehen, schloss die Augen und atmete tief durch. Sie liebte das Gefühl, die Zeit würde stillstehen, wenn sie Sonne und Wind auf ihrer Haut spüren und die Vögel zwitschern hören konnte. Allerdings hatte der Wildwuchs im Vorgarten mittlerweile solche Ausmaße angenommen, dass sie von der Sonne nicht mehr viel mitbekam. Es konnte nicht mehr lange dauern, bis die Nachbarn sich darüber beschwerten.

Ein weiteres Hupen schreckte Addy auf und sie blickte zur Straße. Sarahs Cabrio stand halb auf dem Bürgersteig und hatte den Briefkasten nur knapp verfehlt.

»Wenn du mich nicht hättest, würdest du keine Ahnung haben, wie unsere Schule von innen aussieht«, lachte Sarah und nahm einen Schluck von ihrem Coffee to go.

Addy lief zu ihr, machte es sich auf dem Beifahrersitz bequem und warf ihren Rucksack und die Jacke auf die Rückbank.

»Und wenn du nicht immer auf mich warten würdest, kämst du auch mal pünktlich zum Unterricht«, konterte sie und schnallte sich an.

»Ihr müsst euch mal um euren Garten kümmern«, meinte Sarah.

Addy warf einen Blick auf den Urwald und das kleine, ungepflegte Haus dahinter. Neben den akkurat geschnittenen englischen Rasen ihrer Nachbarn sah es wirklich aus wie aus einer anderen Dimension gefallen. Der Frühling hatte es dieses Jahr einfach zu gut mit der Natur gemeint und ließ es überall sprießen und wild wuchern. Addy konnte sich gar nicht mehr erinnern, wie ihre Straße ohne Rasen mähende Rentner in den Vorgärten ausgesehen hatte. Davon gab es beinahe mehr als Gartenzwerge.

»Ich mag es, so wie es ist.«

»Komm schon, selbst dein Haar ist nicht so struppig wie diese Wiese«, sagte Sarah schmunzelnd.

»Du kannst dir gerne mal unseren Rasenmäher ausleihen, wenn es dich so stört«, bot Addy an und zwinkerte ihrer Freundin zu.

Sarah stieß ein verächtliches Lachen aus. Sie stellte den Kaffee zurück in die Halterung und wedelte mit ihren pink lackierten Fingernägeln.

»Nicht bei der teuren Maniküre. Aber ich leihe dir gerne Ronaldo aus. Der vollbringt auf unseren Grünanlagen wahre Wunder und sieht oben ohne verdammt sexy aus.«

Addy schüttelte leise lachend den Kopf. Wenn man sie beide zusammen sah, war es offensichtlich, dass sie nicht viel gemeinsam hatten. Sarahs Familie gehörte zu den reichsten in Orsett, ihr Vater leitete das Elekreen-Kraftwerk und ihre Mum war Vorsitzende des Schulrats. Während Sarah sich großer Beliebtheit erfreute, nahmen die wenigsten Notiz von ihrem eher unscheinbaren Sidekick Addyson Maxwell. Wären sie nicht zufällig am selben Tag auf die Benjamin Franklin Academy gewechselt, hätten sie sich wahrscheinlich nie auch nur unterhalten. Aber so waren sie trotz ihrer Unterschiede beste Freundinnen geworden. Sie hatten sich auf Anhieb gut verstanden und Addy mochte sie wirklich sehr. Vielleicht gerade deswegen, weil sie in Sarahs Gegenwart eine andere sein konnte. Einfach ein ganz normales Mädchen, ohne irrationale Ängste und düstere Gedanken.

Sie verließen Orsett über die Rectory Road in Richtung Schule und passierten dabei das Stromkraftwerk der Elekreen Group. Seine zwei mächtigen Türme ragten weit in den Himmel und stießen weißen Dampf in das unberührte Blau, als hätte man alleine ihnen die Entstehung der Wolken zu verdanken. Addy konnte kaum glauben, dass etwas so hässliches und monströses so vielen Menschen ein gutes Leben bescherte. Jedes Mal, wenn sie das Kraftwerk sah, schnürte es ihr die Kehle zu und sie wusste nicht einmal, wieso. Vielleicht erinnerte es sie zu sehr an die Großstadt? Ein Blick auf die weiten Felder nahm ihr dieses Gefühl wieder.

Der Wind zerstörte Addys Frisur, in die sie ohnehin nicht viel Mühe gesteckt hatte. Sie strich sich mit gespreizten Fingern durchs Haar und hielt es im Nacken zusammen.

»Am Montag ist Abgabe, vergiss das nicht«, erinnerte Sarah sie an die Englischarbeit. Sie nahm einen letzten Schluck Kaffee und warf den leeren Becher anschließend in den Straßengraben, wo er sich zu weiterem, achtlos weggeworfenem Müll gesellte. Addys Blicks blieb daran hängen.

»Ach, komm schon!«, stöhnte Sarah, als habe sie die Gedanken ihrer Freundin gelesen. »Das ist doch nur Pappe. Die ist biologisch abbaubar.«

»Ach ja? Und was ist mit dem Plastikdeckel?«

Sarah verdrehte die Augen. »Du und dein Öko-Wahn. Irgendwann zwingst du mich noch, mit dem Fahrrad zur Schule zu fahren.«

Addy schmunzelte. »Das ist gar keine schlechte Idee.« Zu Sarahs Geburtstag würde sie ihr einen Becher aus Reishülsen schenken. Am besten einen in Pink mit einem lustigen Spruch darauf. Dann hätte sich das mit den Einwegbechern auch erledigt.

Ein Stück voraus war bereits die Mauer um das Schulgelände zu sehen. Vor dem Tor herrschte gähnende Leere, was keinen Zweifel daran ließ, dass sie das erste Läuten verpasst hatten und ihre Mitschüler schon auf dem Weg in ihre Klassenzimmer waren.

Ein plötzlich aufkommender Donner ließ Addy zusammenfahren. Der Himmel war viel zu blau für ein Gewitter. Sie blickte nach oben und riss die Augen auf, als zwei Flugobjekte mit hoher Geschwindigkeit über sie hinwegrasten.

Sarah verriss vor Schreck den Lenker, das Auto geriet ins Schleudern und Addy wurde gegen die Beifahrertür gepresst. Sie klammerte sich an den Sitz, stemmte ihre Beine fest auf den Boden und hielt die Luft an.

Ein kräftiger Ruck ließ sie gegen die Rückenlehne knallen und das Cabrio landete im Graben. Sarahs Atem hetzte, sie klammerte sich mit zittrigen Händen ans Lenkrad, schien aber unverletzt. Auch Addy ging es so weit gut. Sie atmeten erleichtert auf.

»Was zur Hölle war das?«, fragte Sarah.

Addy löste den Gurt und stieg auf den Sitz, um besser sehen zu können.

»Keine Ahnung«, murmelte sie. Der Schreck saß ihr noch in den Knochen. »Vielleicht Jets?«

Kondensstreifen zogen sich durch den Himmel und in der Ferne konnte sie weitere dieser Flugobjekte erkennen. Sie steuerten alle in Richtung London und machten, trotz der Entfernung, einen ohrenbetäubenden Lärm.

Ein paar Schüler stürzten aus dem Tor der Benjamin Franklin Academy, gefolgt von aufgebrachten Lehrern. Sie alle blickten den Flugobjekten nach.

Sarah kämpfte mit der Fahrertür, die sich scheinbar verklemmt hatte. Als sie endlich aufsprang, schlug sie gegen einen Baumstumpf.

»Mein Vater wird mich umbringen«, stöhnte sie, stieg aus und begutachtete den Schaden.

Addys Blick hing noch immer am Himmel. Diese seltsamen Flugobjekte waren keine Jets. Da war sie sich sicher. Mittlerweile waren sie kaum noch zu hören und die Kondensstreifen verblassten langsam, aber was Addy gesehen hatte, erinnerte eher an Bomben als an bemannte Flugzeuge. Konnte das denn sein? Sie wollte nicht daran glauben und schüttelte benommen den Kopf. Sicher würde man schon bald in den Nachrichten erfahren, was es damit auf sich hatte, und am Ende war es bestimmt viel harmloser, als es sich in diesem Moment anfühlte.

Addy wollte gerade wieder vom Sitz steigen, als es eine Explosion gab. Am Horizont, dort, wo die Geschosse verschwunden waren, blitzte ein gleißendes Licht auf. Die Erde bebte und ein Grollen war zu hören, als würde sich eine Lawine auf die Schüler zubewegen. Dem ersten lauten Knall folgten weitere.

Diejenigen, die auf die Straße getreten und ein Stück in Richtung London gelaufen waren, schrien auf und rannten zurück. Addy versuchte, aus dem Auto zu steigen, doch da traf sie schon die Druckwelle.

Es war wie ein plötzlich aufkommender Sturm. Eine Wolke aus Staub, Dreck und Steinen rollte über die offene Straße hinweg. Addy wurde zurückgeschleudert, schlug hart auf dem Heck des Cabrios auf und landete im Gras.

»Sofort alle rein!«, schrie einer der Lehrer. Ein lautes Piepsen in Addys Ohren machte es ihr beinahe unmöglich, ihn zu verstehen. Ihr Schädel dröhnte und es fiel ihr schwer, auf die Füße zu kommen, so schwindelig war ihr. Nur mit Sarahs Hilfe schaffte sie es aus dem Graben.

»Das war London, verdammt!«, schrie jemand. »Die haben London weggebombt.«

War das wirklich so? Waren diese Geschosse Bomben gewesen und das gleißende Licht, gefolgt von der Druckwelle, die Folgen ihrer Detonation?

Addy blickte zum Horizont, doch außer einer dichten Staubwolke war nichts zu sehen. Ihr Herz pochte wie wild und ein beängstigender Gedanke nach dem anderen schoss ihr durch den Kopf. Erst nachdem Sarah ihre Hand losließ, bemerkte sie, wie sehr sie zitterte. London unter Beschuss? Das konnte unmöglich wahr sein!

Die Lehrer drängten ihre Schüler durch das Tor auf den Hof. Addy folgte ihnen wie in Trance. Es fühlte sich an, als träumte sie noch. Ein schrecklicher, viel zu realistischer Albtraum. Ihre Knie waren weich und drohten, ihr Gewicht nicht mehr zu halten. Sie taumelte und hielt sich am Torbogen fest.

»Kommt schon!«, drängte einer der Lehrer.

In der Ferne ertönten die Sirenen von Orsett. Addy warf einen letzten Blick in Richtung London. Der aufgewirbelte Staub lag wie Nebel über der Straße, doch die Sicht besserte sich bereits und man konnte eine immens hohe Rauchwolke erkennen, die sich am Horizont wie ein Gebirge aufgetürmt hatte.

Mitten auf der Straße stand noch ein Schüler, den die Lehrer wohl übersehen hatten. Der Junge blickte wie gebannt zu dem Rauchgebilde.

»Hey!«, rief Addy ihm zu, doch er regte sich nicht.

Sie sah sich gehetzt um, schlüpfte kurz entschlossen unter dem Arm eines Lehrers hindurch und rannte zurück auf die Straße.

»Wir müssen hier weg!«, schrie sie und packte ihn.

Der Schüler war selbst für einen gut gebauten Teenager ungewöhnlich stark und ließ sich von Addy nicht bewegen. Panik stieg in ihr auf. Sie hatte keine Ahnung, warum sie ihn nicht einfach stehen ließ. Jeden Moment konnten weitere Bomben fallen. Sie kannte ihn nicht einmal, erinnerte sich nicht, ihn je auf dem Schulgelände gesehen zu haben, aber wie hätte sie ihn ignorieren können? Und warum hatten die Lehrer ihn nicht bemerkt?

Der Fremde wandte sich ihr zu, und als ihre Blicke sich trafen, fühlte Addy sich wie unter einem Bann. Sein Gesichtsausdruck war so reglos wie der eines Nachrichtensprechers, der keinen Anteil an der Katastrophe in seinem Rücken nahm, doch seine Augen wirkten warm und vertrauensvoll – beinahe schon hypnotisierend in ihrem ungewöhnlichen flimmernden Goldschein. Ein seltsamer Geruch stieg Addy in die Nase. Er erinnerte sie an ein durchgebranntes Kabel, nur etwas süßlicher.

»Ich komme gleich«, sagte er ruhig, blickte wieder nach vorne und schob die Hände in die Hosentaschen.

Addy zögerte. Sollte sie ihn wirklich einfach hierlassen? Er stand scheinbar unter Schock und konnte nicht klar denken. Aber das konnte sie auch nicht. Ihr Herz pochte noch immer wild und ihr war, als würde der betörende Geruch, der ihn umgab, sie völlig einnebeln.

»Schrecklich, oder?«, fragte er, als ginge es hier um eine Kleinigkeit.

Addy schüttelte den Kopf, um wieder zur Besinnung zu kommen. Ihre Gedanken wurden klarer.

»Jaa«, betonte sie und deutete nach vorne. Die Anspannung ließ ihre Stimme gehetzt klingen. »London ist gerade explodiert, wer weiß, wie viele Menschen tot sind. Das ist mehr als schrecklich!«

Erst nachdem sie das ausgesprochen hatte, begriff sie selbst, was vor ihren Augen geschehen war. Ihre Kehle schnürte sich ihr zu. Sie starrte zum Horizont und hatte das Gefühl, keine Luft mehr zu bekommen. Es war genau wie an jenem Tag, an dem sich ihr ganzes Leben verändert hatte und sie in sich zusammengebrochen war. Als sie statt der Parkanlage, in der sie ihre gesamte Kindheit verbracht hatte, eine Baustelle vor sich liegen sah.

Es hatte sich damals angefühlt, als wären die Bäume und Pflanzen, die gefällt und entwurzelt worden waren, ein Teil von ihr gewesen. Ein Teil, den man ihr brutal aus dem Leib gerissen hatte. Es tat weh. Es zerriss sie schier und alles um sie herum war zusammengeschrumpft und drohte, sie zu erdrücken. Genauso fühlte es sich auch in diesem Moment für sie an.

Was war bloß geschehen? Wer tat so etwas? Sie versuchte, ruhig zu atmen. Eine Panikattacke war das Letzte, was sie jetzt gebrauchen konnte. Sie wollte nicht wieder weglaufen und sich verkriechen. Nicht noch einmal.

»Da hast du wohl recht«, sagte der Junge ungerührt und drehte sich auf dem Absatz um.

Wie betäubt sah Addy ihm nach. Noch immer die Hände in den Hosentaschen und mit einem Blick, als wäre ihm alles im Leben egal, steuerte er auf die Schule zu. Addy erwischte sich dabei, wie sie diesen süßlichen, merkwürdigen Geruch, der ihn umgab, tief einatmete, als er an ihr vorbeilief. In ihren Ohren begann es zu rauschen und sie hatte das Gefühl, die Farben um sie herum würden bunter und die Formen definierter werden. Und ihre Angst, die verschwand einfach. Die sich anbahnende Panikattacke war wie nie da gewesen.

Erst als er das Tor erreicht hatte, strömte die Wirklichkeit wieder auf Addy ein, die Geräusche der Umgebung überfluteten sie und ihr ganzer Körper kribbelte, als hätte sie einen elektrischen Schlag bekommen. Ihr lief es kalt den Rücken runter und sie schüttelte sich.

Es war das Adrenalin. Anders konnte sie sich nicht erklären, warum die Gegenwart des fremden Schülers so eine Wirkung auf sie ausübte.

Entweder das oder er nahm irgendwelche Drogen, deren Wirkung Addy beim Einatmen zu spüren bekommen hatte.

»Addy!«, zischte Sarah ihr zu.

Addy überwand ihre Benommenheit und fand Sarah an die Mauer gepresst, nahe dem Tor. Scheinbar hielt sie sich dort vor den Lehrern versteckt. Nachdem sich Addy davon überzeugt hatte, dass sonst niemand in der Nähe war, lief sie zu ihr.

»Was hast du vor?«, fragte sie mit gesenkter Stimme.

»Gib mir dein Handy!«, flüsterte Sarah.

Addy griff an ihre Rocktasche, doch da fiel ihr ein, dass sie es im Auto gelassen hatte.

»Ich hab's nicht hier«, sagte sie und deutete mit dem Kinn auf Sarahs Cabrio.

»Die Lehrer haben alle Handys einkassiert und versprochen, unsere Eltern zu benachrichtigen. Aber jetzt heißt es, dass das Festnetz lahmgelegt ist. Die wollen uns hier festhalten, bis sie wissen, was passiert ist.«

Addys Gedanken rasten. Sie musste ihre Mum erreichen und ihr sagen, dass alles gut war. Aber dafür brauchte sie ihr Handy. Es war nicht fair, dass die Lehrer sie von der Außenwelt abschneiden wollten.

»Hey!«, flüsterte jemand. Es war Dave, ein Junge aus der Abschlussklasse. Einer von denen, die sich eigentlich für zu cool hielten, um mit jemandem wie Addy zu reden. »Springt die Karre noch an?«

»Hast du kein eigenes Auto?«, knurrte Sarah.

»Das steht auf dem Parkplatz und der wird von den Lehrern bewacht wie von einem Rudel Bluthunde. Ich und ein paar andere wollen Richtung London fahren, nachschauen, was da abgeht. Seid ihr dabei?«

»Bist du irre?«, stieß Sarah fassungslos aus.

»Es zwingt euch ja niemand mitzukommen. Wir wollen nur das Auto.«

Sarah schnaubte. »Typisch Jungs. Kaum fliegt irgendwo was in die Luft, müsst ihr drauf zulaufen. Euch ist schon klar, wie gefährlich das ist?«

»Dir ist schon klar, dass du ein feiges Huhn bist?«, konterte Dave.

»Pssst!«, zischte Addy.

Am Tor war ein Lehrer ins Freie getreten und ließ seinen Blick über die Straße schweifen. Die drei pressten sich dichter an die Mauer und warteten, bis er wieder verschwunden war.

»Was, wenn das Atombomben waren?«, fragte Sarah. »Du wirst verstrahlt, wenn du nach London fährst.«

»Ich will ja nicht in die Stadt reinfahren. So blöd bin ich nun auch wieder nicht. Ich will nur ein Stück näher ran, bis über den nächsten Hügel«, meinte Dave.

»Wenn 25 Meilen von uns entfernt eine Atombombe eingeschlagen ist, sind wir ohnehin alle verstrahlt«, sagte Addy gefasst und war selbst überrascht, wie ruhig sie dabei blieb.

»Wir haben nicht ewig Zeit«, meinte Dave und hielt Sarah die offene Hand hin. »Der Schlüssel?«

»Den gebe ich dir nicht!«, fuhr Sarah ihn an.

»Komm schon! Du schuldest mir was, wegen der Sache mit Alex.«

»Wehe du verlierst nur ein Wort darüber, dass wir rumgeknutscht haben!«, warnte ihn Sarah mit erhobenem Zeigefinger.

»Der Schlüssel?« Dave grinste schelmisch.

»Der steckt«, murrte sie und verschränkte die Arme vor der Brust.

»Sag das doch gleich«, beschwerte er sich und schlich an ihnen vorbei zum Auto.

»Und du sagst kein Wort!«, rief Sarah ihm mit gesenkter Stimme nach.

»Meine Lippen sind versiegelt!«

»Lass uns reingehen«, bat Sarah.

Addy sah Dave nach. Wieso hatte sie ihr blödes Handy nicht in der Rocktasche gehabt? Dann hätte sie ihre Mum jetzt schon angerufen und es Sarah leihen können. Wenn das Festnetz ausgefallen war, wie lange konnte es da noch dauern, bis auch das Handynetz nicht mehr funktionierte? Die Zeit lief ihr davon.

»Gleich«, antwortete sie.

»Wie gleich?«

»Ich hole schnell mein Handy.« Allein beim Gedanken daran begann ihr Herz, schneller zu schlagen, aber hier draußen war sie nicht weniger sicher als in der Schule und ihr Handy war zum Greifen nah.

»Dann beeil dich, verdammt!«, drängte Sarah und sah sich gehetzt um.

»Warte hier«, bat Addy und folgte Dave zum Wagen.

Als der sie sah, betrachtete er sie von oben bis unten und hob dabei anerkennend die Brauen. »Du bist ganz schön mutig für ein Mädchen. Von mir aus kannst du mitkommen, aber wehe, du heulst rum.«

Verwirrt sah Addy ihn an.

»War es nicht das, was du fragen wolltest?«

»Ich will bloß mein Handy haben«, entgegnete sie und wollte

schwungvoll die Beifahrertür aufziehen, zerrte aber nur vergebens am Griff.

Dave lachte. Er sprang mit einem Satz ins Auto, fuhr sich, kaum dass er saß, mit gespreizten Fingern durchs blonde Haar und zwinkerte Addy zu, woraufhin sie nur mit den Augen rollte.

»Dir ist schon klar, dass Sarah dir das Auto nur überlassen hat, weil du es sowieso nicht auf die Straße bekommst?« Das Cabrio hing mit dem Heck im Graben und hatte mit einem der Hinterreifen keinen Kontakt zum Boden. Addy bezweifelte, dass da ohne Abschleppwagen viel zu machen war.

»Jetzt hol schon dein Handy.«

Addy beugte sich weit über die Tür, sodass sie mit den Beinen in der Luft hing und den Fußraum nach ihrem Handy abtasten konnte.

»Dann pass mal gut auf«, sagte Dave plötzlich siegessicher, legte den Gang ein und trat aufs Gas.

Die Reifen drehten durch, Grasbüschel und Dreckklumpen flogen weit ins Feld und der Motor heulte laut auf.

»Spinnst du?!«, schrie Addy. Panisch klammerte sie sich an die Rückenlehne des Beifahrersitzes, als die Hinterachse zur Seite wegschlitterte und das Cabrio aus dem Graben auf die Straße schoss. Sie rutschte vollends auf den Sitz, drehte sich umständlich nach vorne und zog die Beine nach. Ihr Atem ging stoßartig und ihr ganzer Körper kribbelte vor nachlassendem Schrecken.

»Handy gefunden?«, fragte Dave.

»Du hättest mich umbringen können!«, fuhr sie ihn an.

»Ach Blödsinn!«

Zumindest in einem lag er richtig. Sie hatte ihr Handy gerade in dem Moment zu greifen bekommen, als der Wagen losgeschossen war. Sie warf einen Blick darauf.

»Keinen Empfang?«

»Nicht einen Balken«, murmelte sie. Der Empfang war an der Schule schon immer schlecht gewesen. Aber zumindest einen Balken hatte sie sich erhofft. »Halt an.«

Er trat auf die Bremse. Sarah kam auf sie zugelaufen und Addy stand auf. Doch noch bevor sie aussteigen konnte, hatten zwei Lehrer Sarah eingeholt. Ihre Sportlehrerin, Mrs Hill, drängte sie zurück zum Torbogen, der andere wandte sich dem Cabrio zu. Es war Mr Walsh, der immer fies dreinschauende Mathelehrer der Oberstufe.

Dave trat aufs Gas, bevor der Mann etwas sagen konnte, und Addy fiel wieder in den Sitz.

»Anhalten!«, verlangte sie. Sie warf einen Blick nach hinten. Der Lehrer war bereits weit zurückgefallen.

»Wie du willst«, sagte Dave und stoppte so abrupt, dass Addy sich am Armaturenbrett abfangen musste.

Erleichtert atmete sie auf. Stellte dann aber fest, dass Dave nicht für sie angehalten hatte. Zwei weitere Schüler aus der Zwölften hechteten um die Ecke der Schulmauer und sprangen auf die Rückbank.

»Was macht die Elftklässlerin hier?«, fragte das Mädchen mit wasserstoffblonder Kurzhaarfrisur.

»Die wollte unbedingt mit«, meinte Dave abwiegelnd.

»Das stimmt gar nicht!«, wehrte Addy ab und fuhr mit Nachdruck in der Stimme fort. »Ich steige gerade aus.«

»Sicher?«, fragte Dave. »Wir fahren nicht weit. Nur bis zum nächsten Hügel und dort hast du ganz bestimmt Empfang. Außerdem: Ärger bekommst du jetzt sowieso.«

Das Mädchen warf einen Blick zurück. »Mr Walsh hat uns gleich eingeholt. Also wenn du aussteigen willst, dann jetzt. Und lass dein Handy hier. Unsere hat man nämlich einkassiert.«

Addys Gedanken rasten. Auch sie schaute zurück zu dem vor

Wut schäumenden Mathelehrer. Dave hatte ja recht. Sie würde Ärger bekommen, egal, ob sie nun ausstieg und ihre Unschuld beteuerte oder nicht. Ihre Finger schraubten sich fester um ihr Handy. Weggeben würde sie es keinesfalls.

»Wir haben keine Zeit für so was!«, knurrte Dave und trat das Gaspedal voll durch.

Addy wurde in die Rücklehne gepresst. Sie konnte nicht glauben, dass sie keinen Einspruch erhob. Vielleicht stand sie noch unter Schock.

Der Junge hinter ihr beugte sich vor und streckte ihr die Hand entgegen.

»Jared, freut mich«, stellte er sich vor. Addy ergriff, ohne nachzudenken, seine Hand.

»Addyson Maxwell. Addy«, sagte sie mit tonloser Stimme und wandte sich dann an Dave. »Nur bis zum nächsten Hügel. Versprochen?«

Dave grinste nur breit.

»Bist du neu auf der Schule?«, fragte das Mädchen.

»Das ist Patti«, erklärte Jared.

Addy kannte die drei. Zumindest vom Sehen her. Schließlich war sie schon seit fast zwei Jahren auf der Benjamin Franklin Academy. Sie hingegen war wohl eine Fremde für die Zwölftklässler.

»Ich komme aus London«, sagte sie nachdenklich und richtete ihren Blick wieder nach vorne.

Die Rauchwolke war dort noch immer zu sehen. Wie in Stein gemeißelt, baute sie sich vor ihnen auf und sie hielten direkt darauf zu.

»Hast du Verwandte dort?«, fragte Dave.

Addy schüttelte den Kopf. »Nein, keine Verwandten.«

Sie dachte an ihre ehemaligen Mitschüler. Nach allem, was

passiert war, war sie nicht mehr wirklich eng mit einem von ihnen befreundet gewesen. Ob sie den Angriff überstanden hatten?

Addy konnte sich von dem Anblick vor ihr kaum lösen, doch ihre Gedanken schweiften schnell zu diesem fremden Jungen, der so ungerührt von alledem gewesen war. Da hatte etwas in seinem Blick gelegen, das sie gepackt und innerlich aufgewühlt hatte, und trotz ihrer Angst und der Tatsache, dass sie gerade unfreiwillig in dieses Abenteuer hineingezogen worden war, konnte sie nicht aufhören, daran zu denken.

KAPITEL 2

ADDY

TAG 1: SA, 09:45 UHR, ORSETT, ENGLAND

Jared hatte Addy ihren Rucksack nach vorne gereicht und sie umklammerte ihn nun, als hinge ihr Leben davon ab. Zu Anfang hatten die Jungs den Ausflug noch auf die leichte Schulter genommen, hatten gelacht und gescherzt, doch mittlerweile herrschte erdrückende Stille.

Sie hätten die Skyline von London längst sehen müssen, aber da war nur Rauch. Dave fuhr langsamer.

Die Bäume waren durch die Druckwelle zu beiden Seiten der Straßen entwurzelt worden und lagen parallel zueinander auf den Wiesen. Der Anblick ließ Addy erschaudern, die Brust schnürte sich ihr zu und sie spürte, wie ihr Atem schneller ging. Es tat ihr beinahe schon körperlich weh, das zu sehen. Es wirkte, als habe jemand einen riesigen Friedhof für Bäume angelegt. Schnell riss sie sich von diesem Anblick los und starrte in den Fußraum. Sie fühlte sich, als wäre ihre Haut bloß eine Verkleidung, die ihr wahres Ich vor ihren Mitschülern abschirmte. Sie wollte nicht, dass sie mitbekamen, was wirklich in ihr vorging.

»Versuch es noch mal«, bat Jared und deutete auf Addys Handy.

Sie brauchte einen Moment, um einen klaren Gedanken fassen zu können. Ihre Finger zitterten, als sie die Wahlwiederholung drückte, doch auch diesmal bekam sie kein Freizeichen. Auch das Internet funktionierte nicht. Was musste bloß geschehen sein, dass sie von sämtlicher Kommunikation abgeschnitten waren?

»Nichts?«, fragte er.

Sie schüttelte den Kopf und fixierte weiter den Boden.

»Alles okay bei dir?«, fragte Dave. »Du kippst uns jetzt doch nicht um, oder? Wir fahren nicht mehr weit. Nur bis man was erkennen kann.«

»Es geht schon«, sagte sie gefasst und blickte wieder nach draußen.

Es waren nur Bäume. Das musste sie sich nur immer wieder sagen. Sie durfte nicht wegen ein paar Pflanzen in Panik verfallen. Auch dann nicht, wenn sie glaubte, echte Schmerzen zu spüren. Schon viele Male hatte sie sich anhören müssen, dass das alles nur in ihrem Kopf passierte. Von ihrem Therapeuten, ihren ehemaligen Freunden und sogar von Luc, dem Ex ihrer Mum, bevor die beiden sich getrennt hatten. Sie wollte das nicht auch von Dave und den andern hören müssen – *stell dich nicht so an, reiß dich zusammen, heul nicht rum*. Solche Sprüche hätte sie einfach nicht ertragen, also riss sie sich zusammen, sagte einfach nichts und erinnerte Dave auch nicht daran, dass sie nur bis zum nächsten Hügel hatten fahren wollen.

Hin und wieder passierten sie ein von der Straße abgedrängtes Auto. Ein paar Fahrzeuge waren ihnen bisher schon entgegengekommen, aber zum größten Teil war es erschreckend still und wie ausgestorben.

Allmählich ebbte Addys Panik ab, der Schmerz, den sie geglaubt hatte zu fühlen, verging und etwas irritierte sie an dem, was sie neben der Straße sah. Wieso blühten die entwurzelten Bäume, anstatt ihre Blätter hängen zu lassen? Wieso sah es so aus, als lägen sie schon Monate lang so dort? Ihre Stämme waren teilweise von anderen leuchtend grünen Pflanzen überwuchert, junge Triebe reckten sich steil gen Himmel und neue Wurzeln hatten sich wie Anker in den Boden geschlagen. Je länger sie die Landschaft betrachtete und je mehr blühende Pflanzen sie sah, desto leichter wurde ihr ums Herz.

Addy erinnerte sich an eine Fernsehreportage, in der es um die Manipulation von Pflanzen und Tieren ging, die als schleichende Massenvernichtungswaffen eingesetzt werden sollten. Die Natur wurde so verändert, dass sie eine für Menschen unwirkliche Umgebung schuf. Terraforming nannten sie das. Einige Staaten warfen sich gegenseitig vor, bereits Experimente mit schwerwiegenden Folgen durchgeführt zu haben und Schuld an Erdbeben und Fluten zu tragen. War es das, was London getroffen hatte? Eine Biowaffe? War England ins Kreuzfeuer geraten oder trugen sie selbst Schuld an dem, was gerade geschah?

»Da vorne!«, stieß Jared aus und deutete auf die Straße.

Hinter den dichten Rauchschwaden, die ihre Sicht auf gut eine halbe Meile beschränkten, waren Bewegungen und Schatten zu sehen.

Addy spürte, wie die Angst in ihr wuchs, und sie drückte sich ihren Rucksack noch fester an den Körper. Es war verrückt, aber irgendwie erwartete sie, dass jeden Moment Zombies oder Aliens aus dem Rauch treten würden. Vielleicht lebende fleischfressende Pflanzen?

Tatsächlich waren es ganz normale Menschen. Dieser Anblick war beinahe noch erschreckender als eine ihrer abwegigen Fantasien.

Es waren Flüchtlinge aus der Umgebung von London. Ihre Haare und Kleidung waren von Feinstaub überzogen, einige waren verletzt und nur notdürftig versorgt worden. Sie schleppten sich die Straße entlang und manche fuhren in überfüllten

Autos an ihnen vorbei. Alle schienen sie wie in Trance, sprachen nicht, hielten ihre Blicke gesenkt.

Obwohl sie in Richtung London unterwegs waren, um Antworten zu bekommen, wagte es keiner von den vieren im Cabrio, zu fragen, was geschehen war. Sicher wussten diese Leute nicht mehr als Addy und die anderen. Bomben waren auf London gefallen. War es ein Unfall gewesen? Ein Angriff? Wer konnte das schon sagen.

»Wir … wir sollten umkehren«, schlug Jared vor. Seine Worte, so leise sie auch waren, schnitten wie ein scharfes Messer durch die Stille. Der Kloß in Addys Hals verhinderte, dass sie ihm beipflichtete.

»Es ist nicht mehr weit«, meinte Dave und bog auf eine Seitenstraße ab.

Sie fuhren auf einen Hügel, von dem aus man die Flut der Flüchtenden gut überblicken konnte. Von dort oben sahen sie alle gleich aus. Es gab keinen Unterschied mehr zwischen Bankiers und Bauarbeitern. Vielleicht waren unter ihnen sogar Menschen, die Addy von früher kannte. Ehemalige Schulkameraden, Nachbarn. Sie hätte keinen von ihnen von den anderen unterscheiden können.

»Die Regierung wird das regeln, oder?«, fragte Jared. »Oder die UN. Die schicken Hilfsgüter oder so.«

»Falls es noch jemanden gibt, der helfen kann …«, meinte Dave trocken. Seine Augen waren stur nach vorne gerichtet und mit seinen Händen klammerte er sich so fest ans Lenkrad, dass seine Knöchel weiß hervortraten.

Addy stand auf und blickte auf die Skyline von London – oder vielmehr auf das, was davon noch übrig war. Die Stadt lag in Trümmern. Nur hier und dort reckten sich noch die Überreste eines Gebäudes wie die gebrochenen Rippen eines Ungetüms aus dem Schutt. Von mehreren Brandherden stiegen dichte Rauchwolken auf und verdunkelten den Himmel.

Auch über den Hügel kamen die Überlebenden. Man hörte keine Feuerwehr- oder Polizeisirenen. Nur das Weinen und Schluchzen der Menschen.

Addy schluckte schwer. Der Anblick brannte sich ihr auf die Seele und nahm ihr die Luft zum Atmen.

»Okay, das reicht«, sagte Jared. »Damit haben wir genug gesehen.«

Das hatte Addy allemal. Sie hätten schon viel früher umkehren sollen. Keiner von ihnen konnte hier etwas ausrichten oder in Erfahrung bringen, was tatsächlich geschehen war.

Sie setzte sich wieder und Dave legte den Rückwärtsgang ein.

»Wartet!«, rief ihnen jemand zu. »Nehmt mich mit!«

Eine schmächtige Frau steuerte auf das Auto zu. In der einen Hand hielt sie ein Bündel fest an ihre Brust gedrückt, mit der anderen hangelte sie sich an Grasbüscheln den Hügel hinauf.

»Wir müssen ihr helfen«, sagte Addy.

Wenn sie nicht alles täuschte, trug die Frau ein Baby bei sich. Sie hatte eine klaffende Platzwunde an der Stirn und schien völlig entkräftet zu sein. Addy hätte es nicht über sich gebracht, sie zurückzulassen.

»Dann hilf ihr«, sagte Dave gehetzt. »Aber beeil dich. Wir können nicht allen helfen.«

Die Frau war nicht die Einzige, die das Auto bemerkt hatte und versuchte, es zu erreichen. Für mehr als eine weitere Person hatten sie in dem kleinen Cabrio aber keinen Platz.

Addy stieß die Beifahrertür auf und stürzte den Hügel hinab. »Geben Sie mir Ihre Hand«, bat sie und streckte der Frau die ihre entgegen.

Dankbar sah sie zu Addy auf. Das Blut, das ihr über die Schläfe lief, vermischte sich mit ihren Tränen. Sie zitterte und war kaum in der Lage, sich auf den Beinen zu halten. Wenn Addy zumindest ihr helfen könnte, wäre diese Fahrt nicht umsonst gewesen. Sie griff der Frau unter den Ellbogen und half ihr den Hang hinauf.

»Beeilt euch!«, drängte Dave.

Addy hatte selbst Schwierigkeiten mit dem Aufstieg. Die Erde war locker und rutschte ihr unter den Füßen weg. Mehrmals verlor sie den Halt. Es fühlte sich seltsamerweise so an, als würden die Blätter und Wurzeln sich unter ihr bewegen. Sie griff nach den Ästen eines Ginsterstrauchs, doch als Addy sie wieder loslassen wollte, hatten sie sich um ihre Finger gewickelt. Etwas stimmte wirklich ganz und gar nicht mit der Natur.

»Kommen Sie, steigen Sie ein«, forderte Addy die Frau auf und bot ihr den Beifahrersitz an.

Sie setzte sich und Addy konnte einen kurzen Blick auf das Baby werfen. Es lebte, scheinbar ging es ihm gut. Erleichtert atmete Addy durch und ein Lächeln huschte ihr über die Lippen.

»Spring rein!« Jared rutschte beiseite, um ihr Platz zu machen.

»Schnell!«, drängte Patti.

Addy wollte der Aufforderung gerade nachkommen, als sie jemand von hinten packte und vom Wagen wegzog. Sie stolperte zurück, hatte noch nicht richtig begriffen, was geschehen war, da traf sie ein Ellbogen im Gesicht. Der Schmerz betäubte ihre Sinne, sie wurde zur Seite gedrängt, gestoßen und weggeschubst. Sie war mit einem Mal inmitten eines Pulks von Menschen, die alle versuchten, einen Platz in Sarahs Cabrio zu ergattern.

Sie hörte Dave fluchen und sah Jared, der aufgestanden war und nach ihr suchte.

»Aufhören!«, schrie sie vergebens.

Die Menschen kämpften sich verzweifelt mit Händen und Füßen voran. Addy ignorierte ihre Tritte und Schläge und schaffte es, zwischen ihnen hindurchzuschlüpfen und den Wagen zu erreichen.

Jared hatte alle Mühe, die Menschen zurückzudrängen. Als Addy ihre Hand nach ihm ausstreckte, versuchte er, sie zu ergreifen, doch jemand drängte Addy erneut zur Seite und sie stürzte zu Boden.

Was danach geschah, blieb ihr nur bruchstückhaft im Gedächtnis. Sie wurde niedergetrampelt und zur Seite gedrängt. Es gelang ihr, wieder auf die Füße zu kommen, doch die Menschen stießen sie zurück, sodass sie den Halt verlor und den Hügel hinabstürzte.

Sie landete weich in hohem, seidigem Gras. Es war merkwürdig, aber ihre Panik verschwand, als sie die Halme unter ihren Fingern spürte, obwohl sie die Reifen quietschen hörte. Um sie herum drehte sich alles und sie glotzte benebelt zum grünen Teppich, auf dem sie gelandet war. Das Gras hatte einen lila Schimmer und war so fein wie das Fell eines Welpen. Es roch auch seltsam, irgendwie beruhigend. Irgendwie vertraut. Süßlich, elektrifizierend. Dieser Duft war es, der sie keine Angst verspüren ließ, ihr sogar die Schmerzen nahm – ein Duft, den sie vor der Schule schon einmal wahrgenommen hatte. Aber was hatte das zu bedeuten?

Mühsam stemmte sie sich hoch. Allmählich klärte sich ihr Geist wieder.

Sie war den Hügel hinab bis ins Tal gerollt. Erst als sie erkannte, dass die Menschen sich beruhigt hatten und weiterzogen, setzte ihre Panik wieder ein. Der Wagen war weg!

Addy begann den Aufstieg. Je weiter sie kam, desto schneller schlug ihr Herz. Sie wusste nicht, wovor sie mehr Angst haben sollte: davor, Dave und die anderen beiden ohnmächtig oder verletzt auf dem Hügelkamm vorzufinden oder zurückgelassen worden zu sein.

Oben angekommen, wusste sie, dass Letzteres der Fall war. Die Menschen hatten sich verteilt, nur noch die Reifenspuren im Gras zeugten von dem Wagen, der eben noch hier gestanden hatte – von ihm selbst und den Zwölftklässlern war nichts mehr zu sehen.

Addy fiel auf die Knie. Ein weiteres Mal bereute sie – diesmal aus tiefstem Herzen –, mitgefahren zu sein.

Sie vergrub ihre Finger im Gras, starrte zu Boden und versuchte, ruhig zu atmen. Sie musste einen klaren Gedanken fassen. Ihre Entscheidung zu bedauern, brachte sie auch nicht wieder nach Hause. Ihre Füße aber sehr wohl. Von hier aus waren es ungefähr zehn Meilen bis nach Orsett. Die würde sie laufen müssen, auch wenn es ein Marsch von mindestens drei Stunden war.

Sie stand auf, stieg den Hügel hinab und folgte der Straße Richtung Osten.

Die Flut der Flüchtenden hatte sich mittlerweile auf ein paar wenige verringert. Noch immer verließen Autos die Stadt, doch Hoffnung, von jemandem mitgenommen zu werden, machte Addy sich keine.

Vielleicht hatte Jared ja recht, vielleicht würde die UN Hilfsgüter schicken und in wenigen Monaten wären sie schon dabei, London wieder aufzubauen. Vielleicht war das alles ein Unfall, ein Missverständnis gewesen.

Wenn sie aber an all die Menschen dachte, die ihr Leben gelassen hatten, wusste Addy nicht, wie die Welt je wieder dieselbe werden sollte.

Ein Schauer ergriff sie bei diesem Gedanken und nach und

nach spürte sie den Schmerz der vielen Schläge und Tritte. Ihr Schädel dröhnte und sogar das Atmen tat weh. Mühsam zog sie einen Fuß vor den anderen. Sie wollte jetzt nur noch eines: nach Hause gehen.

Addy hatte ihr Zeitgefühl verloren. Weit konnte sie noch nicht gekommen sein. Dennoch waren ihr schon seit einer Weile keine anderen Menschen mehr begegnet. Ihr tat jeder Knochen im Leib weh und ihre Verzweiflung wuchs mit jeder verstrichenen Minute.

Warum hatte Dave sie nicht einfach aussteigen lassen? Wegen ihrem bescheuerten Handy war sie in diese Lage geraten und das hatte nicht mal funktioniert und war letztendlich auch noch, zusammen mit ihrem Mut und ihrer Hoffnung, irgendwo auf diesem Hügel verloren gegangen.

Ihr Blick haftete am Asphalt, sie schleppte sich weiter voran und sah erst auf, als Motorengeräusche zu hören waren.

Es war das Militär. Ein ganzer Konvoi fuhr die Straße entlang Richtung London und Addy wich zur Seite aus. Resigniert beobachtete sie die Wagen, wie sie an ihr vorbeifuhren. Ihr wurde schwindelig dabei. Noch immer dröhnte ihr der Schädel und in ihren Ohren rauschte es. Sie hatte das Gefühl, man hätte ihr Beton hinter die Stirn gekippt.

Auf den offenen Ladeflächen konnte sie auch Zivilisten erkennen. Verletzte, die wohl von den Soldaten aufgesammelt worden waren. Addy wollte gerade weitergehen, da fuhr einer der Wagen zum Straßenrand und hielt an. Zwei Männer sprangen von der Ladefläche.

Obwohl Addy eigentlich keinen Grund hatte, vor den Soldaten Angst zu haben, schlug ihr Herz schneller und sie wich vor ihnen zurück.

»Bist du verletzt?«, fragte der jüngere der beiden.

»Ich denke nicht«, sagte sie, obwohl sich ihr Körper anfühlte, als würde er aus einem einzigen blauen Fleck bestehen.

»Wie alt bist du?«, fragte der andere.

Addy konnte die Fragen der Männer gar nicht so schnell verarbeiten, wie sie gestellt wurden. »Ich …«

»In jedem Fall noch minderjährig«, meinte der jüngere.

»Was hat dir das verraten? Die Schuluniform?«, raunzte ihn der andere an und wandte sich dann Addy zu. »Komm, wir bringen dich erst einmal in Sicherheit.« Er legte ihr eine Hand in den Rücken.

»Es geht mir gut«, versicherte sie. Alles, was sie wollte, war, endlich heimzukommen.

»Du stehst unter Schock«, versuchte der Soldat, ihr weiszumachen, und schob sie zum Wagen.

Panik kam in ihr auf. Sie wollte nicht in Sicherheit gebracht werden. Das war sie auch zu Hause.

»Das tue ich nicht!«, widersprach sie und versuchte, von dem Soldaten wegzukommen. Der andere ergriff ihren Ellbogen und beide drängten sie zum Wagen.

»Ich will nur heim. Lassen sie mich einfach gehen!« Verzweifelt versuchte Addy loszukommen. Plötzlich packte der ältere sie an beiden Schultern und schüttelte sie so heftig, dass ihr schwindelig wurde.

»Komm zu dir, Kleine!«, schrie er sie an. »Dein Zuhause gibt es nicht mehr. Das hier ist jetzt die Realität, also hör auf, unsere Arbeit zu behindern, und steig auf den verdammten Wagen!«

Wenn sie vorher nicht unter Schock gestanden hatte, so tat sie es nach dieser Ansprache allemal. In ihren Ohren rauschte das Blut und ihre Gedanken überschlugen sich. Die Soldaten sprangen auf die Ladefläche und zogen Addy hinauf.

»Lasst mich!«, protestierte sie vergebens.

Ihr Puls raste und in ihrem Kopf hörte sie immer wieder dieses eine Wort. Realität. Was um sie herum geschah, war alles echt und nichts würde mehr so, wie es vorher war. Allein der Gedanke daran nahm ihr alle Kraft zur Gegenwehr.

»Ich komme nicht von hier«, sagte sie eindringlich und sah sich zwischen den Menschen auf der Ladefläche um. Neben den Soldaten, die wenig auf das zu geben schienen, was Addy behauptete, saßen auch Zivilisten auf den Sitzbänken. In Decken gehüllt, rußbedeckt und mit nur notdürftig versorgten Verletzungen starrten sie schweigend ins Leere. Der Schrecken über das, was geschehen war, hatte sie wohl noch fest im Griff.

Ein Soldat ergriff ungefragt Addys Gesicht und prüfte ihre Pupillen mit einer Taschenlampe. Das Kreuz an seinem Arm wies ihn als Sanitäter aus.

»Hast du Kopfschmerzen?«, fragte er, ohne auf das einzugehen, was Addy gesagt hatte.

Sie riss sich los, der Wagen fuhr im selben Moment an und sie landete auf dem Fußboden. Erschrocken sah sie zur Straße, während einer der Soldaten auch ihr eine Decke über die Schultern legte. Ihr wurde kalt und heiß zugleich, als sie begriff, was gerade geschah. Orsett rückte rasend schnell in die Ferne und sie fuhr genau auf London zu.

KAPITEL 3

ADDY

TAG 1: SA, 11:30 UHR, LONDON, ENGLAND

Nachdem sich der Sanitäter davon überzeugt hatte, dass Addy nicht unter einer Gehirnerschütterung litt, ließ man sie endlich in Ruhe. Nur aussteigen durfte sie nicht, sosehr sie auch darum bettelte und versuchte zu erklären, woher sie kam. Laut dem Sanitäter war der Konvoi unterwegs nach London, um beim Aufbau eines Lazaretts zu helfen, und als Minderjährige, die meilenweit von ihrem Zuhause entfernt in einem Katastrophengebiet aufgegriffen worden war, hatte sie keine andere Wahl, als sich dorthin bringen zu lassen. Aber sie wartete nur auf eine Gelegenheit, abhauen zu können. Irgendwie musste es ihr gelingen, aus diesem Albtraum zu entfliehen.

Schweigend beobachtete sie die Landschaft, die an ihnen vorbeiflog, und beschäftigte ihre Finger damit, an dem grünen Bändchen zu ziehen, das der Sanitäter ihr zur Einordnung ihrer Verletzungen ums Handgelenk gebunden hatte.

Südlich der Themse lag alles in Trümmern. Von Forest Hill bis Brixton stand kein einziges Gebäude mehr. Auch Westminster war in Mitleidenschaft gezogen worden, sodass sie trotz der Entfernung freie Sicht auf die unversehrten Grünanlagen rund um den Buckingham Palace hatten. Der Big Ben erhob sich aus einem Trümmerfeld und im Vorbeifahren sah Addy, dass das London Eye in die Themse gestürzt war.

Die Innenstadt selbst schien von den Bomben verfehlt worden zu sein. Was von Weitem noch wie eine einzige Ruine ausgesehen hatte, ließ Addy nun doch auf Überlebende hoffen. Aber wie viele konnten das in Anbetracht dieser Zerstörung schon sein? Alleine die Tatsache, dass die Straßen nicht von Flüchtenden verstopft waren, ließ das Schlimmste befürchten.

Unzählige Menschen mussten bei den Explosionen ihr Leben gelassen haben und bisher schien niemand sagen zu können, warum. Auch die Soldaten hatten keine Ahnung und führten nur Befehle aus.

Addy hatte das Gefühl, neben sich zu stehen. Als wäre sie nicht wirklich ein Teil dieser Katastrophe, sondern bloß ein Beobachter. Alles um sie herum lief wie ein Film vor ihr ab. Als könne sie jederzeit die Fernbedienung in die Hand nehmen und das Programm wechseln. Ihr war klar, dass ihr Verstand sie da täuschte. Er versuchte, sie vor der Wirklichkeit zu schützen, doch die würde sie früher oder später einholen. Und es würde sie härter treffen, als sie es sich ausmalen konnte, wenn es ihr nicht vorher gelang, die Stadt wieder zu verlassen.

Nachdem der Konvoi das provisorisch errichtete Lazarett erreicht hatte, half man ihr und den anderen Zivilisten vom Wagen. Einer der Soldaten deutete in die Richtung, in der Addy sich versorgen lassen könnte. Dann lenkte ihn die Hektik von ihr ab und er verschwand.

Addy blieb allein zurück. Überall um sie herum waren Menschen, rannten an ihr vorbei, rempelten sie an. Es war voll, laut und es kam ihr vor, als würde sich alles um sie herum drehen. Ihr Atem ging schneller und sie konnte keinen klaren Gedanken fassen. Verzweifelt sah sie sich um, fand die Richtung, aus der sie gekommen waren, und drängte sich zwischen den Menschenmengen hindurch. Sie musste, so schnell es ging, raus aus der Stadt. Mit gesenktem Blick kämpfte sie sich durch die Massen und hatte erst das Gefühl, wieder frei atmen zu können, als sie sie hinter sich gelassen hatte.

Nachdem es um sie herum ruhiger geworden war, sah sie wieder auf. Im Wagen hatte sie es noch vermeiden können, sich die Umgebung genauer anzusehen. Doch nun hatte sie keine andere Wahl, wenn sie sich nicht verirren wollte.

Das, was sie sah, hatte nichts mehr von der Großstadt, die sie kannte. Zwar fühlte es sich für Addy noch immer wie ein Gefängnis aus Beton an, aber der Lärm und die Hektik fehlten außerhalb des provisorisch errichteten Lazaretts. Da waren nur noch sie und die Stille der Ruinen, die sie durchschritt. Ein mulmiges Gefühl ergriff Besitz von ihr. Ein Gefühl, das sich ihr fest um den Magen schraubte.

Sie folgte der Fenchurch Street. Der Boden war von Glasscherben übersät und Autos lagen wie verwehtes Herbstlaub umgekippt mitten auf der Straße oder am Bürgersteig. Und überall, wo Addy hinsah, sah sie Leichen. Ihre Brust verengte sich und es war ein Kampf weiterzugehen. Sie versuchte, stur nach vorne zu blicken. Aber sie konnte nicht vermeiden, all die verdrehten Körper zu sehen, die leblosen Arme, die aus den Autos ragten, abgerissene Körperteile und vor den Läden aufgereihte Tote. Sie alle waren bereits von den Ersthelfern mit Bändchen markiert worden. Blaue Bändchen, wohin Addy nur sah. Sie griff unweigerlich an das grüne Band um ihren Arm und klammerte sich daran fest.

Hier und dort war der Asphalt aufgebrochen und Addy zeigte sich dasselbe Bild wie schon vor der Stadt: Pflanzen wucherten wild durch alle Risse und Ritzen und erweckten den Anschein, als läge der Bombenangriff bereits Monate zurück. Sie ging in die Hocke, strich mit den Fingern über die Grasbüschel und hatte sofort das Gefühl, freier atmen zu können.

Die vielen Pflanzen um sie herum trugen sicher mit dazu bei, dass Addy die Kraft fand, London zu durchqueren. Nur erklären konnte sie sich das alles nicht.

Sie lief weiter, bis ihr ein umgestürzter Doppeldeckerbus den Weg versperrte. Mit der Front steckte er in einem Gebäude und das Heck ragte über die Straße. Addy umrundete den Routemaster schnellen Schrittes.

Da saßen Menschen im Bus fest und ein paar Passanten versuchten, sie durch die gebrochene Heckscheibe zu befreien.

Addy wandte sich an einen der umherstehenden Männer. »Da ist ein Militärlager, ein paar Straßen weiter«, erklärte sie. Ihre Stimme zitterte und erst jetzt fiel ihr auf, dass das auch ihre Hände taten.

»Danke dir«, sagte er und klopfte ihr auf die Schulter.

Addy schluckte schwer. Ihr Atem ging schneller und sie hatte das Gefühl, dass der Film, der sich vor ihr abspielte, immer greifbarer wurde. Sie rutschte in die Wirklichkeit, spürte die Schrammen auf ihren Armen und Beinen schmerzhaft brennen, roch den Gestank nach Benzin, Asche und verbranntem Gummi und die Geräusche um sie herum vermischten sich nicht mehr zu einem undefiniertem Rauschen. Sie hörte das Wimmern und Weinen, das Ächzen der Gebäude und Schreie in der Ferne. Das Gefühl, alles um sie herum würde zusammenschrumpfen und sie zerquetschen, wurde übermächtig. Benommen taumelte sie einen Schritt zurück.

»Leute, das Militär ist da. Ich gehe Hilfe holen!«, rief der Mann ins Innere des Busses.

»Hey, Mädchen«, sprach eine Frau Addy an. »Du solltest auch zu diesem Lager gehen. Du siehst nicht gut aus.«

»Nein, ich … mir geht es gut«, stammelte sie unbeholfen.

»Bist du alleine? Wo ist deine Familie?«

Die Frau kam näher und Addy wich zurück. Noch einmal wollte sie sich nicht davon abbringen lassen, zurück nach Orsett zu gehen.

»Komm, ich begleite dich«, bot sie ihr an.

Addy drehte sich auf dem Absatz um und rannte los. Ob die Frau ihr nachsah oder folgte, wusste sie nicht. Sie sah sich nicht um, ignorierte den Lärm und die Schreie. Sie wollte nichts weiter, als endlich raus aus dieser Stadt, weg von dem Asphalt, der Enge und dem Lärm, von der Zerstörung und dem Geruch nach Rauch, Asche und verkohltem Fleisch.

Bald brannte ihr die Lunge und ihre Glieder schmerzten, doch sie lief weiter – lief, bis ihr ihre Tränen die Sicht nahmen und sie dazu zwangen innezuhalten.

Ihr Atem hetzte und ihr Herz pochte wie wild in ihrer Brust. Sie lehnte sich an eine Hauswand, trocknete ihre Tränen und atmete mehrmals tief durch.

Die Gegend erkannte sie trotz der Zerstörung wieder. Es konnte nicht mehr lange dauern, bis sie zum Londoner Airport käme. Damit hätte sie zumindest die ersten fünf Meilen ihrer Wegstrecke hinter sich gebracht. Doch egal, wie weit sie rennen würde, sie konnte dem, was sie gesehen hatte, nicht entkommen.

Sie atmete noch einmal tief ein und hielt die Luft diesmal an. Um das hier zu überstehen, musste sie stärker sein. Stärker als ihre Tränen, stärker als das Mädchen, das sie bisher gewesen war. Sie sah auf ihre zitternde Hand, ballte sie zu einer Faust und streckte die Finger wieder. Ganz konnte sie das Zittern nicht abstellen, aber zumindest einigermaßen in Schach halten.

Nicht weit von ihr entfernt, hörte sie Glas zerspringen. Sie schrak zusammen und schaute sich um. Jemand hatte eine Schaufensterscheibe eingeschlagen und sofort stürzten sich die Menschen wie eine Schar Heuschrecken auf die Auslagen. Wenn es ein Supermarkt gewesen wäre, hätte Addy es noch verstanden. Auch ihr knurrte der Magen und sie trennte nicht mehr viel vom Mundraub. Aber das, was die Menschen aus dem Geschäft stahlen, waren Flachbildfernseher und Stereoanlagen. Und das nur wenige Straßen entfernt von unzähligen toten Menschen, die den Bombeneinschlägen und deren Folgen zum Opfer gefallen waren.

Angewidert wandte sie sich zum Gehen, doch statt der offenen Straße sah sie sich der breiten Brust eines Mannes gegenüber. Er überragte sie um eine Kopfhöhe und Addy stieß gegen ihn wie gegen eine Wand.

»Wohin denn so eilig?«, fragte er und packte sie. Durch kleine, tief in den Höhlen liegende Augen funkelte er sie gehässig an.

Addy versuchte loszukommen, sorgte damit aber nur dafür, dass sich seine Finger noch fester um ihren Oberarm schraubten.

»Loslassen!«, giftete sie ihn an und trat gegen sein Schienbein.

Der Mann zuckte nicht einmal und Panik stieg in Addy auf. Ihr Herz begann zu rasen und sie wehrte sich verzweifelt. Der Fremde war wie ein Fels, mit behaarten, von verblassten Tattoos übersäten Armen, dicker als Addys Schenkel, Händen wie Pranken und einem rasierten Schädel. Beim Versuch, sich zu befreien, fügte Addy sich wahrscheinlich selbst mehr Schmerzen zu als ihm. Er drängte sie in eine Seitengasse, wo sie von mehreren Männern umringt wurde.

»Lass mich!«, schrie sie verzweifelt.

»Wen hast du denn da aufgegriffen, Morris?«, fragte einer.

Addy war umzingelt. Sie schaute ängstlich von einem fies grinsenden Gesicht zum anderen, lief rückwärts und wurde sogleich wieder nach vorne gestoßen.

»Das Püppchen sieht aus, als hätte es sich verlaufen, meint ihr nicht?«, lachte der Mann namens Morris.

Die anderen stimmten ihm zu.

Addy war wie erstarrt. Sie wollte fliehen. Einfach nur so schnell und so weit sie konnte weg von diesen Männern. Aber sie waren überall und plötzlich drängte sie dieser Morris gegen die Wand.

»Das ist doch so, oder?«, fragte er.

Addy spürte seine Hand an ihrer Wade. Ihr Herz verkrampfte sich, ihre Kehle war wie zugeschnürt, und als der Mann sich vorbeugte, legte sich sein stinkender Atem auf ihre Haut. Ekel stieg in ihr auf und sie versuchte, seinem Blick auszuweichen.

»Nicht so schüchtern«, flüsterte er ihr ins Ohr.

Seine Hand schob sich weiter nach oben. Er ließ ihren Arm los, strich ihr über den Hals, und ehe er reagieren konnte, hatte Addy sich weggeduckt und rannte los. Sie dachte nicht nach, sie handelte nur, versuchte, die offene Straße zu erreichen, als sie schon einer der anderen Männer an der Hüfte packte und zurück in den Pulk zog.

Addy schrie, trat und schlug um sich und traf dabei sicher den einen oder anderen von ihnen. Doch das brachte sie nur dazu, sie auszulachen und den Kreis um sie noch enger zu ziehen. Panisch hetzte Addys Blick über die Meute. Da war keine Lücke, kein Ausweg.

»Wir wollen dir doch nur helfen, Süße«, säuselte einer von ihnen.

»Komm schon, Zuckerstück, gönn uns den Spaß.«

Addy wich zurück und kräftige Hände legten sich von hinten um ihre Arme. »Du kannst schreien«, flüsterte ihr jemand ins Ohr. »Aber was, glaubst du, bringt dir das, während Ausnahmezustand herrscht?«

»Lasst eure dreckigen Finger von mir!«, schrie sie und riss sich los.

»Oh, Vorsicht, die beißt bestimmt«, höhnte Morris.

Addy hatte nichts zu verlieren. »Wenn es sein muss!«, knurrte sie.

Aus ihrer Angst war Wut geworden. Ihr ganzer Körper bebte und sie schnaubte durch die Nase wie ein wild gewordener Stier. Kampflos würde sie sich nicht ergeben, doch allein beim Gedanken daran, wie wenig sie diesen Männern entgegenzusetzen hatte, füllten Tränen ihre Augen. An ihrer Entschlossenheit änderte das aber nichts.

Ein lautes Pfeifen zog die Aufmerksamkeit aller auf sich. Jemand war in die Gasse getreten. Ein junger Mann, der breitbeinig dastand und im Gegenlicht nur als Silhouette zu erkennen war.

»Verpisst euch!«, schrie er.

»Zwing uns doch, du Spinner!«, entgegnete Morris.

Der Fremde hob gelassen die Hände und nun sah man, dass er darin etwas hielt. Es musste eine Waffe sein, denn er zielte damit auf Morris.

»Nur zu gerne«, sagte er hämisch.

Addy sah sich um. Die Männer wichen zurück, aber sie wagte es noch nicht zu hoffen.

»Der schießt doch nie im Leben«, behauptete Morris und packte Addy wieder am Arm. Sie wehrte sich, kam aber nicht frei. »Ich habe diese verdammten Bomben überlebt. Denkst du, ich lasse mich jetzt von einem Halbwüchsigen abknallen?«

Trotz der Entschlossenheit ihres Anführers suchte ein Mann nach dem anderen das Weite, bis nur noch Morris geblieben war.

»Wie läuft das jetzt? Soll ich bis drei zählen, bevor ich abdrücke, oder willst du dich lieber überraschen lassen?«, fragte der Fremde mit der Waffe.

»Ach, scheiß drauf!«, knurrte Morris, ließ Addy los und folgte den anderen.

Die Anspannung fiel so plötzlich von ihr ab, dass sie glaubte zusammenzubrechen.

»Alles gut?«, fragte der junge Mann und senkte seine Waffe.

Addy verließ die Gasse auf wackeligen Beinen. Neben ihm blieb sie stehen und lehnte sich an die Wand.

Sie hatte keine Ahnung, ob alles gut war. Es hatte schon immer Ecken in London gegeben, die man als Frau besser meiden sollte. Sie hätte bloß nie damit gerechnet, nach einer derartigen Katastrophe auf ein solches Gesocks zu treffen. Ihre Beine waren weich wie Pudding und ihr Herz raste. Vor wenigen Stunden waren Bomben auf die Stadt geregnet und diese Mistkerle hatten nichts Besseres zu tun, als Frauen zu belästigen. Wie erbärmlich war das denn?

»Du solltest hier so nicht rumlaufen«, riet Addys Retter ihr und deutete mit seiner Waffe auf ihre Schuluniform.

Sie wandte sich ihm zu.

Nun, da sie ins Licht getreten war, konnte sie ihn besser erkennen. Er war kaum älter als sie, höchstens zwanzig. Hochgewachsen, mit dunklem Haar, das ihm in Strähnen ins Gesicht fiel. In seinen schmalen Augen funkelte es hämisch, aber wirklich bedrohlich wirkte er von Nahem nicht. Eher wie ein Schönling, dessen Waffe sein Lächeln und keine kleinkalibrige Pistole war.

»Wie nicht rumlaufen? Auf zwei Beinen?«

»Mit nackten Beinen«, korrigierte er sie.

Addy legte die Stirn in Falten und betrachtete das, was er in der Hand hielt, genauer. Das war doch keine echte Waffe?

»Hast du da …?«, begann sie und deutete auf das Gerät in seiner Hand.

»Einen Etikettierer? Yep.«

Entsetzt starrte sie ihn an. Er trug nicht nur einen Etikettierer bei sich, er war auch wie ein Supermarktangestellter gekleidet. Dieser Kerl hatte sie gerade mit einem Stück nutzlosem Plastik gegen ein halbes Dutzend muskelbepackter Gangster verteidigt und wirkte so gelassen, als gehörte das zu seinem Alltag.

Addy sank an der Wand zu Boden. Ihre Beine hielten sie einfach nicht mehr aufrecht. Nach und nach wurde ihr erst richtig bewusst, wie knapp sie entkommen war.

»Du willst hier jetzt hoffentlich keine Wurzeln schlagen«, meinte er. »Die Kerle könnten jederzeit wiederkommen.«

»Hast du eine Ahnung, wie idiotisch das war?« Sie sah zu ihm auf. Er trug ein Namensschild, auf dem Ben stand. So hieß er also, ihr Ritter in strahlender Rüstung. Wieso nicht gleich Clark Kent oder Peter Parker? Sie konnte noch immer nicht fassen, wie leichtsinnig er sein Leben für sie, eine völlig Fremde, aufs Spiel gesetzt hatte.

»Die richtige Reaktion wäre ein Dankeschön«, erwiderte er. »Außerdem kann ich dein Höschen sehen.«

Er deutete auf ihren Schritt. Addy spürte die Hitze in ihre Wangen steigen und stopfte sich eilig den Rock zwischen die Oberschenkel.

»Komm, ich helfe dir auf«, bot er an und streckte ihr die Hand entgegen.

»Ben, richtig?«

Er nickte und sie ließ sich von ihm aufhelfen.

»Danke«, sagte sie leise.

»Immer wieder gerne«, meinte er und sah sie fragend an.

»Hab … hab ich etwas im Gesicht?« Sie wischte sich verunsichert über Wange und Stirn und hoffte, dass es nicht Morris' Spucke oder etwas noch Ekligeres war.

Ben lachte. »Deinen Namen. Du hast ihn mir nicht genannt.«

»Ähm.«

»Vergessen?«

Addy schüttelte den Kopf. Es fiel ihr schwer, einen klaren Gedanken zu fassen. »Addy. Addyson«, sagte sie eilig.

»Nun gut, Addy Addyson …«

»Maxwell«, verbesserte sie ihn.

Ben sah sie mit angehobenen Brauen an. »Addy Addyson Maxwell? Mein Beileid.«

»Nein, du Idiot«, stöhnte sie und das erste Mal seit Beginn dieser Katastrophe huschte ihr ein Lächeln über die Lippen. »Addyson Maxwell. Kurz: Addy.«

»Schon verstanden«, sagte er und schmunzelte amüsiert.

»Also, Addy, willkommen beim Ende der Welt!« Er wandte sich der Straße zu, breitete die Arme aus und drehte sich, als wolle er ihr die Stadt präsentieren. Dann sah er wieder zu ihr. »Diese Fahrt wird ziemlich holprig, also schnall dich besser an.«

»Das Ende der Welt? Wie kannst du dir da sicher sein?«

Er hob lässig die Schultern. »Irgendwann musste der dritte Weltkrieg ja mal kommen, oder? Ein Gasleck war das hier sicher nicht, und wenn es nur London getroffen hätte, würde zumindest noch der Satellitenempfang funktionieren.«

Addys Gedanken rasten. Was er sagte, klang logisch. Aber glauben wollte sie es nicht. Noch immer klammerte sie sich an die Hoffnung, das alles könnte ein schrecklicher Unfall sein.

»Du nimmst das ziemlich locker, oder?«, fragte sie.

»Man muss immer mit dem Schlimmsten rechnen«, meinte er gelassen.

Langsam fragte Addy sich, ob sie denn die Einzige war, die

nicht damit gerechnet hatte, dass an diesem Tag die Welt unterging. Auch dieser fremde Junge an der Schule hatte die Explosionen gelassen hingenommen, die Soldaten waren ruhig geblieben und bei Morris und seinen Männern war es ihr vorgekommen, als hätten sie nur auf eine Gelegenheit gewartet, sich über alle Regeln der Gesellschaft hinwegzusetzen.

In den Nachrichten hieß es immer, dass die Menschheit höchstens noch hundert Jahre hätte. Von nur einem Tag war nie die Rede gewesen.

»Irgendwo soll es ein Militärcamp geben. Ich glaube, dort entlang.« Ben deutete in die Richtung, aus der sie gekommen war. »Du solltest dorthin gehen.«

»Im Leben nicht«, erwiderte Addy prompt.

»Oh, tut mir leid.« Beschwichtigend hob er die Hände. »Du scheinst ja eine ganz Toughe zu sein, die gut alleine zurechtkommt. Hätte ich dir nicht helfen sollen? Hast du die Kerle nur glauben lassen, hilflos zu sein, und ich Dummkopf habe dich unterbrochen, bevor du deine Superkräfte zeigen konntest? Deine Verwandlung in Wonder Women hätte ich gerne gesehen.«

»Du wirst mit dem Etikettierer auch kein zweites Mal Erfolg haben, also spiel dich nicht so auf. Geh doch selbst zum Militär. Ich gehe jedenfalls nach Hause.«

»Wie du meinst«, sagte er und wandte sich ab.

Auch Addy richtete sich wieder nach Osten. Wenn sie vor Einbruch der Nacht zu Hause sein wollte, durfte sie keine Zeit mehr verlieren.

Sie war bereits einige Schritte gegangen, als sie doch stehen blieb. Sie kannte diesen Ben nicht, wusste nichts über seine Vergangenheit oder seinen wahren Charakter. Aber er hatte ihr selbstlos das Leben gerettet. Wie hätte sie ihn da einfach ziehen lassen können?

»Du kannst mitkommen«, sagte sie und drehte sich wieder zu ihm um. Doch er war nicht mehr da.

»Ben?«, rief sie, bekam aber keine Antwort.

Alles was sie wahrnehmen konnte, war dieser ihr vertraute süßliche Geruch, der sie an ein durchgebranntes Kabel erinnerte. Schon mehrmals hatte sie ihn gerochen und konnte es sich nicht erklären. Bildete sie sich das ein? Kaum dass sie den Duft wahrgenommen hatte, war er auch schon wieder verschwunden.

Sie hätte früher dran denken müssen, Ben ihre Hilfe anzubieten. Dass sie aus Orsett kam, wusste er ja nicht. Zu Hause hatte sie eine gefüllte Speisekammer und ein warmes Bett. Die meisten Menschen in London, die heute Morgen noch ein Dach über dem Kopf und ein intaktes Leben gehabt hatten, saßen nun auf der Straße und wussten nicht, was ihnen der nächste Tag bringen würde. Ben war einer von ihnen. Aber zumindest machte Addy sich bei ihm keine großen Sorgen, dass er nicht zurechtkäme. Dennoch konnte sie die Vorwürfe, die sie sich machte, nicht ganz abschalten.

Addy setzte ihren Weg fort, weiter nach Osten, raus aus London und weg von der Zerstörung. Doch den Gestank aus Asche und Rauch wurde sie auch dann nicht los, nachdem sie die Stadt hinter sich gelassen hatte. Er haftete an ihren Kleidern und klebte ihr im Haar.

Je weiter sie kam, desto seltener traf sie auf andere Menschen. Müde schleppte sie sich voran. Ab und an fuhr ein Auto an ihr vorbei, wurde aber nicht langsamer. Niemand bot ihr Hilfe an und sie konnte sehr gut verstehen, warum. An diesem Tag war sich jeder selbst der Nächste – mit wenigen Ausnahmen.

Addy passierte die Felder, auf denen die Bäume entwurzelt worden waren. Wo sie gelegen hatten, wuchs nun hüfthoch das

Dickicht. Aus ihren Ästen waren binnen kürzester Zeit neue, junge Bäume geworden. Fleischige Dornenranken reckten sich aus dem Gestrüpp und wucherten teilweise schon über die Straße.

Für Addy gab es keinen Zweifel mehr, dass jemand auf rapide Weise in das Ökosystem eingegriffen hatte. Bei all der Zerstörung, die sie in den letzten Stunden mit angesehen hatte, konnte sie aber nicht anders, als die Veränderung der Natur als schön und beinahe friedfertig zu empfinden. Die Enge in ihrer Brust war verschwunden und sie konnte wieder frei atmen.

Statt endloser Felder gab es nun ein Meer aus bunten Blüten und Pflanzen. Sogar die Tiere fühlten sich hier wohl. Vögel zwitscherten und pummlige Hummeln flogen von Blume zu Blume. Addy blieb einen Moment stehen, um das Schauspiel zu beobachten. Ein sanftes Lächeln legte sich auf ihre Lippen und alles Schlimme, was sie an diesem Tag erlebt hatte, rückte ein Stück weit in die Ferne – wenn es sie auch nicht wirklich losließ.

Die Sonne stand bereits tief und Addy wurde immer langsamer. Mittlerweile war sie zu erschöpft, um sich noch um die Blasen zu scheren, die sie sich gelaufen hatte. Auch ihr Bett lockte sie nicht mehr, als es das weiche Moos unter einem der Bäume tat.

So schnell, wie die Natur sich verändert hatte, befürchtete Addy aber, in einer völlig fremden Umgebung aufzuwachen, wenn sie es sich hier für eine Weile gemütlich machte. Also lief sie weiter.

Sie zog kraftlos einen Fuß vor den anderen. Ob sie es noch vor Einbruch der Nacht nach Orsett schaffen würde, wusste sie nicht. Bereits jetzt konnte sie ihre Augen kaum noch offen halten.

Als sie den nächsten Hügel überquerte und sich an einen

Baum stützte, um etwas Kraft zu sammeln, stellte sie mit Erstaunen fest, dass dessen Stamm kalt und glatt war. Sie betrachtete ihn genauer und erkannte in dem vermeintlichen Baum ein überwuchertes Ortschild. Darauf zu lesen war »Willkommen in Orsett, bitte fahren Sie vorsichtig«. Sie hätte das Schild küssen können!

Die Aussicht auf zu Hause schenkte Addy noch einmal ungeahnte Kräfte und beschleunigte ihre Schritte. Sie rannte um die Kurve und sah zu ihrer rechten Seite die Mauer des ersten Grundstücks. Die Bäume waren so dicht und hochgewachsen, dass sie das Haus dahinter nicht erkennen konnte. Sie lief weiter und kam zu den ersten Gebäuden. Spätestens jetzt gab es keinen Zweifel mehr. Auch in Orsett spielte die Natur verrückt. Die Bäume in den Vorgärten der vielen kleinen, frei stehenden Häuser waren in die Höhe geschossen, Zäune und Mauern überwuchert worden. Die Gärten waren längst nicht mehr so gepflegt wie noch vor wenigen Stunden. Das Gras wucherte wild, griff teils auf die Straßen über und die Gartenzwerge waren von den vielen Pflanzen verschlungen worden. Nur am Horizont, hinter den Wohnhäusern, ragten ungerührt die mächtigen Türme des Elekreen-Kraftwerks in den Himmel.

Addy rannte durch die Straßen bis nach Hause. Die Freude, endlich alles hinter sich gelassen zu haben, war so groß, dass sie erst, als sie vor ihrer Einfahrt stand, realisierte, wie ausgestorben die Stadt schien. Was, wenn sie evakuiert worden war? Panik stieg in ihr auf.

Sie schlug sich durch die Hecken, die ihre Haustür verschluckt hatten, klingelte und hämmerte gegen die Tür.

»Mum!«, schrie sie. Nichts regte sich. »MUM!«

Ihr Atem ging schnell. Sie hatte das Gefühl zu ersticken. Wieso war niemand da? Wo waren die Bewohner, wo waren ihre

Autos? Und wieso wimmelte es hier nicht von Flüchtlingen, die sich über die verlassene Kleinstadt hermachten, wie sie es bei den Geschäften in London getan hatten?

Plötzlich wurde die Tür aufgerissen und ihre Mutter stand Addy gegenüber. Sie sah sie an, als wäre sie ein Geist. Ihre Augen waren rot unterlaufen und glitzerten von den Tränen, die sich darin gesammelt hatten.

»Mum …«, hauchte Addy mit tonloser Stimme und fiel ihr in die Arme.

»Gott sei Dank, du lebst!«, stieß ihre Mum aus und drückte Addy so fest an sich, dass es wehtat.

In diesem Moment wünschte Addy sich, ihre Mum nie mehr loslassen zu müssen. Sie wollte wieder ihre kleine Tochter sein und ihr glauben können, wenn sie ihr versprach, alles würde gut werden. Sie wollte sich von ihr halten und trösten lassen und das, was sie an diesem Tag erlebt hatte, als schrecklichen Albtraum abtun und vergessen.

Wenn es nur so einfach gewesen wäre.

KAPITEL 4

YOUNES

TAG 1: SA, 13:15 UHR, TORONTO, KANADA

Younes rührte in den Dosenravioli, die vor ihm auf dem Herd standen. Dabei starrte er auf die grauen Wolken, die über den Dächern Torontos hingen und ein Unwetter verhießen, das ebenso wild wüten würde wie die Gedanken in seinem Kopf.

Es war Samstag. Er hätte bei seiner Mannschaft sein sollen, trainieren für das nächste Spiel. Hockey war einmal sein Leben gewesen, er war gut in diesem Sport – sehr gut sogar. Bei dem Gedanken daran schraubten sich seine Finger fester um den Holzlöffel in seiner Hand und für einen Moment füllte sich die Leere, die sich vor langer Zeit schon in ihm breitgemacht hatte, mit Wut.

Hockey gehörte der Vergangenheit an. So wie alles, was Younes früher als selbstverständlich erachtet hatte. Seit einem Jahr bestand sein Leben nur noch aus Hausarbeit, Schule, Lernen und den regelmäßigen Besuchen im Krankenhaus. Für ihn war das zur Normalität geworden und er kam damit zurecht. Irgendwie.

Nur manchmal, an Tagen wie diesem, half alles nichts. Da wurde er das Gewitter in seinem Kopf nicht los, jeder Handgriff fiel ihm schwer und er musste unentwegt daran denken, dass alles anders hätte kommen können, wenn seine Mutter damals zu Hause geblieben wäre.

»Was stinkt hier so?«, fragte Ella und riss Younes damit aus den Gedanken.

Schlagartig stieg ihm der Geruch nach Verbranntem in die Nase.

»Fuck!«, stieß er aus, riss den Topf vom Herd und verschüttete den Inhalt dabei quer über die Arbeitsplatte, seinen Ärmel und das Blümchenkleid seiner kleinen Schwester.

Ella probierte von der Tomatensoße auf ihrem Rock und rümpfte angewidert die Nase.

»Das schmeckt wie Aschenbecher«, stellte sie fest.

Eine schöne Scheiße war das. Younes kratzte mit dem Löffel an der schwarze Kruste am Topfboden herum, gab schließlich auf und warf alles in die Spüle. Er seufzte. Nun hatte er auch den letzten Topf ruiniert, der noch zu etwas taugte. Ein Meisterkoch war an ihm ganz sicher nicht verloren gegangen.

»Ich mache was Neues«, versprach er, ohne eine Idee zu haben, was er kochen könnte. Er strich seiner Schwester beiläufig über ihr blondes Haar und ließ seinen Blick durch die Küche schweifen. Bis auf Ellas Lieblingsmüsli und Ahornsirup waren die Schränke leer. Er musste nicht hineinschauen, um das zu wissen.

»Brauchst du nicht. Ich esse Müsli.«

»Ganz bestimmt nicht«, wehrte er schmunzelnd ab. »Das hast du schon zum Frühstück und zu Mittag gegessen. Du kannst dich nicht nur von diesem süßen Zeug ernähren.«

»Muss ich ja wohl, wenn du alles anbrennen lässt«, neckte Ella ihn.

»Nicht so frech, Fräulein!«, ermahnte er sie mit erhobenem Zeigefinger und schiefem Grinsen auf den Lippen. »Sonst gibt es statt Müsli nur noch Äpfel und Bananen.«

Ella streckte ihm als Antwort die Zunge raus, was Younes ein flüchtiges Lächeln entlockte. Nach allem, was ihnen im letzten

Jahr widerfahren war, hatte Ella ihre Lebensfreude nie verloren. Sie war mit ihren damals vier Jahren einfach noch zu jung gewesen, um wirklich zu verstehen, was sie verloren hatten.

Für ihre Mutter war sie ihr kleiner Sonnenschein gewesen und Younes setzte alles daran, dass Ella dieses Leuchten nicht verlor. Sie erhellte auch sein Leben. Jeden Tag und ganz egal, wie düster die Wolken am Himmel auch waren. Ohne sie hätte er nicht so lange durchgehalten.

Er wandte sich dem Kühlschrank zu, ahnte aber bereits, dass er dort nur jede Menge Bier und die Milch für das Müsli finden würde. Falls überhaupt noch Milch da war.

Kaum dass er den Kühlschrank aufgezogen hatte, hörte er das Knarzen des Fernsehsessels im angrenzenden Wohnzimmer. Sofort war sie wieder da, diese Wut in seinem Bauch, die sich nie gänzlich verbannen ließ.

»Hey, Junge!«, rief sein Vater ihm zu. Er bekam die Zunge kaum rund, so betrunken war er.

Younes sah vom Kühlschrank auf. Im Wohnzimmer waren die Vorhänge zugezogen, sodass nur das Flimmern des Fernsehers den abgedunkelten Raum in ein unstetes, kaltes Licht hüllte.

Owen Tremblay saß eingesunken in seinem Sessel vor der Glotze. Er wandte sich seinem Sohn nicht zu, sondern hob nur die leere Bierflasche und schüttelte sie. »Bring mir noch ein Bier«, brummte er und ließ seine Hand nach unten sacken, als wäre die Flasche darin mit einem Mal um zehn Pfund schwerer geworden.

Younes warf einen kurzen Blick auf die zwei angebrochenen Sixpacks im Kühlschrank. Er hätte seinem Vater zurufen sollen, dass er sich sein beschissenes Bier selber holen solle. Aber um Ellas willen versuchte er, sich nicht mehr mit ihm anzulegen. Er hatte es aufgegeben, mit ihm zu streiten, genauso wie sein Vater es aufgegeben hatte, wieder auf die Beine zu kommen.

Er war gemeinsam mit seiner Frau an jenem Tag vor einem Jahr gestorben. Es war ihm nicht gelungen zu verhindern, dass Frust, Selbstmitleid und Schuldgefühle die Leere füllten, die auch Younes in sich fühlte. Was dort im Wohnzimmer herumlungerte, war nicht mehr sein Vater. Er war nur noch ein Schatten seiner selbst.

Younes biss die Zähne zusammen, schnappte sich ein Bier und brachte es ihm. Im Fernsehen war die Spielfilmübertragung von einer Eilmeldung unterbrochen worden. Tornados wüteten in Miami und Orlando, verwüsteten die Küstenlandschaft und richteten Schäden in Milliardenhöhe an. Im unteren Bildschirmrand lief zudem ein Text durch, der von Bombardements in Europa berichtete. Younes schüttelte fassungslos den Kopf. Offensichtlich ging nicht nur sein Leben den Bach runter – diese ganze verdammte Welt war dem Untergang geweiht. Er konnte kaum glauben, was er da sah.

»Was soll der Scheiß!«, brüllte Owen und stemmte sich in seinem Sessel hoch. Schnaufend starrte er auf das Bier. »Soll ich die Flasche mit den Zähnen aufmachen?«

Younes, der in Gedanken noch ganz bei dem Katastrophenbericht war, sah nur flüchtig zu seinem Vater. Nichts als Ekel empfand er für ihn. Er stank nach Bier und Pisse, war verschwitzt und sein Blick war trübe und leer. Er war nie ein sehr fürsorglicher Vater gewesen, aber seine Frau hatte ihn geliebt und würde sich schämen, könnte sie ihn jetzt so sehen.

»Ist mir egal, wie du es aufmachst«, murmelte er, stellte das Bier auf den Wohnzimmertisch und ging.

Aus der Küche hörte er, wie Ella Müsli in eine Schüssel schüttete. Er war kaum zwei Schritt weit gekommen, da packte ihn Owen am Arm und hielt ihn auf.

»Werd ja nicht frech!«, knurrte sein Vater und schraubte die

Finger fest um Younes' Arm. Er kämpfte sich aus seinem Sessel und schwankte dabei stark.

Unbeeindruckt blickte Younes ihm direkt in die Augen. »Was sonst?«, fragte er herausfordernd.

Er hatte es satt, sich alles gefallen zu lassen. Nur zu gerne hätte er seine Vorsätze über Bord geworfen und seinem Vater die Meinung gesagt. Doch kaum, dass er die Worte ausgesprochen hatte, sah er ein, dass das zu nichts führen würde. Er schnaufte verächtlich und riss sich mit einem Ruck los, sodass sein Vater ins Straucheln kam und sich am Sessel abfangen musste.

In ein paar Stunden würde er sich ohnehin an nichts mehr erinnern können. Es war der Alkohol, der aus ihm sprach, und Younes' Zeit war ihm zu schade, um sich auf so einen Mist einzulassen.

Er wollte ihn einfach stehen lassen, doch plötzlich holte Owen aus und schlug ihm mitten ins Gesicht.

Younes stolperte von ihm weg und wäre beinahe gestürzt. Mit weit aufgerissenen Augen starrte er zu Boden, wo einzelne Blutstropfen auf den Teppich gespritzt waren. Seine Wange pochte heftig und Hitze stieg ihm ins Gesicht. Der Zorn, der ihn mit einem Mal überrollte, rauschte ihm in den Ohren. Er riss den Kopf hoch, ging auf seinen Vater los und rammte ihm die Faust ins Gesicht.

»Fass mich nicht an!«, schrie er hasserfüllt.

Owen sackte neben seinem Fernsehsessel zusammen, griff sich mit zitternder Hand ins Gesicht und begann zu winseln wie ein Hund.

Younes' geballte Fäuste öffneten sich langsam wieder. Sein Atem ging schnell und tausend Gedanken dröhnten zeitgleich in seinem Schädel. Er wusste, dass er es bald bereuen würde, seiner Wut freien Lauf gelassen zu haben.

»Youn …?«, flüsterte Ella und zog damit seine Aufmerksamkeit auf sich. Sie stand im Türrahmen und sah ihn verängstigt an.

Younes versuchte, ruhiger zu atmen, und wollte Ella versichern, dass alles gut war, doch sein Vater kam ihm zuvor.

»Es tut mir leid«, wimmerte Owen. Er schluchzte und streckte die Hand nach seinem Sohn aus. »Es tut mir so leid, Younes! Bitte …«

Unwillkürlich trat Younes einen Schritt zurück. Seiner Schwester zuliebe hätte er die Entschuldigung annehmen und seinem Vater aufhelfen sollen, doch er konnte nicht. Seine linke Gesichtshälfte pochte schmerzhaft und noch immer fiel es ihm schwer, seine Gedanken zu ordnen.

Er musste hier raus. Einen klaren Kopf bekommen. Raus aus dem dunklen, stickigen Zimmer und weg von dem Häufchen Elend, das sich vor ihm krümmte und wand wie ein Wurm. Owen hatte nichts mehr von dem Mann, der er einmal gewesen war. Gar nichts mehr.

»Komm, Ella«, forderte Younes sie auf und nahm im Vorbeigehen ihre Hand. »Wir besorgen uns unterwegs was zu essen.«

»Aber …!«, brachte Ella hervor und warf einen Blick auf ihr Müsli.

Younes schnappte sich auf dem Weg nach draußen ihre Jacken. Er zog die Tür hinter sich zu und eine schwere Last fiel von ihm, als er das Weinen und Schluchzen seines Vaters nicht mehr hören musste. Er konnte es nicht ertragen, ihn so zu sehen. Tagein, tagaus. Es zehrte an seinen Kräften und machte die Hölle, zu der sein Leben geworden war, noch unerträglicher.

»Fahren wir ins Domino's?«, fragte Ella mit leuchtenden Augen. Sie schien nicht wirklich verstanden zu haben, was gerade geschehen war. Vielleicht hatte sie es gar nicht gesehen?

»Pizza? Sicher«, murmelte er und schob sie zum Auto. Ella

krabbelte in den Kindersitz auf der Rückbank und Younes zog die Fahrertür auf. Sein Blick fiel auf die geröteten Knöchel seiner Hand. Mit dieser Wut im Bauch durfte er sich nicht hinters Steuer setzen. Er schloss die Augen und atmete mehrmals tief durch, bis das Rauschen aus seinen Ohren verschwunden war. Erst dann stieg er ins Auto.

»Bist du angeschnallt?«, fragte er Ella und blickte in den Rückspiegel.

Der Junge, der ihn daraus ansah, wirkte gefasst. Seine Wange war gerötet, Blut klebte ihm an der Unterlippe, doch seine dunklen, schmalen Augen waren kühl und unnahbar. Wie aufgewühlt er im Inneren war, verriet ihm sein Anblick nicht. Er fasste sich an die geschwollene Lippe und zuckte zusammen.

»Verdammt!«, fluchte er.

Ob das bis Montag verheilen würde? Er konnte es sich nicht leisten, so in der Schule aufzukreuzen. Einige Lehrer hatten ihn ohnehin schon auf dem Kieker, und dass es unter seinen vermeintlichen Freunden, den Sportlern und Cheerleadern seiner Highschool, einige Lästermäuler gab, war kein Geheimnis. Kämen Gerüchte auf, würde man ihm vielleicht seine kleine Schwester wegnehmen. Das durfte nicht passieren.

»Hast du dir wehgetan?«, fragte Ella mit leiser Stimme.

Younes lächelte sie durch den Spiegel an. »Nein«, behauptete er. »Das ist nichts.«

Er drehte den Schlüssel um, das Auto ratterte, sprang jedoch nicht an. Younes starrte für einen Moment auf das Zündschloss, dann krümmte er sich vor Lachen. Es war ja klar, dass auch noch das Auto streiken musste! An diesem beschissenen Samstag ging wirklich alles schief. Noch einmal wollte er den Schlüssel umdrehen, da klopfte es an der Scheibe. Ein Mädchen stand gebückt neben ihm und lächelte von einem Ohr zum anderen.

Younes verengte den Blick. Er hatte sie schon ein paar Mal gesehen, konnte sie aber nicht gleich zuordnen. Sie deutete mit einer Geste an, er solle die Scheibe runterkurbeln, und er tat ihr den Gefallen.

»Chloe, richtig?«, fragte er.

Chloe wirkte verwirrt. »Ja?! Ich wohne dort drüben, wir gehen zur selben Schule.«

»Tut mir leid, ich steh total neben mir. Kann ich dir irgendwie helfen?«

Es war kein Wunder, dass er sie nicht gleich als Mitschülerin erkannt hatte. Sie trug einen unförmigen himmelblauen Wollpulli mit einem riesigen Sternmotiv darauf und ausgeleierten Ärmeln, die ihr bis über die Fingerknöchel reichten. Das, zusammen mit der Hornbrille und den bunten Spangen im geflochtenen strohblondem Haar, ließ sie nicht wie eine Highschoolschülerin aussehen. Dabei war Chloe sicherlich sechzehn und damit gerade mal ein Jahr jünger als er.

»Kannst du mich in die Stadt mitnehmen?«, fragte sie.

Younes zögerte. Das Letzte, was er wollte, war, dass ein Mitschüler ihn so sah. Jedoch war es dafür wohl ohnehin zu spät.

»Ähm, klar …«

»Du bist mein Lebensretter!«, stieß sie erleichtert aus. Younes wollte noch hinzufügen, dass der Wagen sich weigerte anzuspringen, da umrundete sie bereits das Auto, nahm auf dem Beifahrersitz Platz und plapperte los, noch bevor sie richtig angeschnallt war. »Bei dem Wetter steht man bestimmt ewig an der Haltestelle, bis ein Bus kommt. Falls überhaupt einer kommt. Da muss nur ein laues Lüftchen wehen und schon streiken die. Bist du mal mit dem Bus in die Innenstadt gefahren? Klar bist du das, du hast deinen vorläufigen Führerschein ja auch erst seit einem Jahr oder so. Darfst du ohne Begleitung überhaupt fahren? Na egal, jedenfalls ist man mit dem Bus ewig unterwegs! Normalerweise würde mich ja meine Mutter fahren, aber die ist einkaufen und hat mir nichts davon gesagt. Ich bin selbst schuld. Ich habe vergessen, ihr Bescheid zu geben, dass ich die Schicht getauscht habe. Sie wusste nicht, dass ich nach Toronto muss.«

Chloe wandte sich Younes zu, der sie, erschlagen von ihrem Redeschwall, anstarrte. Erwartungsvoll sah sie ihn an. »Du musst den Schlüssel rumdrehen«, erklärte sie und deutete auf das Zündschloss.

»Ich bin noch nie mit dem Bus gefahren!«, verkündete Ella.

Younes lächelte und warf einen Blick zurück. »Daran kannst du dich nur nicht mehr erinnern.«

»Du bist Ella, nicht wahr?«, fragte Chloe und reichte ihr die Hand. »Ich sehe immer, wie dein Bruder dich nachmittags von Mrs Chan abholt. Passt sie nach dem Kindergarten auf dich auf?«

Ella nickte. »Ich darf bei ihr so viel Fernsehen gucken, wie ich will!«

Younes drehte den Schlüssel um und zu seiner Erleichterung sprang der Wagen diesmal an. Ein Blick aus dem Fenster verriet ihm, dass sich die dichten Wolken immer weiter zuzogen. Da bahnte sich ein übles Unwetter an. Eines, bei dem man besser zu Hause bleiben sollte. Doch keine zehn Pferde würden ihn zurück in dieses Loch bringen. Er fuhr aus der Einfahrt und schlug den Weg in Richtung Highway ein.

»Wir können mal zusammen Bus fahren, wenn du willst«, schlug Chloe an Ella gerichtet vor. »Natürlich nur, wenn dein Vater damit einverstanden ist.«

Sie sah zu Younes und sicher entging ihr nicht, wie seine Miene bei der Erwähnung seines Vaters zu Stein wurde.

»Wo kann ich dich absetzen?«, fragte er.

Chloe starrte ihn weiter an, als hätte sie seine Frage nicht gehört. War seine dicke Lippe denn wirklich so faszinierend, dass es ihr die Sprache verschlug?

»Was ist?«, fuhr er sie gereizt an.

»Das war dein Ernst?«, hakte sie nach.

Younes wandte sich ihr flüchtig zu. »Habe ich was Falsches gesagt?«

»Wir haben denselben Weg«, sagte Chloe. »Du fährst doch zum Krankenhaus, oder etwa nicht?«

Mit einem Mal fiel es ihm wie Schuppen von den Augen. Er war so ein Volltrottel! Natürlich kannte er sie nicht nur aus der Schule. Sie half ehrenamtlich im Krankenhaus aus. Er war ihr dort schon mehrmals begegnet. Wie hatte er das vergessen können? Sie musste ihn für einen Riesenarsch halten, weil er, der coole Hockeystar der Highschool, eine wie sie nicht wahrnahm, obwohl sie in derselben Straße wohnten.

»Eigentlich …«, begann er und warf einen Blick in den Rückspiegel. Ella freute sich so sehr auf die Pizza. Das wollte er ihr nicht vermiesen, aber wenn er ohnehin schon zum Krankenhaus fuhr, würde er auch hineingehen müssen. »Was soll's, wir können dich dort absetzen.«

Plötzlich fuhr ein Blitz vom Himmel, der die Skyline von Toronto für einen Moment in ein so gleißendes Licht hüllte, dass vor Younes' Augen bunte Farbtupfer tanzten und er das Lenkrad fest umklammerte.

Hinter ihnen quietschten Reifen, es wurde gehupt und auf der Gegenfahrspur landete ein Auto im Graben.

»Was zur Hölle war das?«, stieß Chloe entsetzt aus.

»Keine Ahnung«, erwiderte Younes und sah hinauf zu den schwarzen Gewitterwolken. Es war so dunkel geworden, dass er die Scheinwerfer anschalten musste. Donner grollte direkt über ihren Köpfen, rumorte wie ein hungriges Ungetüm und von einer Sekunde auf die nächste schüttete es wie aus Eimern.

Younes schaltete die Scheibenwischer an, doch so schnell konnten sie sich gar nicht bewegen, als dass sie etwas genutzt hätten.

»Sieht nach dem verdammten Weltuntergang aus«, sagte er.

»Na ja, unter den Umständen sind wir ja schon auf dem richtigen Weg«, meinte Chloe. »Wo könnte man einen Weltuntergang besser überstehen als in einem Krankenhaus?«

Younes warf Ella ein aufbauendes Lächeln zu. »Das ist nur ein Sturm.«

»Ich weiß«, sagte sie und gab sich dabei sichtlich Mühe, mutig zu wirken. »Fahren wir jetzt ins Domino's?«

»Gleich nachdem wir im Krankenhaus waren«, versprach er.

Es dauerte nur wenige Minuten, da endete der Regenschauer ebenso plötzlich, wie er begonnen hatte. Younes blickte aus dem Beifahrerfenster, wo sich hinter der Sunnyside-Parkanlage der Lake Ontario am Horizont abzeichnete.

Wo man sonst nur einen blauen Streifen zwischen den Bäumen hervorblitzen sah, als läge dort kein See, sondern das Meer, türmten sich schäumende dunkle Wogen. Als warteten die Wassermassen nur auf ein Stichwort, um ganz Toronto unter sich zu begraben.

Er musste an die Tornados in den USA denken und die vielen Berichte anderer Naturkatastrophen, die sich in den letzten Monaten gehäuft hatten, und sein Herz begann, schneller zu schlagen.

Vielleicht war er das wirklich, der Weltuntergang, über den immer alle sprachen, von dem aber niemand glaubte, dass er uns zu Lebtagen ereilen würde. Und nun steckten sie mittendrin.

KAPITEL 5

YOUNES

TAG 1: SA, 13:45 UHR, TORONTO, KANADA

Das ist nur ein verdammter Sturm!«, schrie Chloe über das Tosen der peitschenden Regenschauer hinweg. Sie schlug die Beifahrertür zu und spannte ihren rot getupften Regenschirm auf, der augenblicklich dem Wind zum Opfer fiel und ihr aus der Hand gerissen wurde. Wie ein überdimensionaler Marienkäfer flog er davon. Chloe sah ihm mit zusammengezogenen Brauen nach und blinzelte durch ihre regennassen Brillengläser.

Younes nahm Ella bei der Hand. Die Straßen waren wie leer gefegt, die Rollläden heruntergelassen und nur vereinzelt sah man Anwohner in gebückter Haltung zu ihren Autos rennen. Wenn das bloß ein Sturm war, dann war Toronto bloß ein Dorf und die Tornados in den USA bloß ein laues Lüftchen. Younes war fest davon überzeugt, den Gedanken schon am nächsten Tag als lächerlich abzutun, aber in diesem Moment fühlte es sich tatsächlich wie das Ende der Welt an.

Sie überquerten gerade den Parkplatz, als, gefolgt von einem markerschütternden Donner, ein Blitz direkt vor ihnen im Krankenhausgebäude einschlug. Ella schrie und Younes zog sie an sich heran.

»Verdammte Scheiße!«, stieß er erschrocken aus.

In den Fenstern flimmerte kurz das Licht, dann wurde es

dunkel, und bevor Younes richtig realisiert hatte, was gerade geschehen war, folgten dem ersten Blitz drei weitere, die im Sekundentakt wie Pfeile auf das Gebäude niederschossen. Ella vergrub ihr Gesicht in seiner Jacke und er drückte sie fest an sich.

»Nur ein Sturm, sagst du?«, rief er über den Lärm der Windböen hinweg. »Wenn der Strom …«

»Warte«, unterbrach Chloe ihn und deutete mit dem Kinn nach vorne.

Er folgte ihrer Geste und wie auf ihr Kommando flammten die Lichter in den Fenstern wieder auf.

»Jedes Krankenhaus hat ein Notstromaggregat«, erklärte Chloe. »Kommt jetzt, bevor wir hier noch weggeweht werden.«

Younes atmete erleichtert auf. Er wollte sich nicht ausmalen, was es bedeutet hätte, wenn das gesamte Krankenhaus ohne Strom gewesen wäre.

Er folgte Chloe und sie kamen völlig durchnässt in der Vorhalle an. Die Belegschaft war in hellem Aufruhr, es wurde geschrien, überall erklangen schrille Alarme und die Ärzte rannten von Zimmer zu Zimmer.

Eine der Schwestern erkannte Chloe und kam zu ihr gelaufen.

»Gut, dass du es geschafft hast«, sagte sie erleichtert. »Du siehst ja, was hier los ist.«

»Ich ziehe mich sofort um«, sagte Chloe und wandte sich an Younes. »Danke fürs Mitnehmen.«

»Nichts zu danken«, winkte er ab.

Chloe schenkte ihm ein kurzes Lächeln und verschwand dann in Richtung der Umkleiden.

Kaum dass sie gegangen war, lief er mit Ella zum Fahrstuhl und drückte mehrmals auf den Knopf. Ungeduldig wartete er darauf, dass etwas geschah.

»Wieso schreien alle so laut?«, fragte Ella. »Haben sie auch Angst vor dem Donner?«

»Das müssen sie nicht. Hier drinnen sind wir sicher.« Wieder drückte er auf den Knopf. »Komm schon!«, knurrte er und trat einen Schritt zurück, um die Anzeige über dem Fahrstuhl sehen zu können.

Das dauerte ihm alles zu lange. Der Aufruhr der Belegschaft ließ auch ihn nervös werden. Was könnten ein paar Sekunden Stromausfall angerichtet haben? Fuhren die Fahrstühle überhaupt noch?

»Weißt du, was? Wir nehmen heute mal die Treppe«, sagte er entschlossen. Er schob die Tür neben dem Fahrstuhl auf und deutete ins Treppenhaus.

»Wer als Erstes oben ist!«, forderte Ella ihn heraus und rannte los.

»Renn du nur!«, rief er ihr nach und ließ ihr etwas Vorsprung, bevor er ihr folgte.

Im zweiten Stock angekommen, schnappte er sich Ella, knurrte dabei bedrohlich wie ein hungriger Bär, während sie laut lachte und versuchte, sich aus seinem Griff zu winden.

»Ich fresse dich!«, drohte er überspitzt und imitierte genussvolle Kaugeräusche, wobei er sich selbst das Lachen nicht verkneifen konnte.

Die Tür zur Station wurde geöffnet und die beiden erstarrten in ihrem Spiel. Eine Krankenschwester mit ernstem Blick und streng gebundenem Dutt stand vor ihnen.

»Tut uns leid«, entschuldigte Younes sich, nahm Ella bei der Hand und schob sich an der Frau vorbei.

Im Korridor angekommen, wo links und rechts von ihnen die Patientenzimmer lagen, sah Younes sich um. Hier herrschte keine Hektik, keine Alarmleuchten blinkten auf. Es hatte den Anschein, als wäre seine Sorge umsonst gewesen und der Stromausfall hätte hier oben keinen Schaden angerichtet.

»Du weißt, dass wir uns hier benehmen müssen«, erinnerte er Ella. »Sei brav und sprich mit niemandem. Hast du viel Hunger?«

»Ein bisschen«, meinte sie.

Vor Zimmer 3.10 hielt er inne, ging auf ein Knie und kramte ein paar Dollar aus der Tasche. »Hol dir was Süßes am Automaten und komm dann gleich zu mir zurück.«

Ella strahlte bis über beide Ohren, nahm das Geld und rannte los. Süßigkeiten waren für sie fast noch besser als Pizza. Younes wartete, bis sie um die Ecke verschwunden war, dann stand er auf und wandte sich dem Zimmer zu.

Das Gefühl war jedes Mal dasselbe. Seit dem ersten Tag. Seit dem Anruf, der alles verändert hatte. Ein jedes Mal stand er nur wenige Schritte von diesem Zimmer entfernt und hatte doch das Gefühl, dass ihn Meilen davon trennten. Die Farben um ihn herum verblassten, die Geräusche vereinten sich zu einem Rauschen und sein Körper fühlte sich schwerfällig an – als wolle er seinen Befehlen nicht mehr gehorchen.

Younes atmete tief durch, verbannte die niederdrückenden Gefühle, die ihn lähmten, und öffnete die Tür. Sein Blick wanderte durch den spartanisch eingerichteten Raum. Vor dem Fenster wütete der Sturm. Laub, Äste und aufgewirbelter Müll von der Straße wirbelten durch die Luft und die heftigen Böen ließen die Scheiben zittern. Auf dem Tisch lagen alte Bücher, die schon so viele Male gelesen worden waren, dass sie zerfleddert und abgenutzt aussahen. Und ein paar Fotos hingen an der Wand. Ella als Baby in den Armen seiner lachenden Mutter. Sein Vater mit regloser Miene, aber klaren Augen, Younes als Teamcaptain mit seiner Eishockeymannschaft. Alles Erinnerungen, die längst verblasst waren, unwirklich und fremd wirkten.

Er sah zu dem Bett in der Mitte des Raumes. Samuel lag darin reglos wie in einem Sarg, mit geschlossenen Augen und blasser Haut. Vor zwei Wochen war er 21 geworden. Er hätte den Abschluss der University of Toronto schon so gut wie in der Tasche und würde sich bereits nach einer eigenen Wohnung umschauen.

Younes hatte seinen Geburtstag total vergessen und das konnte er sich nicht verzeihen. Er hatte ohnehin schon ein schlechtes Gewissen, weil er sich vorgenommen hatte, seltener ins Krankenhaus zu fahren. Wie aber hatte er bloß Sams Geburtstag vergessen können?

Er verengte den Blick. Warum war ihm das nicht gleich aufgefallen? Da war kein Tropf, keine Schläuche. Der Herzmonitor war ausgeschaltet und der Beatmungsschlauch entfernt worden. Etwas stimmte hier nicht!

Sofort wirbelte er herum und stieß geradewegs mit Dr. Baker zusammen.

»Younes, dich hätte ich hier heute nicht erwartet«, sagte der Arzt. »Bei dem Sturm sollte man lieber zu Hause bleiben. Alle sitzen vor den Fernsehern und verfolgen die Berichte über Europa.«

»Warum sind die Maschinen abgeschaltet?«, fragte er geradeheraus. Seine Gedanken rasten. »Wieso wird er nicht mehr beatmet?«

Dr. Baker sah ihn verwundert an.

»Sagen Sie schon!«, verlangte er aufgebracht.

»Younes, hat dein Vater denn nicht mit dir gesprochen?«

Younes' Herz machte einen Satz.

»Was hat er getan?«, presste er durch zusammengebissene Zähne hervor. In seinen Ohren begann es zu rauschen und tausend Dinge schossen ihm zeitgleich durch den Kopf.

»Du weißt sicher noch, was man dir vor einem Jahr erklärt hat. Die Geräte werden abgeschaltet, wenn bei deinem Bruder kaum noch Hirnaktivität gemessen werden kann. Vor zwei Tagen war es so weit. Wir haben deinen Vater angerufen und er hat der Abschaltung zugestimmt.«

Younes wollte nicht glauben, was er da hörte. Wie konnte sein Vater das nur tun, ohne ihm etwas davon zu sagen? Nicht ein einziges Mal war Owen hier gewesen, hatte Samuels Namen in all der Zeit nicht in den Mund genommen und nun entschied er über sein Leben? Er hatte einfach kein Recht dazu!

»Und was heißt das?«, fragte er. »Er … er atmet doch noch. Sie müssen sich geirrt haben.«

Dr. Baker nickte. »Ja, das tut er, aber geirrt haben wir uns nicht. Die Ergebnisse sind eindeutig.«

Younes versuchte zu begreifen, was da gerade geschah. Das alles ergab doch keinen Sinn. Er drehte sich wieder um. Sams Atem ging gleichmäßig, als würde er nur schlafen. Tat er das? Hatten sie die Maschinen abgestellt und sein Körper hatte die Kontrolle zurückerlangt? Hatten die Ärzte beim Erfassen seiner Hirnströme vielleicht einen Fehler gemacht?

»Es dauert manchmal nur Stunden, manchmal aber auch länger«, erklärte Dr. Baker einfühlsam. »Dein Bruder hält sich ungewöhnlich lang. Aber es ist nur eine Frage der Zeit.«

Nur flüchtig sah Younes zu dem Arzt. Was er ihm zu sagen versuchte, wollte er nicht wahrhaben. Er schüttelte den Kopf. »Nein. Er atmet, ganz ohne Maschinen. Sein Herz schlägt.«

Younes tat einen Schritt auf Samuel zu. Er sah dort keinen Toten liegen. Das konnte einfach nicht sein und so durfte es nicht enden. Nicht nach allem, was damals geschehen war. Nicht nachdem ihm dieser Unfall bereits seine Mum genommen hatte und Sam sich schon so lange am Leben festklammerte.

Vor einem Jahr, hatte Dr. Baker gesagt. Younes konnte sich daran nicht mehr erinnern. Das alles war wie verschwommen. Der Anruf, das Krankenhaus, die Gespräche mit den Ärzten. Woran er sich noch erinnern konnte, war, dass er auf dem Eis gestanden und das Spiel seines Lebens gespielt hatte. Er hatte seiner Mutter gesagt, dass sie nicht kommen müsse, dass sie zu Hause bei Ella bleiben solle.

Dass Sam seine Vorlesungen sausen gelassen und seine Mutter abgeholt hatte, um mit ihr gemeinsam zum Spiel zu fahren, ahnte Younes damals nicht.

Er hatte sich im Publikum nicht nach ihnen umgesehen, weil ihm nicht klar gewesen war, dass sie kommen würden. Und das taten sie auch nicht. Während er sich voll und ganz auf das Spiel konzentriert hatte, war Samuel mit einem Lkw kollidiert und die linke Seite seines Kleinwagens war mitsamt ihrer Mum zusammengepresst worden wie eine leere Bierdose.

Seitdem lag Sam hier. Seitdem kämpfte er um sein Leben. Und nun sollte alles vorbei sein?

Younes ballte die Hände zu Fäusten. Er war wütend. Er war so unheimlich wütend, und auch wenn er wusste, dass er das nur war, um nicht an dem zu zerbrechen, was gerade geschah, konnte er nicht anders.

»Es tut mir leid«, meinte der Arzt. »Wahrscheinlich hat dein Vater dir nur ersparen wollen, ihn so zu sehen.«

Younes schnaubte verächtlich. Wohl eher war ihm gar nicht klar gewesen, was ihm die Ärzte am Telefon zu erklären versucht hatten. Ihm war doch alles egal.

»Wie hoch sind die Chancen …« Er biss die Zähne fest zusammen und seine Finger bohrten sich schmerzhaft in seine Handflächen. Jeden Moment würde Ella zurückkommen und sie sollte ihn nicht am Boden zerstört sehen. Er musste sich zusammenreißen.

»Es tut mir leid, Younes«, war alles, was der Arzt dazu zu sagen hatte.

Younes nickte. »Und wie lange noch?«, fragte er mit tonloser Stimme.

»Das kann man schwer abschätzen. Seine Organe werden nach und nach versagen. Er hat keine Schmerzen. Er wird einfach aufhören zu atmen, wenn es so weit ist.«

Younes schwieg. Er hatte alle Gefühle aus seinem Inneren verbannt. Er war leer, genau wie Samuel. Er hätte es nicht ertragen, wenn es anders gewesen wäre.

Dr. Baker stand noch immer im Türrahmen hinter ihm, schwieg ebenfalls eine ganze Weile, dann räusperte er sich.

»Okay«, sagte Younes.

»Du kommst zurecht?«, fragte der Arzt. »Soll ich eine Schwester bitten, deinen Vater zu kontaktieren?«

Ein abfälliges Lächeln huschte über Younes' Lippen, doch was er dachte, schwang nicht im Tonfall seiner Stimme mit. »Das wird nicht nötig sein. Lassen Sie mich bitte mit ihm allein.«

»Natürlich«, sagte Dr. Baker. Er blieb noch einen Moment in seinem Rücken stehen, dann ging er.

Younes regte sich nicht. Er starrte zu dem Bett, an dem er schon so viele Male gesessen hatte, und er vermisste das stete Piepsen der Maschinen, dass die Stille aus diesem kahlen Raum vertrieben hatte. Er vermisste die Hoffnung, die damit einherging.

»Das war's dann also?«, fragte er und tat einen Schritt auf seinen Bruder zu. »Nach all dem Scheiß willst du jetzt einfach so abtreten? Und ich dachte, du wolltest kämpfen. Für Mum und für Ella, die dich echt brauchen könnte.«

Direkt vor dem Bett blieb er stehen. Er konnte Samuel nicht ins Gesicht blicken, also sah er zu seiner Hand. Er zögerte, wollte sie ergreifen, brachte es aber nicht über sich.

»Wir könnten dich brauchen …«, flüsterte er. »Weil ich … weil ich das nicht alleine schaffe, verstehst du? Ich kann nicht mehr …« Tränen sammelten sich in seinen Augenwinkeln und er wischte sie weg. »Fuck!«, stieß er aus. Ella konnte jedem Moment hinter ihm stehen. Er musste sich zusammenreißen.

»Vergiss, was ich gesagt habe«, murmelte er. Er zog sich einen Stuhl heran, ließ sich neben seinem Bruder nieder und ergriff nun doch seine Hand. Sie war warm, nicht so, wie er es erwartet hatte. Weder kalt noch klamm oder steif. Es war die Hand eines Schlafenden.

Kurz flammte Hoffnung in ihm auf. Er biss sich auf die Unterlippe und versuchte, dieses Gefühl abzuschütteln. Er wusste ja, dass es nur eine Täuschung war und ihm der Abschied nur umso schwererfallen würde, wenn er sie zuließ. Dennoch. Dass Sam nie wieder aufwachen würde, dass er nur noch Tage oder Stunden hatte, wirkte so unwahrscheinlich wie der Sturm, der vor dem Fenster wütete. Und doch geschah beides zur selben Zeit.

»Ich kriege das schon hin«, versicherte er. Ein Kloß hatte sich in seinem Hals gebildet. »Du kannst loslassen oder was man da auch sagt. Ins Licht gehen. Du weißt schon.«

Die Lampen flackerten und Younes sah auf. Aus dem Gang waren Rufe, alarmierendes Piepsen und eilige Schritte zu hören. Der Wind heulte wie ein einsamer Wolf, der um seine verlorenen Gefährten trauerte.

»Irgendwie kriege ich das schon hin«, wiederholte er.

»Younes?«, sprach Chloe ihn mit leiser Stimme an.

Er musste auf dem Stuhl neben dem Krankenbett eingeschlafen sein. Seine Glieder fühlten sich schwer an und sein Nacken war steif. Er hob den Kopf, der auf der Matratze geruht hatte, und rieb sich die verspannten Schultern. Es dauerte eine Weile, bis sein Geist wach genug war, um sich an alles zu erinnern.

»Ella!«, stieß er aus und sah sich gehetzt um.

Erleichtert stellte er fest, dass sie am Tisch saß. Ihre Beine baumelten über dem Boden und vor ihr lag ein ganzer Haufen Verpackungsmüll leer gefutterter Gummibärchentüten und Joghurtbecher.

»Du bist eingeschlafen«, meinte Chloe. »Geht es dir gut?«

»Klar«, antwortete er knapp und rieb sich die Schläfen. Es war kein Wunder, dass er eingenickt war. Er schlief schon lange nicht mehr gut, lag oft stundenlang wach und war dann am nächsten Morgen müde und ausgelaugt. Aber das musste sie nicht unbedingt erfahren. »Wie spät ist es?«

»Spät. Meine Schicht ist zu Ende.«

»Tut mir leid, Ella, hast du großen Hunger?«, fragte er.

Sie schüttelte den Kopf. »Ich habe von den Schwestern Pudding und Joghurt bekommen und mir ganz viele Süßigkeiten geholt!«, erklärte sie stolz.

Younes schmunzelte. Eine ausgewogene Mahlzeit war das zwar nicht, aber wenigstens war sie glücklich. Er machte sich Vorwürfe, weil er so lange geschlafen hatte. Ihr hätte sonst was passieren können.

»Dir habe ich auch was mitgebracht!«, erklärte sie und sprang von ihrem Stuhl. Mit einer Tüte Weingummi kam sie zu ihm gelaufen, stockte aber, kurz bevor sie ihn erreicht hatte. Sie starrte auf Samuel und die Tüte fiel ihr aus der Hand.

Verwundert folgte Younes ihrem Blick, riss die Augen auf und sprang so hastig vom Stuhl, dass der umfiel und er beinahe darüber gestolpert wäre.

Samuel lag ebenso reglos wie das ganze letzte Jahr im Bett, doch seine Augen waren geöffnet. Er starrte zur Decke.

Chloe rannte sofort auf den Gang und rief nach dem Krankenhauspersonal.

Younes wusste nicht, was er denken oder fühlen sollte. In seinem Kopf herrschte Chaos und sein Herz schlug so heftig in seiner Brust, dass er es in seinen Ohren pochen hörte.

»S-Sam?«, brachte er mit zittriger Stimme hervor.

Vorsichtig näherte er sich dem Bett. Er hatte Angst, etwas kaputt zu machen, wenn er einen falschen Schritt tat oder etwas Falsches sagte. Aber was hätte er schon kaputt machen können? Samuel war aus dem Koma erwacht! Er war zu sich gekommen. Er lebte.

Dennoch konnte Younes die Angst nicht abschütteln – die Angst, dass er sich irrte, dass die Ärzte eine Erklärung für die offenen Augen hätten und Samuel in Wirklichkeit noch im Koma lag. Und was, wenn er aufgewacht war, aber Schäden davongetragen hatte? All das ließ Younes zögern, sodass er das Bett noch nicht erreicht hatte, als die Schwestern und zwei Ärzte ins Zimmer gerannt kamen und ihn zur Seite drängten.

Younes lief im Wartezimmer auf und ab. Sie hatten ihn und Ella rausgeschmissen und ließen sie nun schon seit einer gefühlten Ewigkeit warten. Niemand sprach mit ihnen, niemand schien etwas zu wissen.

Er raufte sich die Haare und schlug schließlich mit der Faust gegen die Wand, um sich Luft zu verschaffen. Ein heftiger Schmerz schoss ihm durch die Hand und ließ seine ohnehin schon geschwollenen Knöchel pochen.

»Gehen wir bald nach Hause?«, fragte Ella verunsichert.

Was gerade um sie herum geschah, musste ihr Angst machen. Er konnte verstehen, dass sie einfach nur heimwollte.

»Bald«, versprach Younes.

Zum wiederholten Male sah er zur Tür, wo er erwartete, jeden Moment Dr. Baker zu sehen. Doch es war nicht der Arzt, der das Wartezimmer betrat, es war sein Vater. Sofort schäumte Wut in Younes auf.

Owen wirkte aufgelöst, sah sich hastig um und sein Blick blieb an Younes hängen. Erleichtert tat er einen Schritt auf ihn zu, doch Younes wich zurück.

»Was willst du hier?«, warf er ihm entgegen.

Dass es Owen in seinem Zustand, ohne Auto und bei diesem Sturm überhaupt bis ins Krankenhaus geschafft hatte, grenzte an ein Wunder. Er empfand nur Abscheu, wenn er seinen Vater ansah.

»Sie haben mich angerufen«, erklärte er. Er wirkte nüchterner, doch Younes traute dem Frieden nicht. »Geht es euch gut? Was ist mit Sam?«

»Wir wissen genauso viel wie du«, sagte Younes knapp.

»Hör zu«, bat sein Vater und wollte ihm die Hand auf den Arm legen. Younes entwand sich ihm und schuf etwas Abstand zwischen ihnen beiden. Er konnte ihn in diesem Moment einfach nicht ertragen. »Ich weiß, ich bin heute Morgen zu weit gegangen.«

»Mittag. Es war mittags. Aber das kriegst du ja nicht mehr mit, oder?«

Owen wehrte das mit einer wegwerfenden Handbewegung ab. »Lass uns jetzt nicht streiten«, verlangte er ungehalten. »Ich mache dir ja auch keinen Vorwurf, weil du dir ungefragt mein Auto geliehen hast. Außerdem sagte ich schon, dass es mir leidtut.«

»Und tut es dir auch leid, das Okay gegeben zu haben, die Maschinen abzustellen?«, fragte Younes herausfordernd. »Wie oft hast du ihn besucht, seit er hier liegt? Kein einziges Mal!«

»Es reicht jetzt!«, zischte Owen durch zusammengebissene Zähne. Die Wut zeichnete tiefe Furchen in sein ausgemergeltes Gesicht und seine Muskeln spannten sich an.

Younes rechnete fest damit, dass er auch in der Öffentlichkeit nicht davor zurückschrecken würde, handgreiflich zu werden. Auch wenn er nicht so besoffen war wie am Mittag, hatte er ganz sicher einige Biere zu viel gekippt. Es war doch immer dasselbe. Erst rastete er aus, dann entschuldigte er sich und wurde wieder wütend, wenn Younes ihm vor Dankbarkeit nicht die Füße küsste.

»Mr Tremblay?« Irritiert betrachtete Dr. Baker den verlotterten, nach Alkohol stinkenden Familienvater von oben bis unten.

Owen trat einen Schritt von Younes zurück und wandte sich dem Arzt zu. »Was ist mit Sam? Ist er ...?«

»Wach, ja«, bestätigte der Arzt nickend.

Younes fiel ein Stein vom Herzen. Die Wut auf seinen Vater war mit einem Mal wie weggeblasen und schuf der Erleichterung Platz.

»Und geht es ihm gut?«, wollte Owen wissen.

»Körperlich ja«, erklärte Dr. Baker. »Er zeigt normale Reflexe. Es ist wie ein Wunder. Seine Gehirnaktivitäten sind wieder völlig normal. So etwas haben wir hier noch nie gesehen. Noch zeigt er allerdings kaum Reaktionen auf äußere Stimulantien. Es kann sein, dass es eine gewisse Zeit braucht, bis er wieder klar denken und sprechen kann. Vielleicht wird er einiges neu erlernen müssen. Das wird sich nun zeigen.«

»Können wir zu ihm?«, fragte Younes und trat vor seinen Vater.

Dr. Baker nickte.

»Komm, Ella!«, rief er seiner Schwester zu und streckte ihr die Hand entgegen. Sie kam zu ihm gelaufen und Younes ließ seinen Vater einfach stehen. Er hoffte, dass er wenigstens so viel

Anstand besaß, ihm nicht gleich hinterherzulaufen. Das Letzte, was Samuel sehen sollte, nachdem er ein Jahr lang im Koma gelegen hatte, war sein betrunkener Vater mit zerzaustem Haar, trübem Blick und einem dicken Veilchen im Gesicht.

Im Korridor vor Samuels Zimmer lief Chloe auf und ab. Dass sie überhaupt noch da war, nachdem Younes sie nicht einmal auf Anhieb erkannt hatte, wunderte ihn. Sie hob den Kopf und ein Lächeln legte sich auf ihre Lippen, als sie Younes erblickte.

»Du hättest nicht warten müssen«, meinte er.

»Das habe ich gern gemacht.«

Younes atmete tief durch und trat in die Tür.

Sam hing wieder an einigen Geräten. Ein Monitor überwachte sein Herz, Schläuche steckten in seinen Armen. Er lag noch immer auf dem Rücken, hatte seine Augen geschlossen und zeigte keine Reaktion, als Younes und Ella den Raum betraten. Ella ergriff plötzlich Younes' Hand und sah ängstlich zu ihm auf.

»Warte du bei Chloe«, bat er sie.

Zögerlich näherte er sich dem Bett. Seine Kehle war trocken und er wusste nicht, was er sagen sollte. Es lag ein seltsamer Geruch im Raum. Nicht der sterile Krankenhausgeruch nach Desinfektions- und Putzmitteln. Es roch irgendwie süßlich, nach einem heiß gelaufenen Elektrogerät. Er fand es seltsam, dass ihm das überhaupt auffiel. Doch der Duft war so präsent, dass es schwer war, ihn zu ignorieren.

»Sam?«, fragte er mit leiser Stimme.

Tatsächlich schlug sein Bruder die Augen auf. Er wandte den Kopf langsam um und sah Younes direkt an. Sofort fiel ihm auf, dass sich Sams Augenfarbe verändert hatte. Wie konnte das sein? Sie war dunkelbraun gewesen, wirkte jetzt aber eher golden. Fast schon leuchtend.

»Nein«, erwiderte Sam mit monotoner, fremd klingender

Stimme und das Gold in seinen Augen flammte dabei auf, als zuckten Blitze darin.

Younes' Herz stockte und er wich unweigerlich einen Schritt zurück. Was geschah da gerade? War Sam nur verwirrt? Leugnete er deswegen, er selbst zu sein? Waren das die Folgen des langen Komas und die Veränderung seiner Augen war eine bloße Reflektion? Aber wovon? Es gab nichts in diesem Zimmer, was das hätte auslösen können. Nein, dieses Leuchten kam von innen heraus, und während Younes' Gedanken rasten und er verzweifelt versuchte, eine Erklärung zu finden, sah ihn sein Bruder unverwandt an.

Eine schmerzhafte Erkenntnis machte sich langsam in ihm breit. Das war nicht Samuel. Nicht der, den er kannte. Nicht sein Bruder und das hatte er ihm gestanden. Einfach so.

Der Körper vor Younes im Krankenbett war derselbe, doch nicht nur Sams Augen, sondern auch seine Gesichtszüge hatten sich völlig verändert. Als wäre er ein Zwilling, ein Klon. Younes konnte nicht einmal genau festmachen, woran er das erkannte. Er versuchte, sich einzureden, dass er sich irrte – dass es völlig absurd war, so etwas überhaupt nur zu denken. Es gab keine Klone oder Verschwörungen. Das war doch völlig verrückt!

Aber er konnte nicht leugnen, was er direkt vor sich sah, wenn selbst die Augen, die ihn unverwandt anblickten, die eines Fremden waren. Nicht nur fremd, sondern übernatürlich. Etwas hatte Besitz von seinem Bruder ergriffen. Da war er sich ganz sicher. So sicher, dass er glaubte, den Verstand zu verlieren.

»Sam!«, stieß Owen in seinem Rücken aus, stürmte an Younes vorbei und drängte ihn zur Seite.

Younes stolperte weiter vor Samuel zurück, während sein Vater ihn an den Schultern packte, halb aus dem Bett zerrte und fest an sich drückte.

»Du lebst!«, schluchzte er völlig aufgelöst. »Oh Gott, Sam! Du lebst noch. Ich kann es nicht glauben.«

Sam starrte über die Schulter seines Vaters hinweg zu Younes. Sein Blick war kühl und seine Miene regungslos, geradezu berechnend. Es nahm Younes die Luft zum Atmen.

Er träumte. So musste es sein. Das alles war nicht echt. Dieser ungewöhnliche Sturm, dass Sam aufgewacht war und dann das mit seinen Augen. Womöglich lag Younes selbst im Koma. Sein Vater hatte ihn am Mittag vielleicht nicht nur ein Mal geschlagen, sondern so lange, bis er nicht mehr bei Besinnung gewesen war. Und nun war er in dieser Traumwelt gefangen, in der nichts war, wie es hätte sein sollen. Doch das war immer noch besser, als sich einzugestehen, dass das alles wirklich passierte.

KAPITEL 6

ADDY

TAG 2: SO, 09:30 UHR, ORSETT, ENGLAND

Wie gerne hätte Addy alles vergessen, was ihr am Tag zuvor widerfahren war. Wenn sie mal davon absah, dass im Fernseher nur Rauschen lief, das Telefon kein Freizeichen bekam und ihr Handy kein Netz hatte, hätte der Morgen nach dem Anschlag ein Sonntag wie viele andere sein können. Es gab sogar Strom, was sie dem Elekreen-Kraftwerk zu verdanken hatten.

Am Abend hatte ihre Mum sie mit Fragen durchlöchert und später über den Verbleib der Bewohner von Orsett aufgeklärt. Einige waren in der Turnhalle gewesen, wo man ein provisorisches Auffanglager für die Überlebenden aufgebaut hatte. Andere hatten sich am Rathaus versammelt, um vom Bürgermeister zu erfahren, was geschehen war. Leider hatte der auch nicht mehr als die meisten gewusst.

Todmüde war Addy ins Bett gefallen und einige Stunden später von Vogelgezwitscher und Sonnenstrahlen geweckt worden. Nun stand sie vor ihrem Spiegel, betrachtete ihr zerkratztes Gesicht und die dunklen Ringe unter ihren Augen und erinnerte sich nur noch vage an diese selige Sekunde direkt nach dem Aufstehen, in der sich alles so friedlich angefühlt hatte. Für diesen einen Augenblick war sie fest davon überzeugt gewesen, den gestrigen Tag nur geträumt zu haben. Ihr Anblick bewies ihr das Gegenteil. Aber wirklich glauben konnte sie es nicht.

Sie war in London gewesen, hatte sich durch Menschenmengen gekämpft, war angegriffen worden und musste Schreckliches mit ansehen. Und das alles hatte sie überstanden, ohne einen Rückfall zu erleiden. Niemand, der sie kannte, wie sie vor zwei Jahren gewesen war, hätte ihr das zugetraut. Nicht einmal sie selbst.

Ein flüchtiges Lächeln huschte ihr über die Lippen. Sie wusste nicht, wie es ihr gelungen war durchzuhalten und warum sie sich nach alledem nicht unter ihrer Bettdecke verkroch. Aber sie stand aufrecht, fühlte sich lebendig und trotz allem stärker denn je.

»Addy!«, rief ihre Mum nach oben.

»Ich komme!«

Beinahe hätte sie nach ihrem Schulrucksack gegriffen. Ihre Mum musste ausgerastet sein, als Dave statt ihr vor der Haustür gestanden und ihr den Rucksack übergeben hatte. Nun lag er neben dem Schreibtisch, als wäre nichts geschehen.

Addy verließ ihr Zimmer und lief die Treppe nach unten. Es roch nach Kaffee und Toast. Mums alter CD-Player lief und spielte *Seasons in the Sun* von Terry Jacks.

»Komm, Addy, setz dich«, forderte ihre Mum sie auf und deutete auf einen Hocker am reichlich gedeckten Frühstückstisch.

Sofort fiel ihr Blick auf eine der Küchenschubladen. Sie war aufgezogen und der Inhalt auf die Theke geräumt worden. Darunter jede Menge Medikamente. Neben einfachem Aspirin und Vitamin D stand eine fast leere Dose Diazepam. Addy überkam bei diesem Anblick ein Schauer. Sie hatte schon lange keine Tabletten mehr nehmen müssen und hatte nicht vor, wieder damit anzufangen. Sie wollte nicht ruhiggestellt werden. Es ging ihr gut. Glaubte ihre Mum ihr etwa nicht?

»Alles in Ordnung?«, fragte Helen.

Addy schrak von ihren Gedanken auf, riss sich vom Anblick der Pillendöschen los und nickte eilig. Ihr Blick wanderte über den Frühstückstisch.

»Sollten wir unser Essen nicht besser rationieren?«, fragte sie vorsichtig.

Ihre Mum kam zu ihr, umfasste ihr Gesicht und küsste sie auf die Stirn.

»Ich hätte dich beinahe verloren, also lass mir die Freude und frühstücke mit mir. Wann hatten wir dazu das letzte Mal die Gelegenheit?« Es sammelten sich Tränen in ihren Augen, doch von denen hatten sie beide am Abend zuvor schon genug vergossen. Sie wischte sie weg, lächelte sanft und deutete wieder auf den Hocker.

»Okay«, stimmte Addy zu und erwiderte das Lächeln.

Es fiel ihr schwer, nicht noch einmal zu den Medikamenten zu sehen. Zu fragen, warum ihre Mum sie rausgesucht hatte, wagte sie nicht. Wie gebannt starrte sie auf ihren Teller.

»Hast du keinen Hunger?«

Addy sah auf. »Doch … ich meine, nein, nicht wirklich. Weiß man mittlerweile mehr über den Angriff?«

Wohl um gelassen zu wirken, sah ihre Mum sie nicht an, als sie wie beiläufig antwortete: »Es gibt nur Spekulationen. Solange das Fernsehen nicht funktioniert, kann man ja auch nicht mehr tun als raten.« Sie zuckte mit den Schultern, sah dann aber doch zu Addy auf und lächelte in gespielter Zuversicht. »Aber ich bin sicher, wir erfahren bald mehr. Spätestens nachher auf der Stadtversammlung. Mach dir keine Sorgen.«

Es war unverkennbar, dass ihre Mum versuchte, sie zu schonen und die Geschehnisse runterzuspielen. Und irgendwie konnte sie das auch verstehen. Sie hatte wegen etwas viel Geringerem einen Nervenzusammenbruch erlitten. Sie waren von der Großstadt weggezogen, um Stress zu vermeiden, und gerade als sie begonnen hatte, sich wieder wie ein normaler Teenager zu fühlen, passierte so etwas. Aber es ging ihr nicht schlecht. Nicht so wie früher. Nur wie hätte sie das ihrer Mum begreiflich machen können? Wie, wenn sie das bereits damals geschworen und sie damit belogen hatte?

Gedankenverloren schob sie ihren trockenen Vollkorntoast auf dem Teller hin und her. An Essen war einfach nicht zu denken. Was sie wirklich wollte, waren Antworten. Antworten darauf, was um sie herum geschah, was mit der Natur los war und wer sie angegriffen hatte. Aber ohne Fernsehen und Internet? Wie sollten sie da etwas in Erfahrung bringen?

Plötzlich fiel ihr etwas ein. »Was ist mit Radio?«

Ihre Mum sah sie fragend an. Addy sprang vom Hocker und lief zum CD-Player.

»Über mein Handy funktioniert auch das nicht«, meinte ihre Mum.

»Das läuft doch bestimmt über Internet«, mutmaßte Addy. Sie drehte den CD-Player um. Die Antenne war abgebrochen und der FM-Schalter funktionierte nicht.

In Filmen saßen die Menschen während Katastrophen immer im Keller und lauschten dem Rauschen im Radio. Das taten sie bestimmt nicht ohne Grund. Wenn es kein Internet gab, Fernsehen und Telefon nicht funktionierten, wie könnte die Regierung dann mit der Bevölkerung in Kontakt treten?

»Das Autoradio!« Sie rannte zur Haustür.

»Addy, warte!«, rief ihre Mum ihr nach. »Hast du vergessen, dass wir gar kein Auto haben? Und was ist mit dem Frühstück?«

Addy wandte sich ihr zu und sah, wie der Blick ihrer Mum flüchtig zu den Tabletten wanderte. Bestand sie deswegen auf diesem Frühstück? Wollte sie ihr bei der Gelegenheit raten, sich wieder mit Medikamenten ruhigzustellen? Addy hatte nicht vor, sich auf eine Diskussion darüber einzulassen.

»Mum, versteh doch«, sagte sie mit fester Stimme. »Wir müssen herausfinden, was passiert ist. Die ganze Welt geht gerade den Bach runter und wir sitzen hier und trinken Kaffee.«

»Gerade deswegen sollten wir das jetzt tun. Es ist vielleicht das letzte Mal, dass …« Sie sprach nicht weiter, und selbst wenn sie nicht gestockt hätte, wäre es Addy unmöglich gewesen, sie zu verstehen. Denn in diesem Moment gab es einen lauten Knall. Addy zuckte zusammen und dachte erst an weitere Explosionen. Doch das Geräusch unterschied sich von dem der Bombeneinschläge und ging einem lang gezogenen Rauschen voraus.

Sie riss die Tür auf, kämpfte sich durch den Urwald vor dem Haus und trat ins Freie. Aus den anderen Häusern kamen ihre Nachbarn auf die Straße gelaufen und sahen zum Himmel. Mr Moore kämpfte sich fluchend mit seinem Gehstock durchs hohe Gras, die Clarks von gegenüber hielten sich in den Armen und Addy konnte zwischen zwei wuchernden Hecken sehen, wie Mrs Daniels ihre kleine Tochter vom Fenster wegzog.

Die alte Ms Campbell trat neben Addy, zog sich ihren Überwurf enger um die Schultern, schauderte und blickte ebenfalls hinauf zu den Jets, die über Orsett hinwegflogen.

Addy spürte die Hand ihrer Mum an der ihren, ergriff sie und drückte sie fest, während ihr Blick an den Kondensstreifen am Himmel haftete.

Sie flogen nicht Richtung London. Ob sie zur Royal Airforce oder den Streitkräften eines anderes Landes gehörten, konnte man nicht erkennen.

»Komm wieder rein«, bat ihre Mum.

Addy ließ ihre Hand los und lief ein paar Schritte die Straße entlang. Hinter dem Dickicht der überwucherten Vorgärten waren die Häuser zu beiden Seiten kaum noch zu erkennen. Im Vergleich zum Vortag waren die Veränderungen nun noch deutlicher zu sehen. Das war alles andere als normal.

»Was ist mit den Pflanzen?«, fragte Addy und drehte sich wieder um.

Ihre Mum schüttelte nur den Kopf, als wäre es damit getan, und auch Ms Campbell zuckte lediglich mit den Schultern.

Addy wandte sich Mr Moore zu. »Sie haben doch ein Radio in ihrem Auto, nicht wahr?«

Er nickte. »Aber es empfängt nichts.«

»Ist das Auto offen?« Addy war schon auf dem Weg zu seinem alten Bentley, als der Mann noch nach Worten suchte. Sie riss die Tür auf, setzte sich auf den Fahrersitz und schaute sich das Radio an.

»Hier, Kleine, der Schlüssel«, sagte Mr Moore hinter ihr. »Aber wie ich schon sagte, sind die Radiosender tot.«

Dennoch versuchte Addy ihr Glück und ließ die Zündung an. Sekunden später erklang Rauschen aus den Boxen. Sie drehte am Knopf, empfing auf den üblichen Kanälen aber nichts.

»Du brauchst ein Langwellenradio«, meinte Ms Campbell. »Die in den Autos empfangen alle nur Mittelwellen.«

»Warte!«, rief Mr Moore und deutete auf das Radio. »Noch mal zurück.«

Sie drehte den Knopf ganz langsam in die andere Richtung. Tatsächlich. Zwischen dem einheitlichen Rauschen war ein Knistern zu hören. Noch ein klein wenig drehte sie zurück, sodass die Stimme klarer wurde.

»Da sagt doch jemand etwas«, flüsterte Mr Moore.

Addy rückte näher an den Lautsprecher und spitzte die Ohren.

»In den Häusern bleiben«, wiederholte sie, was verzerrt und verrauscht zu hören war. »Ausnahmezustand.«

Mehr war nicht zu verstehen. Die Ansage schien sich bald zu wiederholen, doch der Empfang war zu schlecht, um mehr Worte herauszufiltern.

»Das ist die Standardansage für Katastrophen. Sie wird in Dauerschleife gesendet«, sagte Ms Campbell enttäuscht.

Addy krabbelte aus dem Wagen. Die Nachbarn hatten sich alle um ihn herum versammelt und lauschten dem Rauschen und Knistern.

»Der Bürgermeister hat gestern dasselbe gesagt«, meinte Mr Moore.

»Wenn wir in unseren Häusern bleiben, werden wir von Pflanzen überwuchert. Das ist doch total verrückt! Was passiert hier?«, fragte Ms Campbell.

»Irgendjemand muss was gegen dieses Unkraut unternehmen«, verlangte Mr Clark.

Andere pflichteten ihm bei. Dabei waren die Pflanzen doch das geringste Problem. Dennoch schossen sich Addys Nachbarn darauf ein, ihre Gärten wieder in Ordnung zu bringen. Als wäre ein schöner Vorgarten alles, was man brauchte, um den Untergang der Menschheit zu überstehen. Dabei wusste Addy selbst nicht, was sie tun konnten. Sie wusste ja nicht einmal, womit sie es zu tun hatten.

»Addy, kommst du jetzt?«, forderte ihre Mum sie erneut auf. »In einer Stunde findet die Versammlung im Rathaus statt. Wir sollten vorher noch etwas essen. Es kann gut sein, dass wir danach alles, was wir haben, teilen müssen.«

»Noch ein Grund mehr, sparsam damit umzugehen«, brummte Addy leise vor sich hin, folgte ihrer Mum aber ohne weitere Widersprüche ins Haus.

Sie machten sich zu Fuß auf den Weg zum Rathaus und waren damit nicht die Einzigen. Orsett hatte zwar eine Tankstelle, dennoch galt es, an Benzin zu sparen. So wie an allem anderen auch, wenn sie diese Katastrophe überleben wollten.

Die Frage, ob Addy es für nötig hielt, wieder Medikamente zu nehmen, hatte sie noch vor dem Frühstück beantwortet. Wortlos hatte sie den Kram, inklusive der Pillendosen, mit einem Wisch von der Theke zurück in die Schublade gefegt und sie anschließend geschlossen. Ihr Mum nahm das vorerst so hin, auch wenn klar war, dass unausgesprochene Dinge zwischen ihnen lagen.

»Addy!«, rief ihr jemand zu. Es war Dave. Er überquerte die Straße und schloss sich ihnen an. »Wir hatten schon Angst, dich nie wiederzusehen.«

Addy bedachte ihn mit einem giftigen Blick. Am liebsten hätte sie ihm vor allen Nachbarn eine Ohrfeige verpasst, aber ihre Mum machte sich schon genug Sorgen um sie. Da musste Addy das nicht noch verschlimmern, indem sie einen Wutanfall bekam.

Dave hob verteidigend die Hände. »Friss mich nicht. Es konnte ja niemand ahnen, dass das so aus dem Ruder läuft. Wir waren schon dabei, Suchtrupps zusammenzustellen. Jared und ich wären zurückgefahren, aber erst mal mussten wir da weg. Das verstehst du doch, oder? Die Leute sind total ausgetickt. Die hätten uns samt Sarahs Cabrio auseinandergenommen!«

»Schon gut«, knurrte sie durch zusammengebissene Zähne und lief schneller. Sie wusste, dass er und die anderen sie nicht mit Absicht zurückgelassen hatten und er sich auch nichts dabei gedacht hatte, sie ungefragt mitzunehmen. Aber so einfach verzeihen konnte sie ihm nicht. Doch vor allem wollte sie einfach vergessen, was am Tag zuvor schiefgelaufen war, und sich auf die Probleme konzentrieren, die noch vor ihr lagen.

Dave verstand den Wink wohl nicht und holte wieder auf. »Zum Glück bist du wieder zurück und es geht dir gut.«

»Ich wäre früher wieder hier gewesen, wenn die Army mich nicht verschleppt hätte«, meinte sie, ohne ihn dabei anzusehen.

Dave blieb stehen. »Die Army?«, fragte er erstaunt und besorgt zugleich. »Unsere oder die eines anderen Landes?«

Auch Addy blieb stehen. Trotz ihrer Wut hatte sie das Gefühl, ihm zumindest ein paar Antworten schuldig zu sein. Schließlich hatte er ihren Rucksack zu ihrer Mum gebracht und sich laut ihr auch tausendfach entschuldigt.

Sie wandte sich ihm zu und erzählte in knappen Worten und ohne ihn direkt anzusehen, was geschehen war, nachdem die drei sie zurückgelassen hatten.

»Betty geht es jedenfalls gut«, sagte er nach einem kurzen Schweigen zwischen ihnen.

»Betty?«, fragte sie und sah nun doch zu ihm auf.

»Die Frau, der du deinen Platz überlassen hast. Die mit dem Baby. Dem geht es auch gut. Sie sind mit den anderen, die wir aufgenommen haben, in der Turnhalle.«

»Wenigstens das«, sagte Addy erleichtert.

»Gut, dass du an einem Stück zurückgefunden hast. War sicher ein harter Fußmarsch.« Dave klopfte ihr auf die Schulter.

»Wenn du wüsstest«, lachte Addy abgeklärt.

Nachdem sie Dave alles erzählt hatte, waren die Bilder von London, von den vielen Leichen, dem Blut und der Zerstörung, wieder greifbar nah. Ein Kloß hatte sich in ihrem Hals gebildet, sie spürte eine Enge um die Brust und für den Bruchteil einer Sekunde fragte sie sich, ob es ihr nicht doch leichterfiele mit alledem zurechtzukommen, wenn sie das tat, was ihre Mum scheinbar für das Beste hielt. Aber sie schüttelte diesen Gedanken schnell wieder ab. Das Mädchen von früher wollte sie nie wieder werden. All das hatte sie hinter sich gelassen.

»Ich hätte nicht mit dir tauschen wollen«, meinte Dave mit gesenktem Blick. »Hast du die ganzen Leute gesehen, die aus London gekommen sind? Über Nacht sind es mehr als doppelt so viele geworden. Die Turnhalle platzt aus allen Nähten. Ich habe mich bei Jared einquartiert und mein Haus zur Verfügung gestellt. Mein Dad ist eh auf Geschäftsreise und wir haben Platz genug. Trotzdem habe ich keine Ahnung, wie wir die alle versorgen wollen.«

Dass er während so einer Katastrophe völlig allein war, tat Addy leid. Ihm schien es nichts auszumachen, aber sie konnte sich nicht vorstellen, das alles ohne ihre Mum durchzustehen. Wenn sie daran dachte, wie viele Menschen durch diese Bomben ihre Angehörigen verloren haben mussten, wurde ihr ganz anders. Es war beängstigend, dass die Flüchtlinge der letzten 24 Stunden alle in die kleine Turnhalle passten. Bei einer Millionenstadt wie London hätte Orsett von Überlebenden überflutet werden müssen.

»Wir werden es sicher gleich erfahren«, meinte Addy und deutete mit dem Kinn auf das Rathausgebäude vor ihnen.

Sie blieb vor dem Eingang stehen, während ihre Mum bereits im Inneren verschwand. Neben der einen Tür stand Priester Blank, neben der anderen Mr Bennet, Sarahs Vater und Leiter des Elekreen-Kraftwerks. Beide begrüßten sie die Bürger der Kleinstadt mit einer Miene, als würden sich die Anwohner zu einer Beerdigung versammeln.

Sarah stand neben ihrem Vater und Addy verabschiedete sich knapp von Dave, um zu ihr zu gehen. Auch sie wirkte, als hätten sich alle hier eingefunden, um einen lieben Mitbürger zu Grabe zu tragen. Sicher ihrem Vater zuliebe trug sie einen knielangen Rock und eine Strickjacke über ihrer Bluse. Nur der pinke Nagellack passte so gar nicht zu diesem biederen Outfit.

Addy umrundete den Pulk der einströmenden Menschen, griff nach Sarahs Ellbogen und die fiel ihr, gleich nachdem sie sie erkannt hatte, in die Arme.

»Hast du eine Ahnung, welche Sorgen wir uns alle gemacht haben?«, fragte sie vorwurfsvoll und schob Addy von sich.

»Das hat mir meine Mum gestern überdeutlich klargemacht«, sagte sie beschämt.

»Es war eine ganz blöde Idee, mit nach London zu fahren! Und dann noch ausgerechnet mit diesem Draufgänger Dave und seinen Freunden, die dafür bekannt sind, immer nur Ärger zu machen.«

»Ich wollte echt nur mein Handy holen«, schwor sie.

Sarah nickte verständnisvoll. »Komm mit rein, wir suchen uns einen guten Platz.«

Addy warf einen Blick auf die Menschenansammlung. »Nein, geh du nur vor.« Sich in diesen stickigen Raum zu setzen, hätte sie einfach nicht ertragen. Allein beim Gedanken daran bekam sie schon ein beklemmendes Gefühl. Sie hoffte nur, ihre Mum würde das verstehen, ohne sich gleich Sorgen zu machen und die Küchenschublade erneut auszuräumen.

»Komm schon, es wird dir gefallen«, versprach Sarah und sah sie auffordernd an. Wenn Addy es nicht besser gewusst hätte, hätte sie meinen können, Sarah wolle ihr einen Kinobesuch schmackhaft machen.

»Mir ist das zu voll und zu laut. Ich warte lieber draußen. Sagst du meiner Mum Bescheid? Sie wollte unbedingt, dass ich mitkomme …«

Sarah seufzte enttäuscht, forderte Addy dann aber auf, ihr vom Gebäude weg zu folgen.

»Also gut, aber nur, weil du viel durchgemacht hast und wahrscheinlich unter einer Art Golfkriegssyndrom oder so leidest«, sagte sie und ging sicher, dass niemand ihnen zuhörte. Dann sprach sie mit gesenkter Stimme weiter. »Mein Dad hat dafür gesorgt, dass das Kraftwerk für die Dauer dieser Katastrophe in Betrieb bleiben und den Strom kostenlos in alle Haushalte einspeisen wird. Ist das nicht klasse? Klar, Handys und Fernseher funktionieren nicht. Wir kriegen keinen Saft von den Hauptverteilern, daher ist alles lahmgelegt. Aber wir können Blu-rays sehen und Videospiele spielen, Kühlschränke und so funktionieren und kochen kann man auch.«

»Und was ist mit Wasser?«, fragte Addy. »Und wo kriegen wir neue Lebensmittel her? Die gehen uns doch irgendwann aus.«

»Na, wir sind doch nicht ganz auf uns gestellt. Sicher kommen bald Hilfsgüter. Gestern sind schon Militärfahrzeuge durch die Stadt gefahren. Die kriegen das sicher alles wieder in den Griff. Und bis es so weit ist, müssen wir uns halt selbst helfen.«

Addy hob an, noch etwas zu entgegnen, beließ es aber dabei. Was nutzte es ihr, Sarah vom Ernst der Lage zu überzeugen? Sie glaubte scheinbar daran, dass das alles nur vorübergehend war, dass sie nur lange genug durchhalten müssten und bald schon wieder in ihren normalen Alltag zurückkehren würden.

Wenn Addy in die Gesichter der Menschen schaute, die das Bürgerhaus betraten, war Sarah da sicher nicht die Einzige. Einige Blicke waren ernst, ja sogar bestürzt. Manche Menschen weinten. Aber viele wirkten gelassen, lachten sogar, als wäre nicht eben eine Millionenmetropole in die Luft gesprengt worden. Scheinbar berührte es sie nicht mehr als einer der vielen Berichte im Fernsehen über Katastrophen in fernen Ländern.

Vielleicht waren sie abgestumpft, vielleicht wollten sie es aber auch nicht wahrhaben, weil es zu sehr schmerzte.

»Richte deinem Vater meinen Dank aus. Es ist großartig, was er für unsere Stadt tut«, sagte sie schließlich.

Sarah lächelte breit und wirkte sichtlich stolz auf den Beitrag, den ihre Familie leistete. »Er riskiert damit seinen Job, aber das tut er gerne.«

Addy erwiderte das Lächeln und sah ihrer Freundin nach, wie sie mit dem Strom der anderen im Rathaus verschwand. Wenn die Menschen von Orsett das zerstörte London mit eigenen Augen gesehen hätten, würde diese Versammlung sicher ganz anders ablaufen. Addy waren der vorherrschende Frieden und die Gelassenheit aber allemal lieber als das Chaos und die Anarchie auf Londons Straßen.

»Kommst du?«, forderte Priester Blank sie auf. Er war einer der Letzten, die noch nicht in das Gebäude getreten waren, und hielt die Tür für die Nachzügler offen.

»Ich bleibe lieber an der frischen Luft«, lehnte sie ab.

Er nickte ihr verständnisvoll zu. »Aber bleib in der Nähe. Deine Mum hat sich schon genug Sorgen machen müssen, nicht wahr?«

»Da haben Sie recht.«

Er begrüßte noch Mr und Mrs Gordan, dann schloss er die Tür. Addy lehnte sich an die Wand und lauschte von dort aus der Motivationsrede des Bürgermeisters. Er erzählte von Zusammenhalt und davon, dass sie diese Katastrophe überstehen würden. Viel konnte Addy nicht verstehen.

Sie ließ ihren Blick über die wild wuchernden Pflanzen auf der anderen Straßenseite schweifen. Was war nur mit der Natur los? Wenn ihr Wachstum wirklich ein Ergebnis von Genmanipulation war und sie insgeheim als Waffe diente, wie sollte man ihr dann mit Rasenmähern und Heckenscheren zu Leibe rücken können?

Addy verengte ihre Augen, als sie eine Bewegung zwischen den Blättern wahrnahm. Wer schlich denn bitte, versteckt im Dickicht, um das Rathaus, während dort die halbe Stadt versammelt war?

»Hey!«, rief sie zur anderen Straßenseite.

Sie erwartete, dass die Person die Flucht ergreifen würde, doch stattdessen trat er ins Freie. Es war der seltsame Junge, den sie vor der Schule gesehen hatte. Obwohl er den Schock längst überwunden haben müsste, wirkte er noch immer teilnahmslos. Beinahe wie eine Puppe.

»Was schleichst du hier so rum?«, fragte Addy.

Er legte den Kopf schief und sah sie durchdringend an. Irgendetwas stimmte doch nicht mit ihm. Je länger sie ihn ansah, desto nervöser wurde sie.

»Sag schon!«

»Ich schleiche nicht«, antwortete er schlicht.

»Und wer bist du?«, fragte sie weiter.

»Einer deiner Mitschüler. Du kennst mich.« Seine Stimme klang monoton, regelrecht gelassen. Was tatsächlich in ihm vorging, konnte Addy schwer einschätzen.

Er kam ihr alles andere als bekannt vor. Einen wie ihn hätte sie so schnell nicht vergessen. Er war mittelgroß, hatte braunes Haar und wirkte auf den ersten Blick unscheinbar, doch da lag etwas in seinem Blick, das man unbedingt ergründen wollte. Addy konnte nicht anders, als ihn die ganze Zeit anzustarren. Wie hätte sie ihn da nicht bemerken können, wenn er ihr in der Schule über den Weg gelaufen wäre?

»Das glaube ich kaum«, widersprach sie.

Der Junge schmunzelte. Das Merkwürdige daran war, dass er

aussah, als täte er das zum ersten Mal in seinem Leben. Es war nicht mehr als ein leichtes Zucken seiner Mundwinkel und doch schien diese unscheinbare Geste sein ganzes Wesen aufzuhellen. So plötzlich diese Gefühlsregung auch gekommen war, so schnell stumpfte sie wieder ab und er stand wieder mit dem ungerührten Gesichtsausdruck einer menschlich anmutenden Puppe vor ihr.

»Geh zu deinen Freunden«, forderte er sie auf. »Besprecht, wie ihr eure Existenz um ein paar weitere Tage verlängern könnt.« Dann wandte er sich zum Gehen.

Wie vor den Kopf gestoßen, sah sie ihm nach. Hatte sie sich gerade verhört? Das konnte er doch unmöglich gesagt haben.

»Warte!«, rief Addy ihm nach und überquerte die Straße. »Wieso sagst du das? Was weißt du über den Bombenanschlag?«

Der Fremde war bereits zwischen den Büschen verschwunden. So einfach wollte sie ihn aber nicht davonkommen lassen. Sie schlug sich durch den Urwald, der vor wenigen Tagen noch eine lichte Baumreihe gewesen war. Und je tiefer sie hineinging, desto unwirklicher wurde die Natur um sie herum. Addy fühlte sich, als wäre sie durch einen Fehltritt nach Narnia gelangt. Die Bäume waren zu Giganten mutiert, ihre Wurzeln hatten sich aus dem Erdreich gehoben und bildeten ein regelrechtes Labyrinth, durch das sie sich kämpfen musste. Efeu hing wie Vorhänge von den Ästen und versperrte ihr die Sicht, Bodendecker hatten weiche Teppiche gebildet und die Wege unter sich begraben. Überall sah sie Eichhörnchen und Vögel, die dieses über Nacht entstandene Paradies längst akzeptiert und zu ihrer Heimat gemacht hatten.

Auch wenn Addy sich fühlte, als könnte sie schweben, versuchte sie, sich davon nicht ablenken zu lassen. Was, wenn dieser seltsame Junge ein Selbstmordattentäter war? Er wusste vielleicht deswegen etwas über den Bombenanschlag, weil er darin verwickelt war. Womöglich war er zum Rathaus gekommen, um es auch in die Luft zu sprengen, während sich die Bewohner der Stadt darin versammelt hatten.

Das war doch alles verrückt. Das konnte nicht stimmen. Aber was hatte er dann dort getan? Hatte er etwa sie beobachtet? Addy durfte ihn nicht entkommen lassen, ehe er ihr nicht Antworten gegeben hatte.

»Bleib stehen!«, rief sie und stolperte auf eine Lichtung.

Zu ihrer Überraschung hörte er tatsächlich auf sie, blieb stehen und wandte sich ihr zu.

Die Theorie, er könne ein Attentäter sein, erschien ihr immer abwegiger. Sie sah weder einen Zünder in seiner Hand noch zeichnete sich eine Bombe unter seinem dünnen, nur halb zugeknöpften Hemd ab.

Für die eher kühle Jahreszeit war er viel zu leicht angezogen, trug weder Jacke noch Schal, und erst jetzt bemerkte Addy, dass er sein Hemd falsch geknöpft hatte, als wäre er ein Kind, das noch unbeholfen darin war, sich selbst anzuziehen. Vielleicht waren ihm die Wetterverhältnisse in England und die westliche Kleidung ja fremd? Vielleicht kam er aus einem Land, in dem man Kleidung ohne Knöpfe und Reißverschlüsse trug? Aber wieso zitterte er dann nicht?

»Wie heißt du?«, fragte sie.

»Casimir«, antwortete er ohne Umschweife. Sein Blick hatte etwas von Neugier und spielerischer Vorfreude. Er wirkte offen und ehrlich und doch war sich Addy nicht sicher, wie sie damit umgehen sollte.

»Und du weißt, wer ich bin?«, hakte sie weiter nach. Es war schwer, an ihrem Misstrauen festzuhalten, während er so gar nichts von Falschheit an sich zu haben schien – ebenso wie ein unschuldiges Kind, an das er sie mehr und mehr erinnerte.

Er verengte den Blick und wirkte, als suche er seine Erinnerungen nach der Antwort ab. Seine Augen blitzten dabei unnatürlich golden und Addy hatte das Gefühl, beobachten zu können, wie die Synapsen in seinem Hirn aufleuchteten.

»Addyson Maxwell, Tochter von Helen und Richard Maxwell, vor einem Jahr, zehn Monaten und fünfzehn Tagen nach Orsett gezogen, geboren in London, am dreizehnten März zweitau…«

»Schon gut«, unterbrach sie ihn. Dass er so viel von ihr wusste, machte ihr Angst. Woher konnte er das alles wissen? »Ich sehe, du hast deine Hausaufgaben gemacht.«

Wieder legte er den Kopf schief wie ein Hund, der überlegte, was der Mensch ihm gegenüber gerade von sich gegeben hatte.

»Die Schule ist gestern ausgefallen. Wir haben keine Hausaufgaben aufbekommen«, sagte er.

»Okay, mit dir stimmt wirklich etwas nicht.« Addy musste sich zusammenreißen, um nicht zu lachen. Dabei war diese Situation alles andere als lustig. Aber von Hausaufgaben zu reden, während um sie herum alles zugrunde ging, war doch wirklich grotesk. Wer war dieser seltsame Junge und warum wirkte er so weltfremd?

Casimir tat einen Schritt auf sie zu. »Sag mir, was mit mir nicht stimmt, damit ich es abstellen kann.«

»Abstellen? Was bist du? Eine Maschine?«

Wieder schien er lange zu überlegen, bevor er antwortete.

»Was bist *du*?«, fragte er und kam noch etwas näher. »Synapsen, Nerven, Gelenke, Knochen. Schaltkreise, Kabel, Zahnräder. Energie – Energie verbindet alles. Dich, mich, deinen Toaster. Auf atomarer Ebene sind wir alle gleich. Wie unterscheiden wir uns?«

Er sah zu seinen Händen, dann wieder zu ihr auf. Das goldene Leuchten in seinen Augen war magisch und anziehend. Addy konnte kaum den Blick von ihm lassen.

»Durch die Art, wie wir fühlen …?«, sagte sie halblaut. Sie hatte keine Ahnung, wohin dieses Gespräch führen sollte. »Ich bin mir sicher, dass mein Toaster da nicht mithalten kann.«

Casimir lächelte flüchtig. »Danke.«

»Nichts zu danken«, murmelte Addy.

Casimir wandte sich ab, als wolle er gehen, schien dann aber noch weitere Fragen zu haben. »Und weil nicht alle fühlen wie ihr, müssen sie sterben? Weil Bäume nicht reden können und nicht schreien, wenn sie bluten, dürft ihr sie fällen? Ich versuche das nur zu verstehen …«

»Wer zur Hölle bist du?«, fragte sie noch einmal.

»Casimir.«

Addy schüttelte ungläubig den Kopf. »*Was* bist du?«, hakte sie nach und glaubte selbst kaum, dass sie ihn so etwas fragte.

Casimir sah sie lange an. Eigentlich hätte sie Angst haben sollen – sie hätte Angst haben *müssen*. Aber dem war nicht so. Er wirkte in keiner Weise bedrohlich auf sie. Er war wie die Bäume und Gräser, die sie umgaben. Er gehörte hierher – viel mehr noch, als sie selbst einen Platz in dieser Welt hatte.

Wie Addy auf diese Gedanken kam, wusste sie nicht. Sie sah es ihm einfach an, sah es in diesem unwirklichen goldenen Blitzen seiner Augen, in seinem Blick und der Art, wie er ihren erwiderte.

Erneut zuckten seine Mundwinkel in einem kaum merklichen Schmunzeln. »Es ist merkwürdig, dich anzusehen, Addyson Maxwell aus Orsett. Warum fühlt es sich so an? So anders als bei den anderen Menschen. Kannst du mir das sagen?«

»Du bist kein Mensch«, sagte sie tonlos. Das anzuerkennen, kostete sie alle Kraft. Es war unmöglich und doch hatte sie keinen Zweifel daran.

»Nein, ich glaube nicht«, überlegte er. »Aber langsam verstehe ich. Langsam ergibt alles einen Sinn. Komm mit. Ich will es dir zeigen.«

Er streckte ihr die Hand entgegen, doch Addy zögerte zuzugreifen. Bisher hatte er keine ihrer Fragen richtig beantwortet. Ganz im Gegenteil, er hatte nur noch weitere aufgeworfen. Aber vielleicht würde sie die Antworten ja erhalten, wenn sie ihm folgte.

»Dir passiert nichts«, versicherte er ihr.

Sie hob ihre Hand, hielt aber inne, bevor sie die seine berührte. Wie viele Dummheiten würde sie noch begehen, bevor sie einsah, dass ihre Neugier ihr nur Probleme bereitete?

Zumindest diese eine noch.

Sie legte ihre Hand in seine und spürte ein zartes Kribbeln wie von einem elektrischen Schlag. Ein süßlicher Duft umfing sie, der ihr beruhigend vertraut vorkam. Derselbe Geruch, der ihr bei ihrer ersten Begegnung die Sinne vernebelt hatte. Mit ihm kam ein Gefühl bedingungsloser Sicherheit. Als wäre Addy wieder in dieser seligen Sekunde gefangen, die man nach dem Aufwachen erlebte. Ihre Ängste waren mit einem Mal verflogen und sie folgte Casimir tiefer in den Wald hinein.

KAPITEL 7

ADDY

TAG 2: SO, 10:00 UHR, ORSETT, ENGLAND

Bald hatten sie das Labyrinth aus Baumwurzeln durchquert und zu beiden Seiten erhoben sich weiße Stämme, die zum Boden hin mit bräunlichen weichen Schuppen überzogen waren. Addy richtete ihren Blick nach oben und sah dort keine Äste und Blätter, sondern die Schirme riesiger Pilze.

Es kam ihr vor, als liefe sie durch eine fremde Welt. Wie Alice im Wunderland. Sie war Alice und Casimir? Der verrückte Hutmacher? Die Grinsekatze? Sie wusste es nicht. Nur daran, dass diese Welt vor ihr, die vor wenigen Tagen noch aus nichts weiter als ein paar gestutzten Bäumen bestanden hatte, eine ganz fremde war, gab es keinen Zweifel.

Ranken, dicker als ihr Oberarm, wanden sich durch das Dickicht. Gespickt waren sie mit roten Dornen, die einem den Bauch hätten aufschlitzen können, und Rosenblüten, so groß wie Gymnastikbälle. Alles war in ein diffuses grünes Licht getaucht, das von den Pflanzen selbst auszugehen schien.

Hätte Casimir nicht noch immer ihre Hand gehalten und seine Berührung sie daran erinnert, dass sie wach war und wirklich durch diesen Dschungel der Absonderlichkeiten lief, hätte sie an einen Traum geglaubt – einer von diesen irren, die viel zu weit von der Wirklichkeit entfernt waren, als dass man sie beim Aufwachen für echt halten konnte.

Doch am merkwürdigsten waren die Gefühle, die in ihr ausgelöst wurden. Es war, als wäre sie zu Hause angekommen. Als wäre ihr bisheriges Leben der Traum und dies die Wirklichkeit. Das bedrückende Gefühl, das sie schon begleitete, solange sie sich zurückerinnern konnte, das ihr die Luft zum Atmen nahm, wenn es um sie herum nur Beton, Asphalt und Autos gab, war verschwunden und in ihr wuchs ein Gefühl von tief empfundener Verbundenheit.

Dieser Gedanke ließ es ihr kalt den Rücken runterlaufen und sie blieb abrupt stehen. Sie entzog Casimir ihre Hand und in dem Moment strömte die Realität wieder auf sie ein.

»Was geschieht hier?«, fragte sie.

Casimir legte den Kopf schief und sah sie lange an. »Ich zeige dir, was aus deiner Welt wird«, erklärte er und bot ihr erneut die Hand an.

Addy wich zurück. Sie wusste, dass eine Berührung ausreichte, um sie wieder in seine Vision der Zukunft zu entführen. »Wer bist du? *Was* bist du?«

Sie fühlte sich benommen. Als wäre sie im Rausch gewesen, und die Wirkung ließ nun langsam nach. Schwankend fasste sie sich an die Schläfe. Wieso sah sie solche Dinge und warum fühlte es sich so an, als hätte sie ihr Leben lang nur darauf gewartet, diesen Ort betreten zu dürfen?

»Das versuche ich, dir zu zeigen«, erwiderte Casimir. »Aber du brauchst ein Wort, oder? So wie du wolltest, dass ich mir einen Namen gebe, mit dem du mich benennen kannst. Ihr braucht für alles Bezeichnungen, damit ihr verstehen könnt, auch wenn ihr es dort drinnen schon längst wisst.« Er legte sich eine Hand auf die Brust.

»Einen Namen geben? Dann heißt du nicht Casimir.«

»Jetzt schon«, antwortete er nüchtern.

Sie glaubte nicht, was sie da hörte. Wieso hatte er keinen Namen gehabt? Jeder hat doch einen Namen.

»Und was bist du?« Sie wollte diese Antwort so sehr, wie sie sich vor ihr fürchtete. Gebannt schaute sie ihn an.

Casimir schien lange nachdenken zu müssen. Er blickte zu Boden und erst nach einer gefühlten Ewigkeit sah er wieder zu ihr auf.

»Meliad«, sagte er.

»Meliad?«, wiederholte sie nachdenklich. Das Wort kam ihr bekannt vor und doch konnte sie es nicht greifen. Es lag ihr auf der Zunge und plötzlich riss sie die Augen auf.

»Meliaden!«, stieß sie aus. Das Thema griechische Mythologie hatten sie vor wenigen Wochen im Geschichtsunterricht durchgenommen. Sie erinnerte sich an diese Bezeichnung für Naturgeister und wusste noch, dass im Schulbuch ein Fleck die letzten zwei Buchstaben des Wortes geschwärzt hatte. Was blieb, war *Meliad*. Aber woher wusste er das?

Erschrocken sah sie ihn an. »Du bist ein Naturgeist … du bist wirklich kein Mensch.«

»Habe ich etwas Falsches gemacht? Hätte ich einen anderen Namen wählen sollen?«

»Nein …« Addy schüttelte den Kopf. Das alles konnte unmöglich wahr sein. Unweigerlich wich sie noch weiter vor ihm zurück.

Je mehr sie sich von ihm entfernte, desto klarer wurde das Bild um sie herum. Die Realität war rau, kalt und blass, aber es war die Welt, die ihr vertraut war und von der sie bisher geglaubt hatte, sich dort heimisch zu fühlen. Obwohl Addy seine Wirklichkeit als Traum abtun wollte, fiel es ihr schwer, sich davon zu lösen.

Sie sah sich noch einmal um. Es war unverkennbar, dass sie wieder in der Grünanlage stand, die zwischen zwei Straßen lag.

Das Wunderland war verschwunden, sie war nicht mehr Alice und erwartete nicht, hinter dem nächsten Baum auf ein weißes Kaninchen zu treffen. Sie fühlte sich schwer, zurückgeholt auf den Boden der Tatsachen und gelöst von all den kleinen Wundern, die so erschreckend, aber auch atemberaubend schön gewesen waren.

Was hatte er ihr da gezeigt? Die Zukunft? Die Vergangenheit? Eine Welt außerhalb ihrer Wahrnehmungskraft?

»Erklär es mir«, forderte sie ihn auf. »Sag mir, was du mit mir getan hast und was du mir zeigen wolltest.«

»Ich habe dir gezeigt, was aus dieser Welt werden kann, in dem Glauben, du könntest es verstehen. Aber das kannst du nicht. Ihr werdet es nie verstehen und deswegen habt ihr euren eigenen Untergang eingeleitet.«

»Die Bomben, meinst du?«

Casimir sah zum Himmel. »Nicht nur das. Wie ein Kartenhaus stürzt alles zusammen. Es musste irgendwann passieren und das wusstet ihr auch, nicht wahr? Das war euch allen klar. Auch wir wussten es, auf unsere eigene Weise, aber erst jetzt beginne ich, es wirklich zu verstehen. Auch unsere Existenz ist von eurem Zerstörungswahn bedroht. Nur deshalb wurde ich aus meiner Welt gerissen und in diesen Körper gezogen.«

Er sah zu seinen Händen, beugte die Finger und streckte sie wieder.

»Du bist gar nicht freiwillig hier?«, fragte Addy.

»Wir sterben«, entgegnete er. »Noch weiß ich nicht, wie ihr es anstellt, aber ihr tötet uns. Es ist euch egal, ihr macht immer weiter. Doch sie wird es beenden. Sie wird euch aufhalten.«

»Wer ist sie?« Addys Herz begann, schneller zu schlagen, und sie versuchte, die Informationen in ihrem Kopf zu sortieren. Irgendwie zerstörten die Menschen die Welt der Meliad – der

Naturgeister. Eine Welt, die Teil der ihren zu sein schien und doch für das bloße Auge nicht sichtbar war. Eine andere Ebene der Existenz. Aber wie? Durch Umweltverschmutzung? Und was hatte das mit den Bomben zu tun?

»Sie ist alles«, erklärte er. »Sie ist das Leben. Der Anfang und das Ende.«

»Ist sie auch ein Meliad?«

»Nein. Sie ist ...« Er überlegte kurz. »Gaia. Tellus. Terra Mater. Die Mutter aller Dinge. Was ich dir gezeigt habe, war die Vision, die sie mir schenkte, als ich von meiner Sphäre durch ihre, in eure stürzte – ihre Vision der Zukunft unserer Welt.«

»Die Erde wehrt sich ...«, mutmaßte Addy nachdenklich. »Aber sie wirft ganz sicher keine Bomben.«

»Nein, das sind nur die Folgen eurer Angst«, sagte Casimir. »Ihr gebt euch gegenseitig die Schuld an dem, was passiert. An den Dingen, die ihr nicht verstehen könnt. Und ihr bekämpft euch gegenseitig.«

Addy konnte nicht glauben, was sie da hörte. Das war alles viel zu verrückt, um wahr zu sein. Aber da war dieses starke Gefühl des Vertrauens zwischen ihr und Casimir. Sie wusste einfach, ganz tief in ihrem Inneren und ohne jeden Zweifel, dass er die Wahrheit sagte und sie nicht belügen würde. Dass er es gar nicht konnte. Wie auch, wenn er wirklich ein Naturgeist war? Wenn Bäume und Gräser nicht lügen konnten, wie dann ein Wesen, das diese Pflanzen beseelte?

Panik stieg in ihr auf. Wenn die Welt selbst begann, sich gegen die Menschheit zu wehren wie Abwehrkräfte gegen einen hartnäckigen Virus, wie hoch standen da die Chancen auf eine Zukunft? Die Menschheit war zu einem Geschwür geworden, das es galt herauszuschneiden. Und Addy war ein Teil davon. Ihre Tage waren gezählt.

Sie wich weiter vor Casimir zurück und schlang sich die Arme um den Körper, als ein Schauer Besitz von ihr ergriff.

»Es tut mir leid«, sagte Casimir mitfühlend. Er schien schnell zu lernen, ein Mensch zu sein. Längst wirkte er nicht mehr wie eine Puppe oder gar wie ein Kind auf sie.

Er kam einen Schritt näher, berührte dabei ein Blatt eines herabhängenden Astes und löste damit eine Kettenreaktion aus. Zarte Blitze zuckten zwischen ihm und der Pflanze, züngelten zum Boden hin und sprangen von dort auf weitere Blätter und Gräser über. Casimir beobachtete das Ganze konzentriert, als könnte er darin etwas lesen.

»Ich muss gehen«, sagte er und wandte sich von ihr ab.

So einfach wollte Addy ihn nicht gehen lassen. Sie hatte noch so viele Fragen und würde den Antworten darauf wahrscheinlich nie wieder so nahe kommen wie in diesem Moment.

Sie ergriff seinen Arm und bekam einen Stromschlag. Schmerz durchzuckte ihren ganzen Körper und lähmte sie. Ohne sich regen zu können, nicht einmal fähig zu schreien, stand sie da und sah, wie Casimir die Augen aufriss. Er befreite sich von ihrer Hand und im selben Moment wurde sie von ihm weggeschleudert.

Addy schlug auf dem Boden auf. Wurzeln und Steine bohrten sich ihr in den Rücken und ihre Arme und Beine zitterten unkontrolliert. Ihr Schädel hämmerte und das Bild vor ihren Augen verschwamm. Sie wollte nach Luft schnappen, doch ihr Körper versagte ihr den Dienst.

»Das wollte ich nicht«, hörte sie Casimir sagen.

Er beugte sich über sie und ihr Herz begann zu rasen, als er seine Hand nach ihr ausstreckte. Die Aussicht, einen weiteren Schlag zu bekommen, löste Panik in ihr aus. Sie wollte weg von ihm, war aber noch immer gelähmt. Verzweifelt kämpfte sie gegen die Starre ihrer Glieder an, schnappte nach Luft und rang nach Worten.

»Geh … geh weg!«, stieß sie aus.

Wahrscheinlich verstand er nicht einmal, was er getan hatte. Kannte einer wie er überhaupt Schmerzen? Noch immer sah sie verschwommen, konnte sich aber hochstemmen und von ihm wegrobben.

»Hey!«, schrie jemand.

Gehetzt sah Addy sich um. Im Dickicht um sie herum raschelte es, Schritte waren zu hören und Casimir erhob sich.

Mehrere Menschen traten auf die Lichtung. Jemand kam zu ihr gelaufen und warf sich neben sie auf den Boden. Addy war noch so aufgewühlt, dass sie ihre Mum nicht gleich erkannte und bei ihrer Berührung zusammenzuckte.

»Geht es dir gut?«, fragte ihre Mum mit gehetzter Stimme.

Tränen sammelten sich in Addys Augen, aber sie nickte. Es ging ihr gut, nur war das alles zu viel.

»Schön hiergeblieben!«, verlangte jemand.

Addy sah auf. Einige Männer hatten Casimir eingekesselt, stürzten sich auf ihn und hielten ihn fest. Er leistete keinen Widerstand, wusste wahrscheinlich nicht einmal, wie ihm geschah. Erst als sie ihn brutal zu Boden zerren wollten, begann er, sich zu wehren.

Addy folgte dem Blick ihrer Mum an sich hinab und bemerkte, dass ihr Shirt hochgerutscht, verdreckt und vom Sturz zerrissen war. Sie schlang sich ihre Jacke um den Körper und begriff, wie das zwischen ihr und Casimir aussehen musste.

»Er hat nicht …«, begann sie, wurde aber unterbrochen, als ihre Mum sie daraufhin an sich drückte.

»Gott sei Dank!«, stieß sie aus.

»Nein«, widersprach Addy und versuchte, sich aus der Umarmung zu lösen. Sie musste erklären, dass Casimir nichts getan hatte, doch die Männer beachteten sie überhaupt nicht.

Einer der Männer verpasste Casimir einen Schlag in die Rippen. Er riss die Augen weit auf und die Knie brachen ihm weg. Wenn er vorher nicht gewusst hatte, wie sich Schmerz anfühlte, dann spätestens in diesem Moment. Er war völlig fremd in ihrer Welt. Was sie ihm antaten, durfte nicht geschehen.

»Aufhören!«, verlangte Addy, schob ihre Mum von sich und versuchte, auf die Beine zu kommen.

Es gelang ihr nicht. Das Bild vor ihren Augen verschwamm erneut und sie sackte in sich zusammen.

»Passt auf, sonst haut er ab«, hörte sie jemanden sagen.

Sie sah zu Casimir. Von einer Flucht war er weit entfernt. Er kniete auf dem Boden, hielt sich mit einer Hand die Rippen und schnappte nach Luft. Als er den Kopf hob und zu Addy aufsah, konnte sie neben der Panik in seinem Blick erkennen, wie das seltsame Flimmern in seinen Augen blasser wurde. Der Schmerz, der eben noch seine Mimik gezeichnet hatte, verschwand. Er sah zu seiner Hand, wo Strom zwischen seinen Fingern aufblitzte.

»Passt auf!«, schrie jemand.

Einer der Männer reagierte sofort, rammte Casimir einen Elektroschocker in die Seite und er zuckte augenblicklich zusammen. Die Blitze zwischen seinen Fingern verschwanden, sein ganzer Körper zuckte und sein Blick wurde trübe.

Addys Atem stockte und sie kämpfte sich auf die Beine.

»Lasst ihn!«, verlangte sie und stolperte voran.

Ihre Mum hielt sie zurück und verhinderte so, dass sie Casimir zu Hilfe kam. Aber er hatte ihr doch gar nichts getan! Nicht absichtlich zumindest.

Endlich löste der Mann den Elektroschocker von ihm. Das Zucken hörte auf und Casimir blieb zusammengekauert und regungslos auf dem Boden liegen.

Addy atmete erleichtert durch, wollte sich gerade ihrer Mum zuwenden und ihr alles erklären, da nickte einer der Männer dem mit dem Elektroschocker zu und er verpasste Casimir einen weiteren Schlag.

»Nein!«, schrie Addy.

Casimir krümmte sich, sein Rücken bog sich durch, als würde ihm die Wirbelsäule brechen, Blut floss ihm aus dem Mundwinkel und das goldene Schimmern in seinen Augen strahlte hell wie ein Lampe, die mit so viel Energie gefüttert wurde, dass sie drohte zu platzen.

»Aufhören!« Addy versuchte, sich von ihrer Mum zu befreien, doch noch war sie zu sehr geschwächt.

Wieder nickte der Mann und erst jetzt registrierte Addy, wen sie da vor sich hatte. Es war Mr Bennet, der die Befehle gab und die Männer, die Casimir in Schach hielten, gehörten zum Sicherheitspersonal seines Kraftwerks. Aufnäher auf ihren Jacken verrieten das. Der mit dem Elektroschocker ließ auf Befehl seines Vorgesetzten von ihm ab und Casimir sackte ohnmächtig in sich zusammen.

»Mr Bennet.« Addy versuchte, so ruhig wie möglich zu sein. Was Casimir ihr gesagt hatte, würde er sicher nicht glauben. Aber er war der Vater ihrer besten Freundin. Er würde ihr doch zumindest zuhören, wenn sie ihm sagte, dass nichts geschehen war. »Bitte, lassen Sie mich …«

Mr Bennet wandte sich an ihre Mum, bevor Addy zu Ende sprechen konnte.

»Bringen Sie ihre Tochter von hier weg«, bat er sie. »Sie hat genug durchgemacht.«

Addy riss die Augen auf.

»Komm, wir gehen«, forderte ihre Mum sie auf.

»Nein!«, widersprach Addy und riss sich von ihr los.

Die Männer zogen Casimir auf die Beine. Reglos hing er in ihren Armen. »Was haben Sie mit ihm vor? Wieso tun Sie das? Wissen Sie überhaupt, wer …?« Sie brach ab, als Mr Bennet sich vor ihr aufbaute.

»Weißt du es denn?«, fragte er.

Erschrocken sah sie ihn an. Für einen Moment wirkte er so kühl und berechnend, dass ihr ein Schauer über den Rücken lief. Doch schon einen Augenblick später legte sich ein sanftes Lächeln auf seine Lippen.

»Nein … ich meine, er ist ein Mitschüler«, brachte Addy tonlos hervor. Die Wahrheit konnte sie ihm nicht sagen.

Sie wollte sich an Bennet vorbeidrängen, um zu Casimir zu gelangen, doch er packte sie an beiden Schultern und schob sie zurück zu ihrer Mum.

»Keine Sorge, er wird dir nie wieder zu nahe kommen«, sagte er. In seinem Rücken schafften sie Casimir fort.

»Lassen Sie mich los!«, verlangte Addy und wehrte sich. Ihr Herz pochte wie wild in ihrer Brust und ihr Verstand setzte aus. Sie musste etwas tun! Sie musste die Männer aufhalten. Egal wie.

Ihre Mum zog sie an sich. »Beruhige dich«, bat sie.

Doch Addy wollte sich nicht beruhigen. Sie wollte, dass sie die Finger von Casimir ließen und ihr endlich zuhörten.

»Sie haben kein Recht!«, schrie sie Mr Bennet an, warf sich voran und versuchte, zwischen ihm und ihrer Mum durchzukommen. Die beiden hielten sie auf, ihre Mum zerrte sie zurück und die Männer, die Casimir verschleppten, verschwanden zwischen den Bäumen.

»Lass mich!«, schrie sie. »Lass mich los!«

KAPITEL 8

ADDY

TAG 2: SO, 13:30 UHR, ORSETT, ENGLAND

Addy hatte versucht klarzumachen, dass Casimir ihr nichts antun wollte, aber sie drang nicht zu ihrer Mum vor. Wie auch, wenn sie angeblich stundenlang verschwunden gewesen war, während sie sich nur an Minuten erinnerte? Man würde sie für verrückt halten, würde sie versuchen zu erklären, was Casimir ihr anvertraut hatte. Ihrer Mum war es früher schon schwergefallen zu verstehen, wie ihre Tochter nur wegen ein paar gefällter Bäumen ihren Lebenswillen verlieren konnte. Was würde sie erst von ihr denken, wenn sie von Naturgeistern und der Erdmutter sprach? Spätestens dann würde sie darauf bestehen, dass Addy wieder Medikamente nahm.

Dass Casimir nicht von dieser Welt, dass er ein Naturgeist war und Addy mitverantwortlich für das Sterben seiner Art, wollte sich ihr noch immer nicht begreiflich machen. Aber es erklärte so vieles. Die Naturkatastrophen der letzten Monate, die Erdbeben, Fluten, die ganze verdammte globale Erwärmung. Die Großkonzerne glaubten, Umweltaktivisten wären die größte Bedrohung in ihrem Bestreben, sich die Rohstoffe der Welt zunutze zu machen, dabei war es die Welt selbst, die mit aller Deutlichkeit zeigte, dass sie genug davon hatte. Terra Mater wehrte sich gegen den Bazillus Mensch. Sie holte zum entscheidenden Schlag aus und Addy steckte da mittendrin.

Mitten im Untergang ihrer eigenen, verkorksten Welt. Zumindest, wenn Casimir wirklich die Wahrheit gesagt hatte. Und was, wenn nicht? Wenn sie nun wirklich und endgültig den Verstand verloren hatte? Daran wollte sie gar nicht erst denken. Und das würde auch nicht erklären, was um sie herum geschah.

Sie stürmte die Treppe nach oben, kaum dass sie zu Hause angekommen waren, rannte in ihr Zimmer, schlug die Tür hinter sich zu und warf sich mit dem Rücken dagegen. Ihr Atem hetzte. Das alles war ein schrecklicher, nicht enden wollender Albtraum. Auf dem Weg nach Hause waren sie heillosem Chaos begegnet. Scheinbar hatte die Rede des Bürgermeisters nicht alle Anwohner beruhigt. Überall hatten die Autos auf den Straßen gestanden, die Menschen waren dabei gewesen, das Nötigste zusammenzupacken, und versuchten, vor dieser Katastrophe zu fliehen, während andere mit Kettensägen und Äxten gegen die wuchernden Pflanzen vorgingen.

Aber wie sollte man etwas entkommen, das überall stattfand? Wenn Casimir die Wahrheit gesagt hatte, dann erhob die Natur sich überall auf der Welt gegen die Menschen. Und wie war etwas zu besiegen, von dem man selbst nur ein Teil war? Kein Sandkorn konnte die Flut daran hindern, den Strand zu überschwemmen. Der Einzige, von dem Addy sich vorstellen konnte, dass er wusste, was zu tun war, war Casimir.

Immer wieder ging sie ihre Begegnung mit ihm im Kopf durch und immer wieder endete es an dem Punkt, als sie ihn mit Stromstößen zu Boden gezwungen und fortgeschafft hatten. Ihre Kehle schnürte sich ihr zu und die Verzweiflung und das Gefühl der Machtlosigkeit überrannten sie.

Ihr Blick fiel auf ihr Geschichtsbuch, das auf dem Schreibtisch neben ihrem Laptop lag. Sie näherte sich ihm, strich mit den

Fingern über den Einband und las den Namen des Autors. Casimir Brugt-Hendrik.

Sie starrte auf die Worte, konnte aber nicht wirklich fassen, was sie da sah. War sie wirklich auf einen Betrüger reingefallen? War alles, was er ihr erzählt hatte, eine Lüge? Bei dem Gedanken wurde ihr heiß und kalt zugleich.

Sie konnte das einfach nicht glauben.

Dass Casimir den Namen von diesem Buch hatte, bewies doch eigentlich nichts. Auch das Wort Meliad stammte daraus und unterstrich nur, dass er tatsächlich auf ihre Schule gegangen sein musste oder zumindest ein solches Buch besaß. Es schloss nicht aus, dass er ein Naturgeist war. Es konnte alles Mögliche bedeuten.

»Addy?« Ihre Mum war in die Tür getreten und Sarah stand neben ihr. Die biedere Kleidung vom Morgen hatte ihre Freundin gegen Hotpants, Shirt und Chucks getauscht. Auf ihrer Brust prangte das Wort »Sexy« in goldenen Pailletten und stach sich mit der silbernen Schnalle ihres Calvin-Klein-Gürtels.

Besorgt sah sie Addy an.

»Er hat mir nichts getan«, beteuerte Addy.

»Er hat zugegeben, es versucht zu haben«, widersprach ihre Mum einfühlsam.

Addy riss die Augen auf.

»Was?!«, stieß sie fassungslos aus. Wieso hätte er etwas zugeben sollen, das gar nicht passiert war?

»Mein Dad hat es mir eben gesagt«, erklärte Sarah. »Es tut mir so leid. Nach allem, was du schon durchmachen musstest. Aber wer hätte schon ahnen können, dass ausgerechnet so einer wie Eric zu so etwas fähig wäre?«

»Wer?« Addy verstand gar nichts mehr.

Ihre Mum und Sarah wechselten einen kurzen Blick.

»Ich lasse euch mal allein«, schlug ihre Mum vor, lächelte Addy an, ohne ihre Sorge verbergen zu können, und ging.

Sarah sah ihr nach, dann wandte sie sich ihr zu.

»Er hat dich wirklich nicht, du weißt schon … angefasst?«, fragte sie mit gesenkter Stimme.

Ein mulmiges Gefühl ergriff Besitz von Addy. Das war kein Gespräch, das sie mit Sarah führen wollte. Das wollte sie mit niemandem.

»Er hat es gar nicht erst vorgehabt«, beharrte sie.

»Die Leute meines Dads haben ihn ins Kraftwerk gebracht. Im Polizeirevier ist kein Platz mehr. Die Anwohner rasten ja völlig aus. Ein paar Jungs haben den Supermarkt geplündert und die Tanke wurde auch ausgeraubt. Dass man für Benzin bezahlen muss, ist diesen Irren plötzlich völlig fremd. Oh, und ein paar Häuser sind niedergebrannt. Die haben versucht, die Pflanzen abzufackeln. Das ging schief.«

»Worauf willst du hinaus?«, fragte Addy.

Sarah atmete tief durch. »Jedenfalls«, fuhr sie fort und lehnte sich an den Schreibtisch. »Mein Dad hat angeboten, die Polizei zu unterstützen. Nur so lange, bis Hilfe kommt. Schließlich ist sein Wachpersonal das, was ausgebildeten Polizeibeamten noch am nächsten kommt. Sie haben Eric verhört und er hat zugegeben, dir was eingeflößt zu haben. K.-o.-Tropfen oder so. Ich fasse es echt nicht. Rasten jetzt wirklich alle aus?«

Addy sah ihre Freundin lange an. Das Erschreckende war, dass Sarahs Geschichte plausibler klang als ihre eigene. Irgendwelche Drogen hätten erklärt, was sie gesehen hatte. Die Farben, die seltsamen Pflanzen, das Leuchten in Casimirs Augen. Ein Halluzinogen klang logischer als Terra Mater, die zum entscheidenden Schlag gegen die Menschheit ausholte und Naturgeister, deren Welt in sich zusammenbrach – Meliad, die von ihrer in die Menschensphäre gezogen wurden, wie Wasser, das durch die Löcher einer rissigen Schale tropft. Das alles hätte sich mit Drogen erklärt und doch konnte Addy nicht glauben, dass es Casimir in Wirklichkeit nicht gab.

Dabei musste sie an das denken, was ihr Therapeut ihr damals während ihrer vielen Sitzungen gesagt hatte – bevor es sein abschließender Rat gewesen war, London und das Großstadtgetümmel zu verlassen. Er hatte sie davor gewarnt, sich zu sehr in Fantasiewelten zu flüchten. Es bestünde die Gefahr, dass sie begann, diese Dinge zu glauben und sich von der Realität abzuwenden. Geschah das gerade mit ihr? Verstrickte sie ihr eigener Verstand in Lügengebilde, um sie vor der Wirklichkeit zu schützen? Einer Wirklichkeit, in der es keine Naturgeister gab. Keinen Casimir, sondern einen Eric. Einen Mitschüler, der es auf sie abgesehen hatte?

Benommen schüttelte sie den Kopf.

»Und wo ist er jetzt genau?«, hakte sie nach. »Immer noch auf dem Kraftwerksgelände? In den Büroräumen oder …?«

»Wieso fragst du?« Sarah sah sie erschrocken an. »Du willst doch nicht zu ihm, oder? Komm mal zu dir! Der wollte sonst was mit dir anstellen.«

Addy schüttelte den Kopf, obwohl Sarah eigentlich richtig geraten hatte. Wie sollte sie sonst herausfinden, was Wirklichkeit und was Lüge war, wenn sie ihm nicht ein weiteres Mal gegenübertrat? »Nein, natürlich will ich das nicht«, log sie.

Sarah verengte den Blick. »Du erinnerst dich wirklich nicht mehr an ihn? Hast du noch den USB-Stick mit den Fotos für die Schülerzeitung?«

»Ja, aber …«, begann Addy, aber da klappte Sarah auch schon den Laptop auf.

Sie hatte den Stick schnell gefunden und klickte sich durch

die Bilder. Bei einem Gruppenfoto hielt sie schließlich inne und deutete darauf. »Bitte sehr«, sagte sie selbstgerecht.

Addy beugte sich vor. Hinter der Gruppe angetrunkener, grölender Jungs saß ein unscheinbarer Typ auf einer Bank und las ein Buch. Er trug eine dicke Hornbrille und ein hässliches blauweiß gestreiftes Poloshirt. Sie kannte ihn, hatte ihn schon öfter gesehen und erinnerte sich allmählich auch daran, seinen Namen gehört zu haben. Eric war wirklich ein Mitschüler, aber er war nicht Casimir. Er sah ihm nur zum Verwechseln ähnlich und war dennoch so völlig anders, dass sie während ihrer Begegnung keine Verbindung zu Eric hatte herstellen können.

»Das ist er nicht«, sagte sie.

»Doch, natürlich«, widersprach Sarah. »Eric. So ein Streber aus der Abschlussklasse. Er hat im Sekretariat ausgeholfen. Da hast du ihn sicher schon gesehen. Oh, und du hast mit ihm gesprochen, nachdem die Bomben in London eingeschlagen sind! Erinnerst du dich echt nicht mehr?«

»Doch. Aber ist dir nicht aufgefallen, dass er ganz anders war?«

Sarah legte die Stirn in Falten. »Ich glaube, er trägt jetzt Kontaktlinsen …«

»Ich verstehe das einfach nicht …« Warum nahm nur sie die Veränderung wahr? Selbst wenn er ihr am Rathaus Drogen gegeben hätte, dann hätte das doch keine Auswirkung auf ihre Wahrnehmung von ihm bei ihrer ersten Begegnung gehabt. Oder etwa doch? Den Geruch, der ihn umgab, hatte Addy da zum ersten Mal wahrgenommen. Allerdings auch später in London und da war er nicht bei ihr gewesen.

Sie schüttelte den Kopf. Unmöglich, dass alles, was sie erlebt, gesehen und selbst getan hatte, auf Drogen zurückzuführen war. Casimir war echt. Sie wusste nicht, wieso er diesem Eric so unheimlich ähnlich sah und warum ihn alle anderen für Eric hielten, aber sie bildete sich das nicht ein. Er war nicht der Junge auf diesem Foto. Im Leben nicht.

»Ich verstehe dich nicht«, seufzte Sarah. »Da draußen geht die totale Apokalypse ab und du sitzt hier und starrst das Foto eines Jungen an? Ich könnte es noch verstehen, wenn er ein heißer Typ wäre. Aber dieser nerdige, hühnerbeinige Kerl? Ein Idiot, der unschuldigen Mädchen nachstellt? Du solltest keinen einzigen Gedanken an ihn verschwenden!«

Casimir war weder nerdig noch hühnerbeinig. Seine Ausstrahlung hatte sie in den Bann gezogen, in seinen Augen war sie beinahe ertrunken. All das schien nur sie wahrzunehmen und das sah sie nicht auf diesem Foto. Sie verstand einfach nicht, warum Sarah glaubte, er und Eric wären ein und dieselbe Person.

Ein plötzlicher Krach ließ Addy und Sarah zusammenzucken. Sie wirbelten herum, Addy sah, wie das Fenster zersprang, und warf sich schreiend zu Boden.

Sarah landete neben ihr und schlug die Hände über den Kopf. Glas rieselte auf sie herab.

Einen Moment blieben sie schwer atmend vor Schreck liegen. Das Geräusch einer Motorsäge drang an Addys Ohr und sie senkte vorsichtig den Arm. Die Splitter waren überall verteilt, hatten sich in den Schreibtisch und durch ihre Bettdecke gebohrt und spickten die Wände. Wo das Fenster gewesen war, ragten Äste mit riesigen Blättern in den Raum.

Langsam erhoben sie sich wieder.

»Haben die den Baum umgesägt und auf das Haus stürzen lassen?«, fragte Sarah ungläubig.

Addy war sich da nicht so sicher. Sie tat einen Schritt auf das Geäst zu, streckte vorsichtig die Hand danach aus und die Blätter wichen zurück. Addy erschrak und zog ihre Hand wieder weg. War das gerade wirklich passiert? Lebte diese Pflanze?

»Was …?«, brachte Sarah hervor. Sie wollte neben Addy treten, doch plötzlich begannen sich alle Äste zu bewegen und umeinanderzuwinden.

Addy stolperte erschrocken zurück, schob Sarah zur Tür und musste tatenlos dabei zusehen, wie das Gewächs ihr Zimmer eroberte. Die Äste kletterten die Wände hinauf, Schreibtisch und Bett wurden binnen Sekunden überwuchert. Das Holz der Möbel knarzte erbärmlich, als sich die Äste wie Würgeschlangen darum wanden, die Tischbeine brachen weg und das Bett knallte mit einem so lauten Rums zu Boden, dass Sarah und Addy panisch aufschrien.

Ehe sie auch nur darüber nachdenken konnte davonzulaufen, schoss einer der Äste unmittelbar an Addy vorbei, schlug sich neben dem Türrahmen in die Wand und ließ den Putz böckeln.

Sarah schrie erneut auf und packte Addys Arm so fest, dass es wehtat.

»Schnell weg hier!«, stieß Addy aus, drängte Sarah in den Gang und schlug die Tür zu. Etwas knallte von innen dagegen und ließ sie vibrieren. Viel Zeit verschaffte ihnen das nicht.

Sarah rannte die Treppe nach unten, Addy folgte ihr mit wild pochendem Herzen, und kaum dass sie unten angekommen waren, stürzte ihre Mum um die Ecke.

»Was zur Hölle ist das für ein Lärm?«, fragte sie mit überschlagender Stimme.

»Der Scheißbaum frisst gerade das Obergeschoss!«, antwortete Sarah gehetzt.

»Was?« Ungläubig starrte sie die Treppe hinauf. Von oben drangen die Geräusche zerberstender Möbel und einstürzender Wände zu ihnen vor.

»Wir müssen hier raus!«, schrie Addy, rannte zur Haustür, stieß sie auf und sah sich einer grünen Wand gegenüber. Efeu kroch über den Boden auf sie zu und Addy sprang zur Seite.

Ihre Mum löste sich aus der Schockstarre, rannte zur Küche und warf in ihrer Eile den Messerblock vom Tresen. Mit zittrigen Händen schnappte sie sich die drei größten Messer und warf Addy in ihrer Panik eines davon zu. Addy wich erschrocken zur Seite aus und das Messer landete auf dem Boden. Schnell griff sie danach und klammerte sich daran fest, als hinge ihr Leben davon ab. Ihr Puls raste und sie war unfähig, einen klaren Gedanken zu fassen.

Der Efeu krallte sich in den Holzboden. Sarah schrie wie am Spieß, riss sich die Ranken, die nach ihr griffen, von den Füßen, wurde aber immer wieder attackiert. Ungläubig bemerkte Addy, wie die Pflanzen einen Bogen um sie zu machen schienen. Wie konnte das sein?

Helen packte Sarah bei der Hand und zog sie zur Tür, während Addy noch versuchte, einen klaren Kopf zu bekommen. Sie wirbelte herum, holte mit dem Messer aus und zerschnitt gleich mehrere der Ranken, die ihnen den Weg versperrten. Ein Schmerz durchzuckte sie, als wäre die Klinge durch ihr eigenes Fleisch gegangen, und sie hätte beinahe das Messer fallen lassen.

Addy hatte keine Ahnung, was hier vor sich ging, wieso sie den Schmerz der Pflanzen zu spüren schien, aber sie mussten aus diesem Haus raus. Fest entschlossen schraubte sie ihre Finger um den Messergriff, holte noch einmal aus und schnitt ihnen den Weg frei.

Sie brach durch den Urwald und stolperte durch den Vorgarten auf die offene Straße, dicht gefolgt von Sarah und ihrer Mum. Hinter ihnen ächzte das ganze Haus.

Addy zitterte am ganzen Leib. Als sie sich umdrehte, sah sie, wie eine mannsdicke Wurzel sich in die Höhe warf, krachend auf das Dach stürzte und die Ziegel wie trockenes Laub bersten ließ. Die Mauern fielen in sich zusammen und Staub wirbelte auf. Überall um sie herum stürzten die Gebäude ein und die Menschen retteten sich auf die Straße.

Ihr Atem hetzte. Hilflos musste sie mit ansehen, wie ihre gesamte Nachbarschaft in Schutt und Asche gelegt wurde. Sie starrte wie betäubt zu den Pflanzen, so hoch wie Mammutbäume, deren Wurzeln sich rasant über die Straße ausbreiteten und Haus für Haus unter sich begruben. Die Menschen schrien, wichen den Pflanzen aus und rotteten sich immer enger zusammen.

Es gab keinen Fluchtweg. Sie waren eingekesselt und hilflos der wütenden Natur ausgesetzt, die eine Schneise der Zerstörung durch Orsett zog. Addy folgte der Richtung, in die die Pflanzen wuchsen, und ihr Blick blieb am Horizont hängen, wo die Türme des Elekreen-Kraftwerks sich wie die Finger Gottes gen Himmel streckten. Ihr Magen verkrampfte sich.

Mit Drogen oder wilden Fantasien hatte das, was gerade um sie herum geschah, nichts zu tun. Das war echt, und wenn die Pflanzen wirklich lebendig waren, wenn sie sich geradewegs auf den Ort zubewegten, an dem sich Casimir befand, dann konnte das kein Zufall sein. Dann war alles, was er ihr gesagt hatte, die Wahrheit. Eine andere Erklärung fand Addy nicht. Es musste so sein, und so wie es aussah, würde die Natur alles auf ihrem Weg zu ihm vernichten. Ganz Orsett lag zwischen den wuchernden Pflanzen und dem Kraftwerk.

KAPITEL 9

YOUNES

TAG 3: MO, 08:45 UHR, TORONTO, KANADA

Younes zog die Tür seines Spinds auf und betrachtete die Unordnung im Inneren. Eben noch hatte er gewusst, welches Buch er holen wollte, nun war sein Kopf völlig leer gefegt. Seitdem Samuel vor zwei Tagen zu sich gekommen war, konnte er keinen klaren Gedanken mehr fassen. Alle sprachen von den Unruhen und Bombenangriffen in Europa, nur er konnte an nichts anderes denken als daran, dass sein Bruder nicht der war, der er vorgab zu sein.

Er wollte gerade einen Blick auf seinen Stundenplan werfen, als ihm die Tür aus der Hand gerissen wurde und scheppernd ins Schloss knallte. Neben ihm stand Ryan und grinste breit.

»Rate, was du verpasst hast!«, forderte er Younes auf.

Er dachte erst an die ganzen Katastrophen der letzten Tage, wusste aber, dass sich Ryan bestimmt nicht mit dem globalen Weltgeschehen auseinandersetzte.

»Keine Ahnung, Ryh. Sag's mir.«

»Alles, Mann!« Ryan breitete die Arme aus. »Komm schon, Bro! Wo warst du während der Fete am Wochenende? Sag bloß, zu Hause bei deiner kleinen Schwester. Die kommt doch auch mal einen Abend ohne dich zurecht, oder?« Er schlug Younes seine Faust gegen die Schulter und zog ihn dann an sich heran. »Nur einen Abend, Bro! Du kannst doch nicht immer Daddy spielen.

Wenn jetzt der dritte Weltkrieg ausbricht, wirst du wahrscheinlich nie wieder abfeiern können.«

»Werd erwachsen«, lachte Younes und befreite sich aus dem Griff.

Ryan hatte aber nicht vor, so schnell aufzugeben, stürzte sich auf ihn und versuchte, ihn in den Schwitzkasten zu nehmen, was Younes gekonnt abwehrte. Die beiden rauften miteinander mitten auf dem Schulflur, sodass die anderen Schüler einen Bogen um sie machen mussten.

»Gib's ihm, Ryh!«, rief jemand.

»Younes macht ihn fertig«, meinte ein anderer.

Plötzlich hatte Younes keinen Boden mehr unter den Füßen und landete der Länge nach auf dem Rücken. Ryan baute sich über ihm auf und stemmte die Fäuste in die Hüften.

»Du hast nachgelassen, Youn«, höhnte er.

»Schluss jetzt mit dem Unfug!«, forderte ein Lehrer sie auf. »Zeigt in Anbetracht der aktuellen Geschehnisse etwas Anstand und albert hier nicht so rum.«

Ryan streckte Younes die Hand entgegen. »Du solltest wieder zum Training kommen, damit du nicht ganz aus der Form gerätst. Wenn jetzt der totale Weltkrieg ausbricht und wir alle eingezogen werden, erschießen sie dich Lahmarsch zuerst. Dabei hast du es echt mal draufgehabt.«

Ryan sagte das alles, als wäre es eine Kleinigkeit. Er schien den Ernst der Lage nicht zu erkennen. Und irgendwie konnte Younes das auch verstehen. Wie wahrscheinlich war es schon, als Kanadier in einen Krieg zwischen europäischen Ländern gezogen zu werden?

Er nahm die Hand seines Freundes an und der zog ihn mit einem solchen Ruck auf die Beine, dass Younes an ihm vorbeistolperte und geradewegs mit Chloe zusammenstieß. Ihre Bücher und ein ganzer Stapel Papiere fielen zu Boden und verteilten sich auf dem Flur.

Ryan und einige Mitschüler lachten ungeniert, während Younes ihr half, alles aufzusammeln.

»Alles okay, Chloe?«, fragte er.

Sie sah zu ihm auf, lächelte und richtete sich die Brille. »Der große Younes Tremblay kennt meinen Namen?«

Younes schmunzelte. Irgendwie hatte er es ja verdient, dass sie sich über ihn lustig machte. Er widmete sich wieder ihren Büchern und Zetteln, da berührte sie ganz unerwartet seinen Arm. Verwundert blickte er zu ihr auf.

»Wie geht es dir?«, fragte sie ernsthaft besorgt.

Younes erstarrte. Sie kannte sein wahres Ich, nicht das, was er in der Schule allen zeigte. Sie hatte ihn mit geröteten Augen, aufgeplatzter Lippe und Wut im Bauch gesehen. Sie wusste, im Gegensatz zu seinen Freunden, dass Sam aufgewacht war. Vor ihr bröckelte seine Fassade. Alles, was er versuchte, hinter sich zu lassen, wenn er die Schule betrat, überrollte ihn mit einem Mal und er senkte den Blick.

»Machst du da unten ein Picknick?«, lachte Ryan und riss Younes damit aus seiner Erstarrung.

»Schon gut, ich mache das«, versicherte Chloe und nahm ihm die aufgesammelten Papiere aus der Hand, während Ryan ihn schon auf die Füße zog.

»So was kannst du nicht machen!«, zischte Ryan.

»Was meinst du?« Erleichterung machte sich in Younes breit, als er Chloe den Rücken zugekehrt hatte und ihr die Antwort auf ihre Frage schuldig blieb.

»Was wohl? Dich mit so Strebern abgeben!«, stöhnte Ryan. »Mann, was glaubst du, wo du hier bist? Das ist die Highschool! Du musst dich endlich mal zusammenreißen, sonst bist du endgültig unten durch. Die Mitleidstour hat vielleicht letztes Jahr gezogen, wo alles noch frisch war, aber jetzt kommst du damit nicht mehr so leicht davon. Komm zurück ins Team und vor allem: Komm zurück in die Realität!«

Ryan hatte ja keine Ahnung. Woher hätte Younes denn die Zeit für das Training nehmen sollen? Und wie hätte er einfach weitermachen und vergessen können, was er vor einem Jahr verloren hatte? Der Schmerz ging doch nicht einfach so weg. Es tat immer noch weh wie am ersten Tag. Seine Mum war tot und nichts brachte sie ihm zurück. Dass Ryan das einfach nicht verstehen konnte, machte ihn wütend.

»Na, gefällt's dir da unten?«, höhnte Hailey. Sie und drei andere Cheerleaderinnen standen bei den Spinden und bedachten Chloe mit abfälligen Blicken.

Younes öffnete den Mund, um Chloe zu verteidigen, doch Ryan verpasste ihm einen Hieb mit dem Ellbogen, sodass ihm die Luft wegblieb und die Worte im Halse stecken blieben.

»Spinnst du?«, zischte Younes ihn an und rieb sich die Rippen.

»Hailey-mailey-chailey!«, rief Ryan und ignorierte Younes. »Das war so eine hammergeile Party gestern! Ich wusste gar nicht, dass du auf Hello Kitty stehst. Zum Apokalypsenthema hat das nicht gerade gut gepasst.«

Hailey klappte die Kinnlade runter. »Du warst in meinem Zimmer?«, stieß sie fassungslos aus.

»Nicht alleine«, meinte Ryan und warf Mila einen vielsagenden Blick zu. Die Cheerleaderin lief hochrot an und sah zu Boden.

»Younes, wo warst du eigentlich?«, fragte Hailey. »Wir haben dich sooo vermisst. Es war echt der Oberhammer. Alle kamen als Zombies verkleidet.«

»Ja, du hättest es sehen sollen«, meinte Mila.

»Ich hatte zu tun. Das nächste Mal«, versprach er.

Hailey verzog die Lippen zu einem breiten Lächeln. »Unbedingt«, säuselte sie und strich Younes über den Arm. Sie wollte noch etwas hinzufügen, doch da ertönte bereits die Schulglocke.

Chloe hatte ihre Bücher und Papiere wieder eingesammelt, sprang auf und rannte zum Unterricht.

»Jetzt aber schnell!«, rief Hailey ihr lachend nach. Die anderen Cheerleader stimmten mit ein.

Einer der Lehrer warf den Mädchen einen mahnenden Blick zu und sie verstummten wieder.

»Ich baue darauf, dass du dein Versprechen hältst!«, nagelte Hailey Younes auf seine Worte fest. Sie wartete seine Antwort nicht ab, gab ihren Freundinnen mit einem Kopfnicken zu verstehen, ihr zu folgen, und stolzierte davon.

»Mann, Mann. Die steht voll auf dich«, seufzte Ryan und sah den dreien nach.

»Chloe?«, fragte Younes gedankenversunken.

»Was?!«, rief Ryan entgeistert und stieß Younes von sich. Er deutete auf die Cheerleader. »Hailey natürlich, du Trottel!«

»Du spinnst doch. Sie ist mit Michael zusammen.«

»Die haben Schluss gemacht. Kriegst du eigentlich noch was mit?«

»Schon wieder?«, fragte Younes desinteressiert. Er wusste noch immer nicht, welche Stunde er jetzt hatte, und so langsam leerte sich der Flur.

»Das ist deine Chance, wieder in der Wirklichkeit anzukommen. Hast du eine Ahnung, wie schwer es war, dafür zu sorgen, dass man dich überhaupt noch wahrnimmt? Du warst mal der beliebteste Junge an der Schule, aber sieh dich jetzt an. Hängst mit den Strebern ab und sitzt die ganze Zeit grübelnd in irgendeiner Ecke. Und was ist überhaupt mit deinem Gesicht los?

Fängst du jetzt auch noch an, dich zu prügeln? Schnapp dir Hailey und krieg dein Leben wieder auf die Reihe!«

»Hör mal, Ryh ...«, begann er.

Ryan sah ihn erwartungsvoll an, doch Younes brachte kein Wort über die Lippen. Er würde es nicht verstehen können, so wie er vieles nicht verstand, was Younes im letzten Jahr getan hatte. »Ach, vergiss es.«

Wenn er Ryan sagen würde, dass Samuel zu sich gekommen war, hätte sein Kumpel nur noch mehr Gründe gehabt, ihn zu drängen, wieder zu jemandem zu werden, den es schon lange nicht mehr gab und zu dem er auch nicht wieder werden wollte. Und erst recht konnte er ihm nicht erzählen, dass sein Bruder nicht derselbe war. Er würde ihn für verrückt erklären.

»Schon klar«, sagte Ryan enttäuscht und ließ ihn im menschenleeren Schulflur stehen.

Während Younes darauf wartete, dass ihm die alte Mrs Chan aufmachte, schielte er immer wieder zu Chloes Haus hinüber. Jeden Moment müsste auch sie heimkommen. Warum er es nicht lassen konnte, nach ihr Ausschau zu halten, wusste er nicht. Eigentlich wäre es das Beste für ihn, ihr aus dem Weg zu gehen. Sie wusste einfach zu viele Dinge über sein Leben, die er versuchte, von der Schule fernzuhalten.

Er trat einen Schritt zurück und sah hinauf zu den Fenstern. Normalerweise rannte Ella sofort zur Tür, wenn er sie bei ihrer Nachbarin abholte, doch diesmal herrschte im Haus Totenstille. Ein mulmiges Gefühl machte sich in ihm breit, doch bevor er sich ernsthaft Sorgen machen konnte, öffnete Mrs Chan endlich.

»Ja?«, fragte sie.

»Ich wollte Ella abholen.«

»Da kommst du zu spät«, meinte die alte Dame. »Dein Bruder war schon vor einer Stunde hier. Er ist wirklich ein lieber Junge. Ich bin froh, dass es ihm besser geht.«

»Er hat …?« Younes' Inneres verkrampfte sich zu einem Klumpen. »Wieso haben Sie sie gehen lassen?!«

Mrs Chan legte die Stirn in Falten. »Wieso denn nicht? Er ist doch so ein verantwortungsvoller junger Mann. Habe ich etwas Falsches getan?«

»Nein, es ist … schon gut!«, wehrte Younes ab und rannte los, ohne sich zu verabschieden.

Sein Herz pochte wie wild und eine Millionen Gedanken schossen ihm durch den Kopf. Egal, wie krampfhaft er auch versuchte, sich einzureden, dass es keine Monster gab, die die Körper von Menschen übernahmen, konnte er die Angst um Ella nicht abschütteln. Samuel hätte noch gar nicht aus dem Krankenhaus entlassen sein dürfen, geschweige denn Ella abholen.

»Younes?«, rief Chloe ihm von der anderen Straßenseite aus zu. Er sah aus dem Augenwinkel, wie sie in ihrer Einfahrt stand und ihm zuwinkte. Genau das hatte ihm jetzt noch gefehlt. Das Letzte, was er wollte, war, sie in diese Sache hineinzuziehen, also tat er so, als hätte er sie nicht gehört.

Völlig außer Atem kam er an seinem Haus an und stieß die Tür auf.

»Ella?«, rief er und rannte durch den Flur.

Da war sie. Sie hockte auf dem Teppich im Wohnzimmer und sah mit strahlenden Augen zu ihm auf. Ihr gegenüber saß Samuel und zwischen ihnen lag ein großer Haufen Legosteine.

»Younie!«, rief sie freudig. »Spiel mit uns. Wir bauen eine Burg.«

Younes' Atem hetzte noch immer. Er sah zu den Fenstern, die das erste Mal seit langer Zeit nicht hinter den schweren Vorhängen verborgen lagen. Licht flutete den Raum und der Staub eines ganzen Jahres tanzte darin.

»Ja, spiel mit uns«, bat Samuel mit monotoner Stimme. Er klang beinahe wie ein Computer, und als er lächelte, wirkte er mehr wie eine fremdgesteuerte Puppe als wie ein lebender, fühlender Mensch. Ein Schauer lief Younes über den Rücken.

Warum bemerkte das niemand? Warum war Younes der einzige, der das Offensichtliche sah? Die Ärzte und Schwestern im Krankenhaus, Chloe, Ella und sein Vater – sie alle waren blind für das, was sich direkt vor ihren Augen abspielte. Für Sams Veränderung, sein seltsames Verhalten und die merkwürdigen Augen, die nichts Menschliches an sich hatten.

Hinter sich hörte er etwas klappern. Er wandte sich um und sah Owen in der Küche hantieren. In Schlafanzug und Bademantel stand er da, raufte sich das zerzauste Haar und öffnete einen Küchenschrank nach dem anderen.

»Younes, gut, dass du da bist«, sagte er. »Weißt du, wo die Thermoskanne ist?«

»Was macht Samuel hier?«, fragte Younes ohne Umschweife.

»Er wohnt hier, schon vergessen?«, brummte sein Vater.

»Die Ärzte sagten, er braucht eine Physiotherapie. Sie haben mehrere Zentren empfohlen, wo er untergebracht werden kann.« Younes lief zum Küchentisch, nahm den Stapel an Broschüren in die Hand und hielt sie seinem Vater hin. »Hast du dir das überhaupt angeschaut?«

»Es geht ihm gut«, konterte Owen und schlug Younes die Hand mit den Broschüren weg. Er deutete ins Wohnzimmer. »Schau ihn dir an. Er spielt mit deiner kleinen Schwester. Er kann normal reden und laufen, seine Erinnerungen kehren alle nach und nach zurück und der Rest braucht nur etwas mehr Zeit. Er braucht keine Therapie.«

»Das kannst du nicht einfach so entscheiden!«

Owens Augen verengten sich. Er sah seinen Sohn verächtlich und von oben herab an. Als wäre er es nicht wert, mit ihm zu diskutieren. Als hätte er kein Recht, die Worte seines Vaters infrage zu stellen – egal, wie betrunken er auch war.

»Doch, das kann ich! Ich bin dein Vater. Vergiss das nicht«, zischte Owen. »Und jetzt sag mir, wo ich die beschissene Thermoskanne finde, bevor ich dir jeden verkohlten Topf und jede Pfanne einzeln um die Ohren schlage. Nichts findet man in diesem Durcheinander wieder, nichts! Wenn deine Mutter wüsste, was du mit ihrer Küche angestellt hast …«

»Wag es ja nicht, über sie zu reden! Wenigstens versuche ich es, während du …!«

»Während ich, was?«, fiel Owen ihm ins Wort. »Um deine Mutter trauere? Und du willst mir verbieten, über sie zu sprechen? Woher nimmst du dir das Recht? Gerade du, nach allem, was wir dir zu verdanken haben.«

Die Worte trafen Younes wie ein Schlag. Er wusste, dass sein Vater ihm die Schuld an dem Unfall gab, aber es so offen an den Kopf geworfen zu bekommen, tat mehr weh, als er es für möglich gehalten hätte.

Wütend schüttelte er den Kopf. »Wenn du …«, begann er, doch Owen packte ihn am Kragen und stieß ihn gegen die Küchenschränke.

Einer der Türgriffe bohrte sich in seinen Rücken, der Schmerz lähmte ihn für eine Sekunde und so blieb ihm kaum noch die Zeit, seine Hände hochzureißen, als sein Vater auch schon die Faust hob.

»Ihr streitet euch«, mischte Samuel sich ein.

Owen ließ von Younes ab und trat einen Schritt zurück.

Samuel stand im Türrahmen und sah die beiden neugierig an.

»Younes trägt keine Schuld an dem Unfall. Das war ich. Es tut mir leid um deine Frau.«

Younes und Owen starrten ihn schweigend an. Mit regloser Miene hatte er die Worte von sich gegeben, stand da wie eine Statue und sah von einem zum anderen.

»Mum«, brachte Younes mit rauer Stimme hervor. »Nicht seine Frau, deine Mum.«

»Natürlich«, erwiderte Samuel nur.

»Ah, da ist sie!«, stieß Owen aus. Er zog die Thermoskanne aus einer aufgezogenen Schublade unter ein paar Brotdosen hervor und drückte sie Younes in die Hand. »Mach dich ein Mal im Leben nützlich und setz eine Kanne Kaffee auf. Ich habe nachher einen Termin und will vorbereitet sein, falls ich länger warten muss. Und jetzt entschuldigt mich, ich muss meinen Anzug rauslegen.« Er lief an Samuel vorbei, klopfte ihm auf die Schulter und schenkte ihm ein zufriedenes Lächeln. »Du weißt gar nicht, wie froh ich bin, dich wiederzuhaben, Junge. Jetzt wird alles gut. Es geht bergauf!«

Samuel achtete nicht auf ihn. Sein Blick lag weiter auf Younes, als wäre er ein Affe im Zoo. Younes war wie erstarrt und erwiderte den Blick seines vermeintlichen Bruders. Mit wem oder was hatte er es zu tun? Und warum sah er ihn die ganze Zeit so an?

»Was ist?«, fragte Younes gereizt. Sein Rücken tat ihm weh und er stöhnte, als er sich streckte und seine Schulter kreisen ließ.

»Tust du immer, was er dir sagt?«

Younes sah zu der Thermoskanne, von der er vergessen hatte, dass er sie noch immer hielt. Er wusste nicht, warum er keine Widerworte gegeben hatte. Irgendwann war es für ihn wohl zur Normalität geworden.

»So ist es leichter«, meinte er nachdenklich.

Samuel antwortete nicht.

»Wer bist du?«, fragte Younes.

»Dein Bruder. Samuel. Wir sind zusammen aufgewachsen. Als du klein warst, bist du einmal von der Schaukel gefallen und hast dir das Knie aufgeschlagen. Ich habe ein Pflaster auf die Wunde geklebt. Es war gelb, mit kleinen Baggern darauf. Unsere Eltern sind Owen und Abigail Tremblay, wohnhaft in …«

»Das reicht!«, unterbrach Younes ihn. Er warf einen Blick ins Nebenzimmer und ging sicher, dass Ella dort noch saß und spielte. Sie musste von alledem nichts mitbekommen.

»An dem Tag, als sie starb, hat sie dich gebeten, das Spiel abzusagen«, erinnerte Samuel ihn. »Aber du wolltest nicht, es war dir zu wichtig.«

Younes' Herz begann, schneller zu schlagen. Es war das Spiel seines Lebens gewesen. Alles hing davon ab. Sein Stipendium, seine Zukunft. Das dachte er damals zumindest. Was Samuel ihm zu sagen versuchte, wollte er nicht hören.

»Hör auf«, verlangte er.

»Ihr war das alles zu viel. Der Job, Ella, der Haushalt. Du hast ihr gesagt, sie bräuchte ja nicht zu kommen, wenn sie keine Zeit für dich hat, aber tatsächlich hätte sie dich gebraucht, an diesem Tag.«

»Hör auf, habe ich gesagt!«, schrie Younes.

Es war nicht seine Schuld. Er hatte das Auto nicht gefahren. Er hätte nicht ahnen können, was passieren würde. Die Schuldgefühle waren all die Zeit sein Begleiter gewesen, fraßen ihn von innen auf, doch irgendwie gelang es ihm, sie unter Kontrolle zu halten. Zumindest bis jetzt, doch Samuels Worte trafen genau diesen wunden Punkt in ihm.

»Die Erinnerungen sind alle da oben drin«, meinte Samuel und deutete auf seine Stirn.

Younes ballte die Hände zu Fäusten. »Ich werde herausfinden, wer oder was du bist!«, knurrte er und tat einen Schritt auf ihn zu. »Und wenn du Ella auch nur ein Haar krümmst, wirst du mich kennenlernen. Das kannst du mir glauben!«

Samuel legte den Kopf schief. Sein Blick fiel auf den Esstisch und seine Augen verengten sich. »Ich muss gehen«, sagte er aus heiterem Himmel. Er drehte sich um und ließ ihn ohne eine Erklärung stehen.

Younes warf einen Blick auf den Tisch. Neben den Broschüren lag dort nur die Morgenzeitung. Die Schlagzeile sprang ihm direkt ins Gesicht. *Umweltaktivisten kündigen Demo an. Eröffnung des Elekreen-Kraftwerks überschattet*, las er dort.

»Warte!«, rief er Samuel nach und folgte ihm in den Flur. »Wo willst du hin?«

Er konnte ihn nicht so einfach gehen lassen. Immerhin steckte dieses Monster im Körper seines Bruders und könnte sonst was mit ihm anstellen.

Ella kam aus dem Wohnzimmer gelaufen und sah fragend zu ihm auf, während Samuel bereits die Haustür erreicht hatte.

»Du bleibst hier«, verlangte Younes und folgte Samuel nach draußen.

»Ich will mitkommen!«, rief Ella ihm nach.

Nur flüchtig sah er sich zu ihr um. »Nein, Ella, diesmal nicht. Ich bin sofort wieder zurück.«

Er trat ins Freie, doch Samuel schien wie vom Erdboden verschluckt.

»Sam!«, rief er.

Plötzlich startete der Wagen. Samuel hatte doch gar keinen Schlüssel dabei. Wie konnte das sein?

»Warte!«, schrie Younes, rannte zum Auto und schlug mit beiden Händen auf die Motorhaube, doch schon rollte es rückwärts auf die Straße.

Younes rannte ihm nach, klopfte gegen die Seitenscheibe und versuchte, den Türgriff zu erwischen, erreichte ihn aber nicht, bevor Samuel wendete und davonfuhr.

»Verdammt!«, brüllte Younes.

Er folgte ihm noch ein Stück, konnte aber nur noch tatenlos dabei zusehen, wie sein Bruder in die nächste Straße abbog.

Hilfe suchend sah er sich um und sein Blick fiel auf Chloes Haus, vor dem er zum Stehen gekommen war.

Younes schaltete schnell, lief zur Tür und klingelte Sturm. Es dauerte eine gefühlte Ewigkeit, bis geöffnet wurde und Chloe vor ihm stand. Verwirrt starrte sie ihn an.

»Ich brauche dein Auto!«, erklärte er gehetzt.

»Ich habe doch gar kein Auto. Ich bin erst sechzehn, schon vergessen?«

»Das von deiner Mutter, meine ich. Beeil dich.«

»Aber ich kann dir doch nicht einfach das Auto meiner Mum überlassen. Sie wird dich ohnehin nicht ohne Begleitung eines Erwachsenen damit fahren lassen. Ich kann sie höchstens fragen, ob sie mitkommt. Sie ist im Garten hinterm Haus und ...«

»Keine Zeit«, wehrte er ab. Er hatte das Gefühl, die Sekunden würden ihm durch die Finger rinnen. Er musste Samuel aufhalten oder vielmehr das Monster, das in ihm steckte. Er durfte seinen Bruder kein zweites Mal verlieren. »Bitte, gib mir einfach die Schlüssel.«

Chloe sah ihn lange an. Sie kannten sich kaum und Younes hatte sich ihr gegenüber nicht gerade vorbildlich verhalten. Dennoch nickte sie schließlich.

»Aber ich komme mit«, sagte sie.

»Nein«, widersprach er. Er wollte sie da nicht mit reinziehen. Dieses Ding, das Samuel steuerte, könnte gefährlich sein.

»So oder gar nicht«, beharrte Chloe.

Younes sah zur Straße. Während sie diskutierten, verstrichen wertvolle Sekunden. Er konnte Ella nicht ewig alleine lassen. Wenn er Samuel nicht sofort folgte und aufhielt, wäre es vielleicht zu spät.

»Also gut. Aber beeil dich.«

KAPITEL 10

YOUNES

TAG 3: MO, 16:00 UHR, TORONTO, KANADA

Er hätte Ella nicht alleine lassen dürfen. Selbst wenn Owen nur ein paar Bier intus haben sollte, traute Younes ihm nicht zu, sich um seine Tochter zu kümmern. Erst recht nicht, wenn er wegen dem verschwundenen Auto und dem deswegen verpassten Termin wütend war. Doch was hätte er tun sollen? Sie mitnehmen? Es gefiel ihm schon nicht, dass Chloe auf dem Beifahrersitz saß.

»Dir ist schon klar, dass du deinen Lernführerschein los bist, wenn jemand Wind davon kriegt, wie oft du solche Spritztouren veranstaltest?«

Younes warf Chloe nur einen flüchtigen Blick zu. Sein Führerschein war das Letzte, worum er sich gerade sorgte.

»Hat er etwas gesagt?«, fragte Chloe. »Wo will er hin?«

Younes sah zu den Türmen des Kraftwerks, die sich am Horizont abzeichneten. »Ich kann es mir denken«, meinte er.

Chloe folgte seinem Blick. »Zum Kraftwerk? Was zur Hölle will er da?«

»Es muss etwas mit der Demo zu tun haben«, sagte er, ohne Chloe anzusehen. Ein Sturm zog auf und er musste sich auf die Straße konzentrieren. Das Wetter spielte in den letzten Tagen mindestens so verrückt wie die Pflanzenwelt, die dieses Frühjahr ungewöhnlich stark wucherte.

»Wer erwacht nach einem Jahr aus dem Koma und fährt kaum 48 Stunden später zu einer Demo?«

Jedenfalls kein normaler Mensch, dachte Younes, behielt das aber für sich.

»Vorsicht!«, schrie Chloe.

Younes trat auf die Bremse. Vor ihnen war die Straße gesperrt und die Autos stauten sich. Polizisten wiesen die Fahrer an, eine andere Route zu nehmen, und aus der Ferne hörte man bereits die Parolen der Demonstranten.

Links und rechts von ihnen liefen Menschen, mit Plakaten und Trillerpfeifen bewaffnet, an ihnen vorbei. Eine Polizeikontrolle konnte er nun wirklich nicht gebrauchen. Gehetzt sah er sich nach einer Möglichkeit um, um dieser zu entgehen.

»Gegen was genau demonstrieren die?«, fragte Chloe. »Hier ist ja mehr los als bei der letzten Fridays-for-future-Demo. Ich dachte, der Strom von Elekreen wäre sauber?«

»Keine Ahnung.« Younes warf einen Blick zurück. Hunderte Menschen schienen sich hier zu versammeln und es wurden immer mehr. Irgendwoher mussten diese ganzen Demonstranten doch kommen. Die Antwort war denkbar einfach. Sie hatten ihre Wagen am Seitenstreifen geparkt, weil es hier kein Vor und Zurück mehr gab. Younes tat es ihnen gleich.

Er stieg aus und sah sich um. Von Samuel war nichts zu sehen, doch das Auto entdeckte er ein Stück weiter vorne.

»Warte du hier«, bat er Chloe.

»Von wegen!«

Younes machte sich nicht die Mühe, mit ihr zu streiten. Sie hörte ohnehin nicht auf ihn. Er schlängelte sich durch die Menge, gefolgt von Chloe, und erreichte den Wagen. Die Fahrertür stand offen, doch das Auto war leer.

»Siehst du ihn irgendwo?«, fragte Chloe.

Younes schüttelte den Kopf. Was, wenn er ihn zum letzten Mal gesehen hatte? Wenn er nie herausfinden würde, was Besitz von seinem Bruder ergriffen hatte, und Samuel für immer verloren war? Dieser Gedanke schnürte ihm die Luft zum Atmen ab. Kurzerhand stieg er auf die Motorhaube und von dort aus aufs Dach.

»Dort vorne! Sam!«, rief er.

Samuel reagierte nicht.

Younes sprang mit einem Satz vom Wagen und landete neben Chloe, die ihn skeptisch von oben bis unten betrachtete, während er sich noch aufrichtete.

»Gott, wie kann man nur so sportlich sein?«, fragte sie, als sei es unverschämt, von einem Wagen springen zu können, ohne sich dabei beide Füße zu brechen. »Wo ist er?«

»Hier entlang«, sagte Younes und lief voraus.

Es wurde immer lauter und voller. Mittlerweile mussten es weit über tausend Menschen sein, die auf den Platz vor dem Kraftwerk strömten. Die Stimmung war aufgeheizt und sie brauchten eine Ewigkeit, um die kurze Strecke bis zu Samuel zurückzulegen.

»Du wartest besser hier. Ich rede mit ihm.« Younes näherte sich seinem Bruder, während Chloe auf Abstand blieb.

Erst jetzt bemerkte er, dass es kühler geworden war. Er sah hinauf zum Himmel, wo sich in der Ferne dichte Gewitterwolken zusammengezogen hatten. Wenn sich der Sturm ähnlich entwickelte wie der vor zwei Tagen, würde es ganz sicher Verletzte gegeben. Auf dem freien Platz vor dem Kraftwerk waren die Demonstranten völlig ungeschützt.

Er kämpfte sich weiter vor, erreichte Samuel und packte ihn am Arm. Samuel blieb stehen und sah Younes verwundert an.

»Wieso folgst du mir?«, fragte er.

»Wieso ich ...?«, brachte Younes entgeistert hervor. »Was zum Teufel tust du hier?«

»Ich musste es sehen. Mit eigenen Augen«, erklärte Samuel.

»Was musstest du sehen?«

»All die Toten«, meinte er völlig ungerührt.

Younes starrte ihn mit offen stehendem Mund an. Hatte das Monster in Samuel vor, diese Demonstranten zu töten, oder konnte er eine Katastrophe vorhersehen, die noch geschehen würde? Egal, was es war, Younes musste es beenden, bevor wirklich noch jemand zu Schaden kam. Irgendwo in diesem fremdgesteuerten Körper steckte sein Bruder und er würde alles daransetzen, dass er am Ende nicht zu den Toten zählte, die das Wesen in ihm prophezeite.

»Komm jetzt mit. Wir fahren zurück«, forderte Younes ihn auf. Ein Kloß hatte sich in seinem Hals gebildet. Er wollte dieses Ding nicht in Ellas Nähe wissen, konnte aber auch nicht zulassen, dass Samuel in Gefahr geriet.

»Younes!«, rief Chloe. Sie kam zu ihnen gelaufen, schnappte nach Luft und stützte sich auf den Knien ab.

Younes blickte nur kurz zu ihr. Als er sich wieder zu Samuel umwandte, blitzte zwischen ihnen ein grelles Licht auf. Er stolperte zurück und schlug sich die Hand vors Gesicht. Für eine Sekunde sah er nur noch Weiß. Sein ganzer Körper war wie elektrisch aufgeladen und seine Augen brannten.

Die Menschen um ihn herum schrien. Younes senkte den Arm und sah Samuel an. Reglos standen sie einander gegenüber, um sie herum die blanke Panik und zwischen ihnen ein Riss im Asphalt, aus dem Rauch aufstieg.

Es war ein Blitz gewesen. Er war direkt zwischen ihnen eingeschlagen und auch jetzt noch spürte Younes die unbändige Kraft dieser Naturgewalt in seinem Körper widerhallen. Er hätte tot sein müssen, aber er lebte, stand da und starrte das fremde Wesen an, das ganz sicher nicht sein Bruder war.

Samuel wandte sich um, verschwand in der Menge, und ehe Younes ihm folgen konnte, ergriff Chloe seinen Arm. Sie bekam einen Schlag, schrie erschrocken auf und wich zurück.

»Geht … geht es dir gut?«, fragte sie völlig aufgelöst.

Younes brauchte einen Moment, um zu sich zu kommen. »Ja, mir fehlt nichts.«

»Das war wirklich haarscharf!«, stieß sie aus. »Der Blitz ist direkt zwischen euch eingeschlagen. Wie in einem Film sah das aus. Ich glaub's nicht, dass niemandem was passiert ist.«

»Ich … ich muss ihm nach.« Younes schob alle Gedanken an das, was gerade passiert war, beiseite und rannte los. Er musste Sam aufhalten.

Über ihnen braute sich der Sturm zusammen. Donner rollte über die Köpfe der Demonstranten hinweg und das Gedränge wurde immer enger.

Er war kaum drei Schritte weit gekommen, da brachen die Wolken unter der schweren Last der Wassermassen auf. Monsunartig ergoss sich der Regen über die Demonstranten und Younes war von einer Sekunde auf die nächste bis auf die Knochen durchnässt. Das Wasser klatschte ihm auf die Schultern, tropfte von seinem Haar und nahm ihm die Sicht.

In der Ferne hörte er jemanden in ein Megafon sprechen. »Bitte bewahren Sie Ruhe!«, rief der Mann. »Aus Sicherheitsgründen müssen wir Sie bitten …« Mehr verstand Younes nicht, denn der Lärm aus prasselndem Regen und grölenden Menschen übertönte alles andere.

Noch einmal sah er sich nach Samuel um, doch er konnte kaum seine eigenen Hände erkennen, geschweige denn die Gesichter der Menschen, die ihn umringten.

Die Gewitterwolken über ihnen hatten sich zu einem Gebirge aufgebaut. Dunkle, gigantische Wolkentürme, durchzuckt von

Blitzen, die von einer Seite des Horizonts zur anderen reichten und von ohrenbetäubendem Donnergrollen begleitet wurden.

Die Menschen schrien, als einer der Blitze ins Kraftwerk einschlug. Einige Demonstranten drängten zurück zu den Fahrzeugen und Younes wurde gestoßen und mitgezerrt.

»Younes!«, schrie Chloe.

Sie war ganz nah bei ihm, aber sehen konnte er sie nicht. Er wollte sie nicht im Stich lassen. Er alleine trug die Verantwortung dafür, dass sie in diese Lage geraten war. Aber wenn er umkehrte, wäre Samuel vielleicht für immer verloren.

Verzweifelt schaute er sich um, packte einen vorbeieilenden Demonstranten nach dem anderen, nur um festzustellen, dass keiner von ihnen sein Bruder war. Er hätte vor Wut und Frust schreien können.

Wieder schlug ein Blitz ein. Die Menschen duckten sich, stürmten gleich darauf davon und Younes wäre beinahe von den Füßen gerissen worden.

Es wurde immer schlimmer. Der Wind peitschte den Regen über den Platz. Immer wieder unterbrochen von Phasen, in denen es plötzlich aufklarte und Sonnenstrahlen wie Schwerter durch die Luft schnitten, als ob der Sturm den Atem anhielt, kurz bevor ein erneutes Donnergrollen alle in Angst und Schrecken versetzte und der Regen wieder auf sie herabprasselte.

Wenn Chloe verletzt würde, könnte sich Younes das nie verzeihen. Er drängte sich durch die Menge und suchte nach ihr statt nach Samuel.

»Chloe!«, schrie er.

Seinem Rufen folgte ein Donner, der die Erde zittern ließ und flüchtende Demonstranten von den Füßen holte. In Younes' Rücken rumorte und ächzte es, als würde das Kraftwerk zum Leben erweckt werden und sich wie Godzilla erheben. Er warf einen flüchtigen Blick zurück und sah, dass sich ein klaffender Riss durch einen der Türme zog und das gesamte Konstrukt zur Seite sackte.

Ein Schrei riss seine Aufmerksamkeit wieder nach vorne. Es war Chloe. Sie war nur wenige Schritte von ihm entfernt zu Boden gestürzt und den Tritten der panischen Masse hilflos ausgeliefert.

Younes kämpfte sich unter Einsatz seiner Ellbogen zu ihr vor und zerrte sie mit einem Ruck auf die Füße. Sie stolperte in seine Arme und er drückte sie fest an sich.

»Was passiert hier?«, stammelte sie, am ganzen Leib zitternd.

Plötzlich bebte die Erde, doch diesmal ging dem Beben kein Donner voraus. Der Asphalt bewegte sich wie die losen Bruchstücke einer Eisscholle.

Chloe und Younes starrten zu ihren Füßen, wo sich schmale Risse durch den Boden zogen und das angesammelte Regenwasser ins Erdinnere sickerte.

»Wir müssen hier weg!«, schrie Younes gegen den vorherrschenden Lärm an.

»Was ist mit Samuel?«

Younes antwortete nicht. Er wusste nicht, wo Sam war, was mit ihm nicht stimmte und wieso das alles geschah. Alles, was er in diesem Moment wusste und woran er denken konnte, war, dass er Chloe in Sicherheit bringen musste, und das so schnell wie möglich.

Er packte sie am Ellbogen und zerrte sie in Richtung Straße, wo die Einsatzkräfte der Polizei standen und die Flüchtenden zu ihren Autos schickten. Auch das Sicherheitspersonal des Kraftwerks packte mit an. Sie zogen gestürzte Menschen auf die Beine und führten die Verletzten an den Rand des Geschehens. Auch Chloe wollten sie helfen. Sie hatte einige Schrammen abbekommen. Einer der Männer in Warnweste, mit dem Emblem von Elekreen auf der Jacke, hielt sie auf.

»Verletzte hier entlang«, sagte er.

»Schon gut«, wehrte Younes ab und zog sie näher an sich heran. Er warf einen Blick in den Himmel. Wieder hielt der Sturm den Atem an und Younes wartete nur darauf, dass der nächste Blitz vom Himmel fuhr und der Regen einsetzte.

Der Mann nickte, warf einen flüchtigen Blick auf sein Funkgerät, riss die Augen auf und sah wieder zu Younes.

»Ich hab ihn!«, rief er plötzlich und packte Younes am Kragen. »Du bleibst schön hier.«

»Was soll das?«, schrie Chloe und versuchte, den Mann von Younes wegzudrängen.

»Finger weg!«, verlangte Younes, riss sich los und stieß den Fremden von sich.

Der Mann fand schnell wieder festen Stand und zog eine Schusswaffe. Younes' Herz machte einen Satz. Fassungslos starrte er auf den Lauf der Pistole, die direkt auf ihn gerichtet war.

Plötzlich packte ihn jemand von hinten. Einer der Wachmänner schraubte seine Hände fest um Younes' Oberarme. »Das war's jetzt, du Würstchen!«, zischte er ihm ins Ohr. »Du hast genug Aufmerksamkeit gehabt.«

Chloe warf sich mit voller Wucht gegen den Mann, riss ihn und Younes zu Boden und landete neben ihm auf dem überfluteten Asphalt.

Younes reagierte im Affekt, sprang auf, packte Chloes Hand und zerrte sie mit sich. Hinter ihnen durchzuckte ein Schuss die Luft, doch Younes wandte sich nicht um. Er rannte zurück zum Kraftwerk, zog Chloe durch die Menschenmenge und hatte bald die Mitte des Platzes erreicht.

Chloe stolperte in seine Arme, als er stehen blieb. »Was wollen die von dir?«, fragte sie, den Tränen nahe.

Er hatte keine Ahnung. Er verstand nichts von dem, was gerade geschah. Es musste eine Verwechslung sein. Anders konnte er es sich nicht erklären.

»Wir müssen von hier verschwinden!«, sagte er.

»Aber wie?« Chloe sah sich gehetzt um. Der Sturm tobte zunehmend heftiger, Blitze erhellten das gesamte Firmament und die Menschen flohen in Panik.

Zu den Autos konnten sie nicht. Dort warteten die bewaffneten Männer auf sie. Vor ihnen lag das Kraftwerk und zu den Seiten war der Platz mit Zäunen abgesperrt.

Wieder bebte die Erde. Younes zog Chloe instinktiv dichter an sich heran. Irgendwie gelang es ihm, auf den Füßen zu bleiben, während die Menschen um ihn herum zu Boden stürzten. Mit einem Mal standen er und Chloe als Einzige auf dem Platz, als wären seine Füße fest mit dem Untergrund verwurzelt, während alle anderen herumgeschleudert wurden wie lose Murmeln.

Das war nicht normal. Das alles hier. Weder dieser Sturm noch die bewaffneten Männer und nicht einmal er, der einen Blitzschlag überlebt hatte und einem Erdbeben widerstand.

Vor ihm zeichnete sich in den peitschenden Regenschauern eine weitere Gestalt ab, die ungeachtet des Erdbebens auf den Füßen geblieben war. Samuel. Er stand breitbeinig da, dem Kraftwerk zugewandt und die gespreizten Finger gen Boden gerichtet.

Als Younes ihn erkannte, war es, als würde Samuel seinen Blick im Nacken spüren. Er wandte sich ihm zu, sah ihn mit kühlen Augen an und ein sanftes Lächeln huschte ihm über die Lippen. Younes erschauderte.

»Es sind zwei!«, schrie jemand.

Younes sah sich flüchtig um. Einer das Wachmänner hatte sich wieder auf die Beine gekämpft, hob seine Pistole und richtete sie auf ihn.

»Waffe!«, schrie einer der Polizisten am Rand des Platzes, doch schon fiel der Schuss.

Younes riss Chloe zu Boden, sah nach vorne zu Samuel und glaubte seinen Augen kaum.

Samuel war dem Schuss nicht ausgewichen. Er hatte den Arm hochgerissen und seiner Bewegung schien ein Gewirr aus dichten Ranken gefolgt zu sein, die aus dem Boden gebrochen waren, sich umeinandergewunden hatten und vor ihm eine wild wuchernde Mauer aus Blättern und Ästen bildeten. Fassungslos starrte Younes nach vorne.

Chloe schrie. Younes riss den Kopf zu ihr um und sah, wie sie sich über den Boden rollte. Efeuranken schlangen sich um ihre Arme und Beine, als hätte eine fremde Macht sie zum Leben erweckt.

Auch unter seinen Händen spürte er, wie der Asphalt sich regte und dünne Äste aus den Rissen brachen. Zwar griffen sie ihn nicht an, aber das machte das alles nicht weniger beängstigend.

Sein Herz klopfte wie wild. Was gerade geschah, konnte einfach nicht echt sein. Von dem Moment an, als Samuel die Augen aufgeschlagen hatte, war nichts mehr so, wie es hätte sein sollen, und er war gefangen in diesem wahr gewordenen Albtraum.

Ein Knirschen und Ächzen rechts von ihm ließ Younes das Blut in den Adern gefrieren. Aus dem Augenwinkel sah er einen monströsen Schatten, der wie eine Lawine auf den Platz zurollte.

Chloes Schreie rissen ihn aus seiner Erstarrung. Überall um sie herum sprangen die Menschen auf, kämpften gegen das wuchernde Unkraut und versuchten, vom Platz zu fliehen.

Younes ergriff Chloes Hand, zog sie auf die Füße und zerriss dabei die Ranken. Dass er dabei sah, was sich langsam auf sie zubewegte, war unvermeidbar. Es war das Gestrüpp neben dem Platz, das zum Leben erwacht war, sich wie eine Flutwelle aufbäumte und knirschend über die Absperrgitter auf die Demonstranten und das Kraftwerk zurollte. Oberarmdicke Ranken schossen gen Himmel und warfen sich wie Peitschenschläge in den aufgewühlten Boden, zertrümmerten den Zaun um das Kraftwerk und eroberten die ersten Gebäude.

Es gab kein Entkommen. Von allen Seiten bewegte sich die Natur auf sie zu, der Sturm tobte unaufhaltsam und das Sicherheitspersonal von Elekreen versperrte ihnen den Rückweg.

»Was sollen wir tun?«, fragte Chloe mit brüchiger Stimme.

Younes zog sie an sich heran und hielt sie, so fest er konnte. Er wusste es nicht. Es gab keinen Ausweg, nur die Hoffnung, dass die Männer ihren Irrtum erkennen und sie nicht erschießen würden.

Er schloss die Augen und alles, was er noch spüren konnte, war Chloes hektischer Herzschlag, ganz nah an seiner Brust.

Jemand packte ihn am Arm und er riss erschrocken die Augen auf.

Samuel stand ihm gegenüber. »Ich bringe uns hier raus.«

Younes rührte sich nicht. Er wusste nicht, wem er mehr trauen konnte. Seinem von einem Monster besessenen Bruder, der offenbar Gewalt über die Natur hatte und keine Miene verzog, wenn es um den Tod Hunderter Menschen ging, oder den Sicherheitsleuten, die, ohne zu zögern, auf ihn geschossen hatten.

Doch in diesem Moment hatte er keine andere Wahl, als sein Leben in Samuels Hände zu geben. Er wechselte einen kurzen Blick mit Chloe, die genauso hilflos wirkte, wie er sich fühlte.

»Kommt mit«, sagte Samuel und lief voraus.

Ein weiterer Schuss fiel. Younes duckte sich ruckartig und hatte das Gefühl, die Kugel würde dicht über seinen Kopf hinwegfegen. Sein Herz raste, das Adrenalin schoss ihm durch die Adern und machte es schier unmöglich, einen klaren Gedanken zu fassen, geschweige denn, Samuels Absichten anzuzweifeln. Er nahm Chloe bei der Hand und folgte ihm.

Sie kämpften sich durch die Menge. Die Menschen trampelten einander nieder, flohen in Panik und stürzten, wo sich der Asphalt hob und sich weitere Ranken ihren Weg aus dem Erdreich bahnten. Immer wieder stießen Flüchtende mit Younes zusammen, drängten die Massen ihn von Samuel weg und warfen sich zwischen ihn und Chloe, die er dicht an sich heranziehen musste, um sie im Gewirr nicht zu verlieren.

Nur dann, wenn ein weiterer Schuss fiel und alle umstehenden sich schreiend bückten, konnte er einen Blick auf Samuel erhaschen. Er bewegte sich direkt auf die Wand aus Kletterpflanzen zu, die die Absperrgitter bereits verschlungen hatte und unaufhaltsam über den Platz rollte. Ihr Schatten warf sich bedrohlich über Samuel.

Younes zuckte zusammen, als ein weiterer Schuss fiel und es in seinem Rücken knirschte. Er riss den Kopf herum und sah einen dichten Strang aus Ranken, der aus dem Asphalt gebrochen und von einer Kugel zerpflückt worden war. Sein Herz pochte ihm bis zum Halse. Es hätte nicht viel gefehlt und das wäre sein Kopf gewesen.

Er wirbelte herum und sah Samuel, der sich ihm wieder zugewandt und den Arm erhoben hatte. In seinem Rücken stoben die Pflanzen auseinander und bildeten einen Tunnel. Er war es gewesen, der diese Ranke zwischen ihn und die Kugel gelenkt hatte. Er hatte ihm das Leben gerettet.

»*Komm*«, sagte er ruhig und so leise, dass ihn Younes bei all dem Geschrei, dem Sturm und dem Rumoren des Erdreichs tief unter seinen Füßen eigentlich gar nicht hätte hören dürfen. Ihm war beinahe, als wäre die Stimme seines Bruders nur in seinem Kopf gewesen.

Er zögerte kein weiteres Mal und folgte Samuel in die dunkle Höhle, die sich wie das Tor zur Hölle vor ihnen auftat.

Bald wurde es still um sie herum.

Chloe klammerte sich an Younes, hatte ihr Gesicht in seinem Hemd vergraben und ließ sich blind von ihm führen. Ihre Angst konnte er gut nachvollziehen.

Vor sich sah er Samuels Rücken. Im Dunkel war er kaum von den sich windenden Pflanzen zu unterscheiden. Hinter ihm schloss sich das Dickicht und schnitt ihren Verfolgern den Weg ab.

Wer lief da wirklich vor ihm? Es war nicht sein Bruder, aber dennoch half er ihnen zu fliehen. Younes verstand das alles einfach nicht. Unzählige Fragen drängten sich ihm auf, so viele Dinge schossen ihm zeitgleich durch den Kopf.

Es dauerte nicht lange, da öffnete sich das Blätterdach über ihnen und der wolkenverhangene Himmel kam zum Vorschein. Es regnete nicht mehr. Zumindest nicht so weit abseits des Kraftwerks. Zwar hatten sie die Elekreen-Mitarbeiter abgehängt, doch die Schreie der Menschen, die peitschenden Winde und das dunkle Rumoren des Donners waren noch immer zu hören.

Samuel wurde langsamer und das Gestrüpp dichter. Wo zuvor noch ein breiter Durchgang gewesen war, musste Younes nun die Hand zu Hilfe nehmen, um das Geäst beiseitezuschieben und sich einen Weg durch die Hecken zu bahnen.

Younes stockte, als in der Ferne ein bedrohliches Knarzen zu hören war. Er sah zum Kraftwerk, dessen Türme sich dunkel vor den grauen Gewitterwolken abzeichneten. Sie bewegten sich aufeinander zu, knirschten, knickten ein wie Strohhalme und ihre Silhouetten verschmolzen mit denen der umstehenden Gebäude zu einer dichten, unförmigen Masse.

»Was passiert hier?«, brachte Younes hervor.

Er sah zu Samuel, der ebenfalls stehen geblieben war. Auch Chloe wagte es endlich, den Blick zu heben.

»Was passiert hier?«, wiederholte er mit festerer Stimme. Wut schwang in seinen Worten mit. Er ließ Chloe stehen, ging auf Samuel zu und packte ihn am Kragen. »Sag schon!«, verlangte er.

Samuel brauchte eine Weile, um sich vom Anblick des einstürzenden Kraftwerks zu lösen. Er sah Younes direkt an, in seinen Augen blitzte es golden, als wären das Gewitter am Himmel und seine Gedanken eins. Langsam öffnete er den Mund. Doch er schwieg.

»Sag es mir!«, schrie Younes.

Er hatte es verdient zu erfahren, in welche irrsinnige Geschichte ihn dieses fremde Wesen hineingezogen hatte, und er zerrte an Samuel, als könne er die Worte aus ihm herausschütteln.

Doch statt ihm zu antworten, wurde Samuels Blick trübe und er sackte in seinen Armen zusammen. Younes fiel auf die Knie, stützte Samuel und merkte erst jetzt, dass es nicht nur der Regen war, der die Kleidung seines Bruders durchtränkt hatte. Sein Hemd war rot von Blut.

»Nein!«, krächzte Younes. Seine Kehle schnürte sich ihm zu.

Die Blitze waren beinahe aus Samuels Augen verschwunden und schmerzerfülltes Leid nahm ihren Platz ein. »Youn …«, brachte er mit tonloser Stimme hervor.

»Du … du musst durchhalten«, stammelte er. Seine Finger

hetzten über Samuels Körper. Er wusste nicht, was er tun sollte, die Panik hatte ihn fest im Griff. Er durfte seinen Bruder kein zweites Mal verlieren, auch wenn er nicht einmal wusste, ob Sam noch in diesem Körper steckte.

»Was ist mit ihm?«, fragte Chloe, die neben ihm auf die Knie fiel.

»Ich weiß nicht!«, sagte Younes panisch. Er riss Samuels Hemd auf und starrte voller Entsetzen auf dessen blutüberströmten Körper.

»Oh Gott!«, stieß Chloe aus.

Younes tastete panisch nach der Wunde und fand das Einschussloch zwischen seinen Rippen.

»Du musst die Wunde abdrücken!«, drängte Chloe.

Younes nickte und presste die Finger auf das Einschussloch, spürte aber, wie ihm das Blut mit jedem von Samuels langsamen Herzschlägen warm durch die Finger quoll.

»Wir brauchen einen Druckverband«, sagte Chloe und sprang plötzlich auf. »Sie kommen!«

Sie blickte zum Dickicht, wo man es rascheln hörte.

Die Pflanzen hatten aufgehört zu wuchern und hielten ihre Verfolger nicht länger auf. Younes war sich sicher, dass die Natur nur auf Samuels Befehl hin gewachsen war und nun ebenso starb wie sein schwer verletzter Bruder.

»Wir müssen hier weg«, sagte Chloe.

»Ich weiß!« Younes' Stimme überschlug sich.

Er suchte nach einer Lösung. Es musste einen Ausweg geben. Doch er fand keinen. Sie kamen von allen Seiten, kesselten sie langsam ein und er konnte nur dasitzen und seine Hände fest auf die Wunde pressen, während ihm das Leben seines Bruders Pulsschlag für Pulsschlag durch die Finger rann.

KAPITEL 11

ADDY

TAG 3: MO, 01:45 UHR, ORSETT, ENGLAND

Es lag Stunden zurück, dass die Welle aus wild wuchernden Pflanzen über die Häuser in Addys Nachbarschaft gewalzt war. Es musste bereits weit nach Mitternacht sein, der volle Mond stand am wolkenlosen Himmel und tauchte alles in ein bläuliches Licht.

Sie hatten den ganzen Abend versucht, Mr Moore aus den Trümmern seines Hauses zu befreien, doch sie kamen einfach nicht an ihn heran. Seit einer Weile schon hörten sie ihn nicht mehr schreien und die erdrückende Stille schlug sich im Schweigen der Helfer nieder. Auch auf Addy lastete sie schwer.

Sie saß auf dem Boden, angelehnt an die Überreste eines Zaunes. Staub hing ihr in den Haaren, klebte ihr auf der Haut und unter den Fingernägeln. Neben ihr kauerte Sarah. Ihre Tränen hatten helle Linien durch den Dreck gezogen, der ihr Gesicht bedeckte. Sie war eingeschlafen und ihr Kopf ruhte an Addys Schulter.

Alles war zerstört. Ihr Leben lag in Scherben vor ihr, ihre Erinnerungen waren unter Schutt begraben und nichts würde mehr werden wie zuvor. Schmerz, Trauer und Verzweiflung waren in ihr zu einem Klumpen verschmolzen, der ihre Brust fest umschloss und jeden Atemzug zur Qual machte.

In ihrer Hand hielt sie eine Plastikkarte. Immer wieder drehte sie sie in den Fingern, nur um sie dann doch wegzustecken und kurz darauf wieder hervorzuholen.

Sie blickte zum Horizont, wo man sehen konnte, wie sich die Silhouetten der gigantischen Wurzeln klar vor dem nächtlichen Himmel abzeichneten. Sie warfen sich in die Höhe und stürzten sich auf ein weiteres Gebäude. Die dumpfen Geräusche der Zerstörung drangen aus der Ferne zu ihnen vor. Es konnte nicht mehr lange dauern, bis sie das Kraftwerk erreicht hatten.

Addy sah ein weiteres Mal auf die Schlüsselkarte in ihrer Hand und anschließend zu ihrer Mum, aus deren Jacke sie die Karte gezogen hatte. Fürsorglich kümmerte sie sich um die Überlebenden, legte ihnen Decken um und tröstete sie. Sie war so beschäftigt, dass sie es bestimmt nicht bemerken würde, wenn Addy sich davonschlich.

Dennoch fiel es ihr schwer. Aber was hätte sie anderes tun sollen? Wenn jemand die Stadt retten konnte, dann Casimir. Zumindest dann, wenn er die Wahrheit gesagt hatte und falls ein Naturgeist wie er Einfluss auf das nehmen konnte, was gerade geschah. Aber daran musste Addy einfach glauben, denn alles andere hätte bedeutet, keinen Ausweg zu kennen.

Egal, wie groß ihre Angst auch war, sie musste ihn finden und sie musste es alleine tun, weil ihr, trotz der wild gewordenen Natur, niemand glauben würde, dass es Wesen wie die Meliad und Terra Mater gab.

Sie schob Sarah vorsichtig von sich, lehnte den Kopf ihrer Freundin gegen den Zaun und stand auf. In gebückter Haltung schlich sie sich weg und hatte die Überreste ihrer Straße bald hinter sich gelassen.

Links und rechts von ihr lagen die Ruinen überwucherter Häuser. Wie riesige, von Steinen durchzogene Hecken sahen sie aus. Das, was sie in ihrem eigenen Zuhause noch an Efeu erinnert hatte, war nun mit Blättern so lang wie ihr Unterarm gespickt und schimmerte in fremdartigen Farben.

Addy mied die Gruppen von Überlebenden, huschte von Mauer zu Mauer und fand ganz in der Nähe der mächtigen Wurzeln ein gutes Versteck in einer Nische.

Wie ein übermächtiges Seemonster erhoben sich die Wurzeln aus dem dichten Grün der Hecken – ein Krake, der seine Tentakel nach den Schiffen der Seefahrer auswarf. Stimmen und lautes Gebrüll waren zu hören und rötliches Licht blitzte immer wieder auf.

»Kesselt es ein!«, schrie jemand.

Addy beugte sich weiter vor, um mehr sehen zu können, lehnte sich an ein Stück Mauer und fühlte eine Bewegung unter ihren Fingern. Als sie hinunterblickte, erkannte sie, dass ihr ein paar kleinere Ranken auswichen. Sie hob die Hand, versuchte, ein Blatt zu berühren, doch es zog sich zurück. Beinahe ängstlich wirkte es. Als hätte Addy es mit einem scheuen Tier zu tun.

Sie hielt ihre Hand ruhig, wartete geduldig und tatsächlich kam das Blatt wieder näher. Es berührte Addys Finger und ein sanftes grünliches Leuchten schoss durch seine Nervatur. Addy musste unwillkürlich lächeln. Für einen kurzen Moment hatte sie das Gefühl, all das zu spüren, was von der dünnen Ranke berührt wurde, als wäre sie ein Teil von ihr.

Konnte sie wirklich fühlen, was diese Pflanze fühlte? Es musste eine Nachwirkung von ihrem Kontakt zu Casimir sein. Anders konnte sie es sich nicht erklären. Als Meliad war er mit der Natur verbunden und hatte Addy einen kurzen Einblick in seine Welt gewährt.

Das Blatt legte sich leicht seitlich, was Addy an Casimir erinnerte. Es näherte sich, ließ eine hauchdünne Ranke zum Vorschein kommen und wickelte sie um Addys Finger, als wäre sie eine Hand, die es zum »Hallo« reichte.

Plötzlich durchschoss ein glühender Schmerz Addys ganzen Arm und jagte ihr hinauf bis zur Schulter. Es fühlte sich an, als würde sie mit einem Mal in Flammen stehen. Erschrocken zog sie ihren Finger zurück und hätte die Ranke dabei beinahe zerrissen.

Feuer, schoss es ihr durch den Kopf. Sie bekämpften die Pflanzen mit Feuer und die Natur litt Schmerzen. Schmerzen, die auch Addy zu spüren bekam.

»Es … es tut mir leid«, sagte sie zu dem kleinen Blatt. »Aber ihr tut uns auch weh. Wir haben gar keine andere Wahl.«

Das Blatt legte sich noch einmal schief, dann zog es sich zurück. Konnte es wirklich sein, dass die Natur Gefühle entwickelte? Dass dieses kleine Blatt verstanden hatte, was Addy zu ihm sagte? Sie hatte sich schon immer mit der Natur verbunden gefühlt und brauchte sie um sich herum, um sich sicher zu fühlen. Aber mit Pflanzen reden? Daran hätte sie nie gedacht. Auch wenn ihr ein paar ihrer ehemaligen Mitschüler nach ihrem Nervenzusammenbruch vorgeworfen hatten, mit Bäumen zu kuscheln. Dass sie Schmerzen fühlte, wenn Pflanzen verletzt wurden, war für Addy immer nur ein Symptom gewesen. Ein Zeichen dafür, dass sie verrückt war und nie normal sein würde. Aber vielleicht war sie das gar nicht. Vielleicht waren ja alle anderen verrückt, weil sie nicht begriffen, was sie ihrer Umwelt antaten?

Sie schüttelte diesen Gedanken ab und verließ ihr Versteck. Für so etwas hatte sie einfach keine Zeit. Sie musste Casimir finden, bevor ganz Orsett verloren war.

In großem Abstand umrundete sie die Männer mit den Flammenwerfern.

»Drängt sie zurück!«, hörte sie eine ihr vertraute Stimme rufen. Sie stockte. Es war Bennet, der hier die Anweisungen gab.

Nicht weit entfernt raschelte etwas. Addy riss erschrocken den Kopf um. Einer von Bennets Männern näherte sich ihr und würde sie jeden Moment entdecken. Sie duckte sich hinter eine Mauer, ihr Herz pochte wild, die Angst ließ ihren Atem stoßartig gehen und Schweiß stand ihr auf der Stirn. Wenn sie jetzt erwischt werden würde, käme sie nie an Casimir heran.

Eine Weile harrte sie so aus, versuchte, sich zu beruhigen und ihre zittrigen Beine in den Griff zu bekommen. Im Leben hätte sie nie erwartet, einmal in so eine Situation zu geraten.

Lautlos hob sie den Kopf und lugte über die Mauer. Der Mann hatte ihr den Rücken zugewandt und hantierte an seinem Flammenwerfer. Etwas schien sich verklemmt zu haben. Nach ein paar Flüchen und roher Gewalteinwirkung schien er das Problem in den Griff zu bekommen. Die Flammen schossen wieder aus der Mündung und färbten die Umgebung schwarz.

Addy musste blinzeln, um die Hitze, die ihr ins Gesicht schlug, ertragen zu können.

»Geht doch«, brummte der Mann zufrieden, ließ die Flammen wieder erlöschen und wurde im selben Moment von einer peitschenden Ranke umschlungen und mitgerissen.

Der Mann schrie, wurde in die Höhe geworfen und verschwand in der Dunkelheit.

»Gavin!«, rief ein zweiter Elekreen-Mitarbeiter, richtete seinen Flammenwerfer auf die Ranken und fackelte die ganze Umgebung brüllend vor Wut ab.

Addy kämpfte gegen die Schockstarre. Benommen sah sie zum Horizont, wo die Silhouette der Ranke durch den Himmel peitschte.

Die Schreie des Mannes waren klar zu hören. Er betätigte

immer wieder den Flammenwerfer, und als er schließlich losgelassen wurde und im hohen Bogen über die zertrümmerten Gebäude flog, musste Addy die Augen schließen und sich abwenden. Sie zuckte zusammen, als sie den dumpfen Aufprall hörte.

Sie musste weiter. Wenn sie einen Weg finden wollte, das alles zu beenden, durfte sie nicht hier hocken und sich vor Angst nicht regen. Sie nahm ihren Mut zusammen, stand auf und rannte los.

Die Männer patrouillierten vor dem Kraftwerk, als wären sie Soldaten, dazu abgestellt, ihr Fort zu bewachen. Vor dem Zaun war alles Grüne abgefackelt worden und ein chemischer Geruch kratzte Addy in der Kehle. Es war kein Benzin, roch aber ähnlich aggressiv. Sie tippte auf Pestizide.

Eine Weile musste sie in ihrem Versteck ausharren, bis der Weg endlich frei war und sie unter der Schranke hindurchhuschen konnte. Gebückt lief sie weiter und blickte hinauf zu den Fenstern des Bürogebäudes. Lichter brannten keine, sodass sie unbehelligt über den Platz bis zum Eingang kam.

Es gab ein halbes Dutzend Gebäude auf dem Elekreen-Gelände, aber nur von den Büroräumen wusste sie, dass die Schlüsselkarte ihrer Mum ganz gewiss funktionierte.

Sie zog die Karte über den Scanner, ein Klicken ertönte und Addy schlüpfte ins Innere.

Erleichtert atmete sie auf. Niemals hätte sie geglaubt, so weit zu kommen. Aber wieso sollte das Kraftwerk auch besser bewacht sein? Hinein kam man nur mit Karte und beschützt werden musste es lediglich vor der Natur, die sich ihm unaufhaltsam näherte.

Sie sah sich um. Sie befand sich in einem langen Korridor, der nur mit gedämpftem Licht beleuchtet war. Links und rechts von ihr lagen geschlossene Türen, an denen sie Schilder mit den Namen der Angestellten erkennen konnte. Kein Geräusch zeugte davon, dass sich jemand im Gebäude aufhielt. Es würde noch Stunden dauern, bis hier jemand aufschlug. Falls es am nächsten Morgen überhaupt noch eine Stadt gab, für die das Kraftwerk am Laufen gehalten werden musste.

Addy schaute hinter jede Tür, und je weiter sie kam, desto mehr verlor sie die Angst. Sie war allein und außer Gefahr. In Ruhe konnte sie sich umsehen und das ganze Gebäude durchkämmen. Doch ohne Erfolg. Von Casimir fehlte jede Spur.

Was, wenn sie ihn längst fortgeschafft hatten? Dazu mussten sie nur zu demselben Schluss wie Addy kommen. Nämlich, dass die Pflanzen sich auf ihn zubewegten und nicht ruhen würden, ehe sie das Kraftwerk in Schutt und Asche gelegt hatten.

Schließlich gelangte sie zu einer Tür, die aus den Büroräumen hinaus und ins Herz der Anlage führte. Bald wichen die einladenden Korridore mit Teppichböden und modernen Designerlampen kahlen Betongängen, an deren Decken und Wände Dutzende Rohre und Kabelkanäle verliefen. Neonröhren beleuchteten die fensterlosen Flure. Das Einzige, was modern, sauber und hell wirkte, waren die Bildschirme an den Wänden. Silber umrahmte Fernseher, die tonlos das Werbevideo der Elekreen Group in Dauerschleife ausstrahlten.

Eine hübsche Frau, sicher ein gut bezahltes Modell, stand vor einer malerischen Landschaftskulisse und berichtete davon, wie die Kraft der Natur das Leben aller verbessern konnte und wie die innovative Methode des Konzerns, Energie aus Erdwärme zu gewinnen, Strom für alle bezahlbar machte. Addy hatte die Werbung schon so oft gesehen, dass sie in ihrem Kopf die Melodie hörte. Ein billiger Abklatsch von Beethovens Fünfter.

In Anbetracht dessen, was die Natur gerade mit Orsett anrichtete, hatte diese Werbung einen makabren Beigeschmack.

Sie verließ den Flur und betrat eine große Halle, die das Zentrum des Kraftwerks zu bilden schien. Überall blinkten Knöpfe an Schalttafeln, verliefen Kabelkanäle, waren Hebel und Bildschirme zu sehen. In der Mitte der Halle umrandete ein Geländer ein Loch im Boden. Eine Steuerung war daran befestigt und von unten drang ein lautes Geräusch zu Addy vor. Wie die Schritte eines riesigen Monstrums dröhnte es in regelmäßigem Abstand.

Noch einmal sah Addy sich um. Niemand war zu sehen, also nahm sie all ihren Mut zusammen und näherte sich der Schalttafel und dem Geländer.

Ein bläulicher Schimmer legte sich auf ihre Haut, als sie die Vertiefung erreicht hatte. Er wurde von einer großen Maschine ausgestrahlt, die in den Boden eingelassen war. Sie erinnerte Addy an einen überdimensionalen Motor. Etwas drehte sich darin wie in einem Kugellager, unterarmdicke Kabel führten von ihr weg und Kolben an der Außenseite sorgten für den ohrenbetäubenden Krach. Ob dieses Ding dafür da war, Wärme aus dem Erdinneren zu gewinnen und in Strom umzuwandeln?

Ein plötzliches Geräusch zog Addys Aufmerksamkeit auf sich. Ihr Herz begann, schneller zu schlagen, und sie sah sich gehetzt um.

Nicht weit von ihr öffnete sich eine Tür. Sofort versteckte sie sich hinter der Schalttafel.

»Jetzt erst mal einen Kaffee! Den haben wir uns verdient«, stöhnte ein Mann.

»Denk an die Rationierung«, sagte ein zweiter und gähnte.

Addy regte sich nicht. Nur eine falsche Bewegung und sie würde sofort entdeckt werden.

Der erste Mann lachte. »Wir retten hier gerade der ganzen verdammten Menschheit den Arsch. Da werden wir uns ja wohl noch einen Kaffee gönnen dürfen!«

»Da hast du auch wieder recht. Lass uns schnell machen. Sonst kommt er noch zu sich und haut ab. Bennet würde ausrasten.«

Casimir! Addys Gedanken rasten. Sie war sich ganz sicher, dass sie von ihm sprachen. Vorsichtig hob sie den Kopf und konnte sehen, wie die beiden Männer hinter einer anderen Tür verschwanden. Jetzt oder nie. Sie sprang auf und rannte los.

KAPITEL 12

ADDY

TAG 3: MO, 04:45 UHR, ORSETT, ENGLAND

Addy warf sich mit dem Rücken gegen die Tür, durch die sie unbemerkt geschlüpft war, und atmete erleichtert durch. Doch zum Ausruhen hatte sie keine Zeit. Wie lange konnte es schon dauern, bis die Männer sich ihren Kaffee geholt hatten?

Eilig lief sie den Korridor entlang. Links von ihr lagen Toiletten, rechts folgte lange Zeit nichts, bis sie zu einem Lagerraum kam. Ein Stück weiter führte eine Treppe nach oben.

Sie überlegte kurz, dann warf sie einen Blick in das Lager. Regale, Kisten, ein kleiner Hubwagen. Mehr war nicht zu sehen und Addy war bereits dabei, die Tür zu schließen, als sie ein leises Stöhnen hörte.

Ihr Herz schlug schneller. Sie stieß die Tür wieder auf, rannte an den Regalen entlang, bog um die Ecke und da sah sie ihn. Casimir. Ihr Atem stockte bei dem Anblick.

Man hatte ihn an einen Stuhl gefesselt. Seine Hände klammerten sich krampfhaft um die Lehnen, sein Kopf hing kraftlos vornüber und Schweiß tropfte ihm von der Stirn. Wieder stöhnte er.

»Casimir!«, stieß Addy aus. Ihr Herz pochte wie wild. Sie lief zu ihm und warf sich auf die Knie. Was hatten sie ihm bloß angetan? Und wieso?

Casimir hob schwerfällig den Kopf. Durch trübe Augen sah er

sie an. Da war beinahe nichts mehr von dem Leuchten zu sehen, das sie innegehabt hatten. Tränen klebten ihm in den Augenwinkeln, doch obwohl er ganz offensichtlich Schmerzen hatte, huschte ihm ein schmales Lächeln über die Lippen.

»Addy«, flüsterte er.

Er versuchte, die Hände zu bewegen. Zwischen seinen Fingern zuckten dabei bläuliche Blitze, er schloss die Augen und atmete tief durch, dann verschwanden sie wieder.

»Ich hole dich hier raus«, versprach sie mit überschlagender Stimme und griff nach den Seilen, die so fest um seine Gelenke geschlungen waren, dass sie ihm in die Haut schnitten. Als Addy sie berührte, bekam sie einen Schlag.

Erschrocken wich sie zurück.

Erst jetzt entdeckte sie die Verkabelung. Sie hielten ihn unter Strom gesetzt. Scheinbar wussten sie sehr genau, was er war und wie sie ihn festhalten und quälen konnten. Aber woher? Und wieso taten sie das?

Blanke Wut ließ Addy zittern. Sie riss die Kabel vom Stuhl und Casimir sackte sichtlich zusammen.

»Casimir?«, sprach sie ihn vorsichtig an, bekam aber keine Antwort.

Sie machte sich daran, ihn zu befreien, löste die Knoten seiner Fesseln und stützte ihn, als er vornüberkippte. Seine Haut war klamm und Addy spürte, wie sein Puls heftig pochte.

»Kannst du laufen?«, fragte sie.

»Ich muss gehen«, flüsterte er, ohne den Kopf zu heben.

Sie strich ihm das Haar aus der Stirn. »Keine Sorge, ich bringe dich hier raus.«

Ein Geräusch zog ihre Aufmerksamkeit auf sich. Addy stand auf, sah zur Ecke, doch da war nichts. Für einen Moment hatte sie geglaubt, die Männer kämen zurück, und Panik ließ ihr Herz rasen. Sie durfte nicht zulassen, dass sie ihn ein weiteres Mal in die Finger bekämen.

»Wir müssen uns beeilen«, drängte sie und ging wieder auf ein Knie. »Hörst du mich?«

Casimir nickte. Er versuchte aufzustehen, sackte aber in den Stuhl zurück und fing seine Stirn mit der Hand ab. Er stöhnte vor Schmerz und Erschöpfung.

»Ich stütze dich«, sagte sie und legte Casimirs Arm über ihre Schultern.

Seine Beine zitterten, als sie ihn hochzog, doch es gelang ihm, aufrecht zu stehen. Addy führte ihn bis zur Tür, wo er sich an die Wand lehnte, während sie einen vorsichtigen Blick in den Korridor warf.

»Die Luft ist rein«, flüsterte sie, sah zu Casimir und musste feststellen, dass er zu Boden gesunken war.

Sie konnte ihn nicht befreien, wenn er nicht die Kraft hatte, selbst zu laufen. Dafür war sie nicht stark genug. Sie ging vor ihm in die Hocke und berührte seinen Arm. »Wir müssen hier raus. Da draußen rebellieren die Pflanzen. Ich glaube, sie kommen, um dich zu holen, und auf ihrem Weg zerstören sie die ganze Stadt. Ohne dich sind wir verloren.«

Casimir schüttelte kaum merklich den Kopf. »Das ist sie.«

»Sie? Du meinst Terra Mater?« Addy war zu aufgebracht, um klar denken zu können. In ihrem Kopf herrschte Chaos und immer wieder lauschte sie nach Geräuschen. »Sie kommt, um dich zu befreien?«

Casimir schüttelte den Kopf. »Nein, nicht meinetwegen. Ich … ich muss hier weg.« Er sah zu seiner Hand, starrte sie regelrecht an und seine Finger begannen zu zittern. Wieder zuckten blaue Blitze zwischen ihnen. Sie verstand nicht, was er da versuchte zu tun, wusste nur, dass es ihm scheinbar nicht gelang. Es blieb nicht die Zeit nachzufragen. Jeden Moment konnten die Männer zurück sein.

»Komm jetzt«, forderte sie ihn auf, ergriff seinen Arm und zog ihn auf die Beine.

Sie betraten den Korridor und liefen auf den Ausgang zu, da hörte Addy Stimmen auf der anderen Seite der Tür. Schnell zog sie Casimir zu den Toiletten und drängte ihn hinein.

»Pssst«, zischte sie, lehnte sich an die Wand und betete, dass die Männer sie nicht gesehen hatten.

Sie hörte Schritte, sah Schatten unter dem Türspalt vorbeihuschen und hörte das Getrampel, als sie entdeckten, dass Casimir verschwunden war.

»Bennet zieht uns die Haut ab!«, schrie einer der Männer.

Addy hielt die Luft an, als sie wieder näher kamen. Ein Schatten verdunkelte den Türspalt.

»Glaubst du, er ist nur mal kurz austreten?«, knurrte einer der beiden. »Der ist längst über alle Berge. Wir müssen das Gelände durchkämmen. Hol du das Messgerät, ich sage den anderen Bescheid.«

»Auf dem Gelände kann das EFA die Stromschwankungen doch nicht feststellen!«

Addy legte die Stirn in Falten. Hatten sie Casimir so gefunden? Löste die Anwesenheit eines Meliad Stromschwankungen aus, die die Mitarbeiter von Elekreen messen konnten? Und dafür hatten sie sogar ein spezielles Gerät. Ein EFA, wie sie es nannten. Das konnte nur bedeuten, dass sie viel länger von den Naturgeistern wussten, als Addy zu Anfang geglaubt hatte.

»Dann bete, dass wir ihn so finden. Du und dein verdammter Kaffee!«, fluchte der andere Mann. Seine Stimme klang, als wäre er bereits am anderen Ende des Korridors angelangt.

Noch eine Weile regte Addy sich nicht, ging sicher, dass die beiden wirklich weg waren, dann atmete sie erleichtert auf. Vorerst waren sie hier sicher. Wie sie aber entkommen sollten, wusste sie nicht. Sie saßen wie die Mäuse in der Falle.

Kraftlos rutschte sie an der Wand entlang zu Boden und raufte sich das Haar. Was würden sie mit ihr anstellen, wenn sie sie erwischten? Sie ebenfalls foltern? Würde der Vater ihrer besten Freundin ihr das antun? Sie konnte nicht glauben, dass das alles wirklich geschah, dass Bennet über die Naturgeister Bescheid wusste. Wer wusste noch davon? Die Regierung? Wie lange wurde die Weltbevölkerung darüber schon im Dunkeln gelassen?

Sie sah zu Casimir auf, der, ans Waschbecken gelehnt, sein Spiegelbild betrachtete.

»Eric«, sagte sie mit rauer Stimme. »So heißt der Junge, für den dich alle halten. Er sieht dir wirklich sehr ähnlich.«

»Ich weiß.« Er sah zu seinen Händen. Blitze zuckten zwischen seinen Fingern, er konzentrierte sich auf etwas, das nicht geschah, und stieß dann enttäuscht die Luft aus. »Es hat eine Weile gedauert, bis ich gelernt habe, seinen Körper zu kontrollieren. Doch allmählich verstehe ich, wie eure Art zu existieren, zu denken und euch zu erinnern funktioniert.«

Addy starrte ihn an. Sagte er da wirklich das, was sie glaubte? »Du … Du bist in seinem Körper?«

Ihre Gedanken rasten. Deswegen also sein Wissen aus ihrem Geschichtsbuch. Daher wusste er so genau, wer sie war. Eric hatte im Sekretariat der Schule ausgeholfen, dort wahrscheinlich einen Blick in ihre Akte werfen können und Casimir griff nun auf diese Erinnerung zurück. Was wusste er noch? Kannte er ihre Vorgeschichte? Ihr wurde ganz anders, wenn sie nur daran dachte. Hatte Eric, der ihr quasi fremd gewesen war, die Dinge über sie gewusst, die sie um jeden Preis vor ihren Freunden geheim halten wollte? Sie wagte es nicht, Casimir danach zu fragen.

»Jetzt verstehe ich es«, fuhr Casimir fort. »Ich erinnere mich an sein Leben, seinen Schmerz und an den Grund dafür, dass er es beenden musste, unmittelbar bevor ich mich in diesem Körper wiederfand.«

Addy stand auf. »Er hat sich umgebracht?«, fragte sie geschockt. Ein Kloß bildete sich in ihrem Hals. Ein Junge aus ihrer Schule, einer, an dem sie Dutzende Male vorbeigegangen war, ohne ihm viel Beachtung zu schenken, hatte Selbstmord begangen.

»Das hat er«, antwortete Casimir ungerührt.

»Und warum er?«, hakte sie vorsichtig nach. »Warum nicht der Körper eines anderen?«

Casimir wandte sich ihr zu. Er sah sie lange an, als würde er über ihre Frage nachdenken müssen. »Ich habe es mir nicht ausgesucht«, erklärte er schließlich. »Und wenn ich könnte, wäre ich schon längst nicht mehr hier.«

Er sah bei diesen Worten zu seinen Händen, ballte sie zu Fäusten, streckte die Finger und zarte Blitze züngelten zwischen ihnen, verschwanden aber gleich darauf wieder. Die Enttäuschung darüber war ihm vom Gesicht abzulesen. Langsam begann Addy zu begreifen, warum er das ständig tat.

»Meintest du das damit, als du sagtest, dass du gehen musst? Willst du diesen Körper verlassen?«

Sie konnte es gut verstehen. An seiner Stelle wäre sie längst geflohen. Ein Blick auf die Welt der Menschen hätte ihr genügt. Ölverschmutzung, Mikroplastik, Smog, giftige Chemikalien in den Flüssen, auf den Feldern, in allen Lebewesen und ihrer Nahrung. Die Menschheit war wirklich kaputt und jeder Außenstehende würde ihr den Rücken kehren wollen.

Casimir nickte, stützte sich am Waschbecken ab und schloss für einen Moment die Augen.

»Es ist der Strom, oder? Du hast gehen wollen, kurz bevor sie dir den Schlag mit dem Elektroschocker verpasst haben. Da habe ich diese Blitze zwischen deinen Fingern schon einmal gesehen. Irgendwie hält der Strom dich in unserer Welt gefangen.«

Er wandte sich ihr zu. »Es ist unser aller Welt«, erinnerte er sie. »Nicht nur eure.«

»Ich weiß«, flüsterte sie. Sie hätte sich nur gewünscht, es schon viel früher gewusst zu haben. »Unsere Existenzebene, meine ich. Unsere Sphäre.«

Casimir legte den Kopf schief, verengte den Blick und sah ihr in die Augen. Das goldene Leuchten in den seinen war kaum zu sehen und doch fesselte es Addy. Ihr Herz schlug schneller und wieder fühlte sie sich wie unter einem Bann. Es war ihr unmöglich, sich von ihm abzuwenden oder auch nur einen klaren Gedanken zu fassen, wenn er sie so ansah.

»Ein Mensch zu sein, ist grausam«, stellte er fest. »Es tut weh, man ist gefesselt an sterbendes Fleisch. Man fühlt diese Leere in sich und das Verlangen, sie zu füllen. Aber da gibt es nichts, was sie füllen könnte, nicht wahr? Die Suche ist vergebens. Für Eric war sie das. Vielleicht ist das der Grund dafür, dass ihr so geworden seid. So selbstzerstörerisch, gierig und egozentrisch.«

»Wir … wir sind nicht alle so. Es gibt Menschen, die Dinge ändern wollen, die für eine bessere Welt kämpfen. Und es gibt Dinge, die diese Leere in uns füllen können. Für die es sich zu leben lohnt.«

Casimirs Blick durchforstete sie. Ob er ihr ihre Gedanken und Gefühle vom Gesicht ablesen konnte, wusste sie nicht. Dennoch fühlte sie sich vor ihm entblößt. Sie hatte das Bedürfnis, die Menschheit zu verteidigen, und doch schämte sie sich für ihre Verbrechen.

»Nenn mir nur eines«, forderte er sie auf.

Addy öffnete den Mund, wusste aber nicht, was sie sagen sollte. Liebe? Vertrauen? Selbstverwirklichung? Wie hätte sie ihm diese klischeehaften Antworten geben können, wenn sie selbst noch viel zu jung war, um etwas davon erreicht zu haben? Ihr Blick glitt zu Boden. Sie hatte ihr ganzes Leben noch vor sich, noch so viel Zeit und doch so wenig.

Eine plötzliche Berührung ließ sie aufschrecken. Casimir hatte ihr seine Hand an die Wange gelegt. Die Wärme seiner Haut ließ sie zittern und erfüllte sie zugleich. Sie sah zu ihm auf, ihre Blicke trafen sich und er zog die Hand wieder weg.

»Da ist wirklich noch mehr«, stellte er fest.

Sie nickte, weil sie nicht wusste, was sie sonst hätte tun sollen.

»Ich wünschte, ich hätte die Zeit, euch kennenzulernen«, meinte er. »Vielleicht würde ich dann verstehen, warum ihr uns tötet.«

»Wir tun das nicht mit Absicht. Wir wissen ja nicht, dass es andere Sphären gibt. Wenn du bleiben und den Bewohnern von Orsett sagen würdest, wer du bist und warum Terra Mater uns bekämpft, wenn sie aufhören würden, die Natur zurückzudrängen, vielleicht würde sie die Menschen dann verschonen. Würde sie uns eine zweite Chance geben? Ich bin sicher, dass wir es besser machen können. Besser als bisher.«

»Glaubst du das wirklich?«, fragte er. »Ihr hattet so viele Chancen, so viel vergeudete Zeit. Ihr wisst schon lange, dass ihr euch auf einen Abgrund zubewegt, und lauft dennoch immer schneller. Irgendwann ist ein Punkt erreicht, an dem es kein Zurück mehr gibt. Und dieser Punkt ist längst erreicht. Die Welt wird sich ändern. Terra Mater wird eine neue Welt erschaffen, um alle Sphären zu retten – Milliarden von Leben, die ihr in Gefahr gebracht habt.«

»Aber wir können uns mit ihr verändern«, versicherte Addy. »Wir können eine Zukunft haben, wenn man uns lässt.«

»Das glaube ich dir sogar«, sagte er.

»Dann bleib und hilf mir, die Menschen zu überzeugen. Zeig ihnen, was du mir gezeigt hast.«

»Glaubst du wirklich, dass sie zuhören würden?«

Addy dachte an Bennet und an all die Menschen, die so handelten wie er. Milliardenschwere Großkonzerne, die keine Skrupel hatten, die Welt ihrer Kinder zu zerstören. Aber dem gegenüber standen solche wie ihre Mum, die ein gutes Herz und Mitgefühl hatten. Da waren Umweltaktivisten, Tierschützer und ganz normale Menschen, die versuchten, mit kleinen Beiträgen ihren Anteil am Erhalt der Natur zu leisten.

»Wir müssen es zumindest versuchen«, sagte sie entschlossen.

Ein flüchtiges Lächeln umspielte Casimirs Lippen. »Also gut. Lass es uns versuchen.«

Addys Miene erhellte sich. Das erste Mal, seit die Bomben gefallen waren, schöpfte sie wieder Hoffnung. Vielleicht war es doch noch nicht zu spät für die Menschheit. Vielleicht konnte es einen Neuanfang geben und er würde hier beginnen. In Orsett, mit Casimirs Hilfe.

KAPITEL 13

ADDY

TAG 3: MO, 06:00 UHR, ORSETT, ENGLAND

Weit waren sie nicht gekommen. Kurz nachdem sie die Toiletten verlassen hatten, entdeckten sie Mitarbeiter des Konzerns und zwangen sie zur Flucht.

Sie rannten durch einen der vielen Korridore. Addy stieß eine Tür nach der anderen auf und hatte noch keinen Ausweg gefunden, als ihre Verfolger schon am Ende des Ganges auftauchten.

»Stehen bleiben!«, rief einer der Männer.

Addys Atem hetzte. Es war hoffnungslos. Egal, wohin sie auch liefen, die Elekreen-Mitarbeiter schnitten ihnen den Weg ab. Selbst wenn sie nach draußen gelangen würden, wusste sie nicht, wie sie entkommen sollten.

Casimir packte sie am Handgelenk und zog sie mit sich. Er schien sich einigermaßen erholt zu haben und sicher hätte er genug Kraft, um Erics Körper zu verlassen und sich in Sicherheit zu bringen. Aber er blieb. Ihretwegen. Und je länger ihre Flucht dauerte, desto mehr drängte sich ihr der Gedanke auf, dass es ein Fehler gewesen sein könnte, ihn darum zu bitten.

Sie erreichten die Halle mit dem Geländer und der dröhnenden Maschine. Sie war so laut, dass sie Addys Gedanken übertönte und in ihrem Kopf nur noch Platz für ihre Panik blieb.

»Hier durch«, sagte Casimir außer Atem.

Er deutete auf eine Stahltür, die im Gegensatz zu den anderen

Durchgängen mit einem Bolzen gesichert war. Vielleicht führte sie zu einer Feuertreppe oder einem anderen Ausgang. Addy zog den Riegel auf und warf einen Blick zurück. Noch hatten ihre Verfolger sie nicht eingeholt und konnten so nicht sehen, wie Casimir und sie hinter der Tür verschwanden.

Tageslicht blendete Addy und sie musste ihre Augen schützen. Die Sonne war bereits aufgegangen und ganz sicher wusste ihre Mum längst, dass sie verschwunden war. Ob man nach ihr suchte? Ob Bennet erfahren hatte, dass sie es war, die versuchte, Casimir zu befreien?

Sie blinzelte. Langsam gewöhnte sie sich an das Licht und konnte den Arm wieder senken. Vor sich sah sie grauen Beton. Sie drehte sich im Kreis und ihre Hoffnung versiegte. Sie waren gefangen, umschlossen von hohen Mauern, und der einzige Ausweg führte durch die Tür, durch die sie gekommen waren.

Das Licht der aufgehenden Sonne fiel von der Decke auf sie hinab.

»Das ist einer der Türme«, stellte sie fest. »Wir sitzen in der Falle.«

Casimir sank an die Wand gelehnt zu Boden. Sein Atem ging stockend und seine Haut war kreidebleich.

Hier gab es keinen Ausgang. Zumindest nicht für sie. Casimir würde wahrscheinlich fliehen können, wenn er Erics Körper verließ. Und vielleicht sollte er das auch. Vielleicht war ihr Plan, die Menschen über die Meliad aufzuklären, von Anfang an zum Scheitern verurteilt gewesen.

Mit etwas Glück würden ihre Verfolger sie nicht ausgerechnet in dieser Falle ohne Fluchtmöglichkeit vermuten, sondern einen der vielen anderen Wege einschlagen. Vorerst konnte sie jedoch nichts anderes tun, als abzuwarten, also sah Addy sich um.

Ein halbes Dutzend Maschinen standen auf dem Boden und

Stromkabel führten von ihnen zu einem Loch in der Wand. Sie hatte keine Ahnung, wozu diese Geräte gut waren und was sie erwartet hatte, aber irgendwie wirkte das hier falsch. Wozu diese riesigen Türme und wie entstanden die Wolken, die sie regelmäßig ausstießen?

Vor einer der Maschinen ging sie auf die Knie und betrachtete sie genauer. Da war ein Kanister eingelassen, sie hatte einen Tragegriff und eine Belüftung. Genau wie eine …

»Nebelmaschine!«, stieß Addy aus.

Sie konnte es nicht fassen. Noch einmal sah sie sich um. Es war einfach zu absurd, als dass sie es glauben konnte. Dieser ganze Turm war Fake. Wahrscheinlich war das ganze Kraftwerk nur eine Attrappe. Aber wozu?

Ihr Blick ging zu Casimir. Er hatte seine Hände angehoben und betrachtete die zarten Blitze, die zwischen seinen Fingern züngelten. Das falsche Kraftwerk musste mit den Meliad in Verbindung stehen. Elekreen wusste um die Naturgeister, wusste, wie sie einen wie Casimir kontrollieren konnten. Das alles stand in einem Zusammenhang, der sich ihr noch nicht ganz erschloss. Aber eines war klar: Das konnte nicht gut für ihn ausgehen.

»Verschwinde von hier«, riet sie ihm und erhob sich.

Casimir sah fragend zu ihr auf. Er zog sich auf die Beine und kam zu ihr gelaufen.

»Hörst du nicht?«, drängte sie ungeduldig. »Sie werden jeden Moment hier sein und es gibt keinen Ausweg. Ich sitze hier vielleicht fest, aber du kannst fliehen.«

»Ich habe versprochen, dir zu helfen«, erinnerte er sie.

»Vergiss das. Du verstehst nicht, was hier vor sich geht. Ich verstehe es selbst noch nicht ganz, aber irgendetwas stimmt hier ganz und gar nicht. Es ist besser, wenn du gehst.«

Casimir hob die Hände, betrachtete noch einmal die Energie,

die sie umspielte. Zeitgleich war da wieder dieser Duft, den sie in seiner Gegenwart oft wahrnahm. Dieser süßliche Geruch nach …

»Strom!«, stieß Addy aus. »Du … du bestehst aus Energie, nicht wahr?«

»Unsere Sphäre ist die der Energie, die eure die der Materie. Das stimmt. Wir besitzen keine Körper wie ihr. Wir sind reine Energie. Energie, ähnlich wie sie auch durch eure Körper fließt. Deswegen bin ich fähig, Erics Körper zu kontrollieren.«

Addys Gedanken überschlugen sich. Dieses Kraftwerk, das in Wirklichkeit eine Attrappe war, Bennet, der genau wusste, was es mit den Meliad auf sich hatte, die Zerstörung der Existenzebene der Naturgeister. Die Ebene der Energie. Aus alldem konnte Addy nur einen Schluss ziehen: Elekreen erzeugte keinen Strom aus Erdwärme, sie erzeugten ihn aus der Sphäre der Meliad. Irgendwie musste es ihnen gelungen sein, sie anzuzapfen und auszusaugen. Aber wie? Und wie viele unschuldige Naturgeister waren auf diese Weise schon gestorben?

»Du musst gehen!«, beharrte sie mit überschlagender Stimme. »Sofort!«

Casimir legte den Kopf schief und sah sie schweigend an, während ihr das Herz in der Brust hämmerte und sie darauf wartete, dass er etwas tat. Wieso verschwand er nicht? Wieso, wenn er seine Kräfte doch wiederhatte? Er war ein Rätsel für sie, das sie nicht lösen konnte.

Seine Augen waren wie goldener Honig. Genau wie sein süßlicher Duft nach reiner Energie. Er umhüllte sie, umarmte sie, nahm ihr einen Teil ihrer Angst und ihr Herzschlag beruhigte sich wieder. Doch die Gefahr war noch so bedrohlich wie zuvor.

»Bitte«, flehte sie ihn an.

Sie wollte nicht, dass er ging. Sie hatte doch noch so viele Fragen, wollte ihm so vieles zeigen. Von all den schönen Dingen, die das Menschsein bereithielt, hatte er ja keine Ahnung. Aber sie konnte nicht zulassen, dass Bennet ihm antat, was Elekreen all den anderen angetan hatte.

»Dieser Ort dient einzig und alleine dem Zweck, euch Meliad zu töten. Genau wie du gesagt hast. Wir töten euch und du wusstest nicht, wie wir es anstellen. Ich verstehe es jetzt. Elekreen ist dafür verantwortlich.«

»Ich weiß«, erwiderte er.

Addy riss die Augen auf. »Aber …?« Sie sah ihn mit offen stehendem Mund an. »Warum hast du dann gesagt, dass du es nicht wüsstest?«

»Zu der Zeit war dem noch so.«

»Und warum bist du geblieben?«

Casimir hob die Hand und berührte ihre Wange. Er sah sie durchdringend an, als könne er ebenso in ihr Inneres blicken wie in das seine. Als wären ihr Körper, ihre Gedanken und Gefühle und das, was ihn ausmachte, nur eine willkürlich gezogene Grenze, die ihn nicht aufhalten konnte.

»Etwas ist an dir«, flüsterte er. »Etwas, das ich zu verstehen versuche.«

Sein Daumen strich über ihre Lippen und ihr Herz begann zu rasen. Doch diesmal tat es das nicht aus Panik. Sie hatte keine Angst. Nicht wenn er sie so ansah.

»Keine Bewegung!«

Erschrocken wich Addy zurück. Casimir wirbelte herum und hob schützend den Arm, um sie von den Männern abzuschirmen, die durch die Tür stürmten.

»Verschwinde!«, forderte sie ihn auf.

Casimir sah zu ihr und öffnete den Mund, doch ehe er etwas sagen konnte, packten ihn die Männer und Addy wurde von ihm weggezogen. Sie schrie und schlug um sich, konnte Casimir nicht mehr sehen, nur das Kampfgetümmel hören.

Jemand drehte ihr den Arm auf den Rücken und stieß sie grob durch die offene Tür, zurück in die Halle. Das Dröhnen der Maschine wurde so laut, dass sie nicht mehr mitbekam, was in ihrem Rücken gesagt oder getan wurde.

Sie stolperte voran und stieß gegen die Brust eines Mannes. Bennet.

»Du hast ganz schön viel Chaos angerichtet, Kleine.«

»Sie müssen damit aufhören!«, verlangte sie.

»Muss ich das?«, fragte er amüsiert.

»Kapieren Sie denn nicht, was Sie da anrichten? Sie töten die Meliad, Sie zerstören ihre Welt!«

Hinter ihr zuckten Blitze, sie duckte sich und Bennet packte sie beschützend an den Schultern.

Die Männer schrien und fluchten. Neben Addy schlug einer der Blitze ein und hinterließ eine kohlrabenschwarze Stelle auf dem Boden. Bennet wollte sie zur Seite ziehen, doch Addy riss sich los.

Casimir stand noch immer im Turm, Blitze züngelten von seinen Händen zum Beton. Offensichtlich hatte er seine Kräfte wiedergefunden und würde sich kein zweites Mal so leicht überwältigen lassen.

Seine Augen leuchteten golden. Sein ganzes Wesen schien aus jeder Pore seines Körpers zu strahlen. Als ob die dünne Menschenhaut, die sein Inneres wie eine Verkleidung vor ihnen abschirmte, die wahre Kraft seines Wesens nicht mehr halten konnte.

Addy hatte ja nicht geahnt, wie viel Macht in ihm steckte, und auch die Männer, die auf Abstand zu ihm gegangen waren, wirkten geschockt.

»Pass auf!«, schrie Addy, doch es war zu spät. Von hinten

rammte ihm einer der Elekreen-Mitarbeiter seinen Elektroschocker in den Rücken.

Das Licht verschwand augenblicklich. Casimir brach zusammen und gleich zwei weitere Männer stürzten sich auf ihn.

Addy wollte ihm helfen, doch Bennet hielt sie auf.

»Sie zerstören beide Welten!«, schrie sie. »Wenn Sie nicht aufhören, sterben wir alle!«

Casimir gelang es, sich von den Angreifern zu befreien. Er kämpfte sich auf die Beine, stolperte von dem Mann mit dem Elektroschocker weg und ließ seine Kraft erneut auflodern.

Die Männer wichen vor ihm zurück, als seine Hände zu strahlen begannen. Er deutete auf einen der Angreifer und ein gleißender Blitz zuckte von ihm zu dem Mann, durchbohrte ihn und streckte ihn nieder.

Mit weit aufgerissenen Augen sah Addy mit an, wie der Mann in sich zusammensackte. Er war tot.

»Wenn wir so etwas auf die Welt loslassen, ja, dann sterben wir alle«, zischte Bennet. Addy wehrte sich gegen seinen festen Griff, kam aber nicht frei. »Was denkst du, wer die Pflanzen wild wuchern lässt und all die Menschen auf dem Gewissen hat? Das haben wir alles deinem Freund hier zu verdanken.«

»Nein!«, stieß Addy durch zusammengebissene Zähne aus.

Casimirs Brust hob sich in tiefen Atemzügen. Seine Kräfte schienen ihn zu verlassen. Er kam bis zur Tür, bevor sein Verfolger ihn erreichte und ihm einen weiteren Stromstoß verpasste.

»Geh endlich«, flehte Addy ihn an, als er auf die Knie fiel, und wehrte sich weiter gegen Bennets Griff. Tränen sammelten sich in ihren Augen. »Verschwinde von hier.«

Weitere Blitze leuchteten in Casimirs Händen auf, doch diesmal richteten sie sich nicht gegen die Männer. Endlich hörte er auf sie und versuchte zu fliehen.

Die Elekreen-Mitarbeiter näherten sich ihm von allen Seiten und Addy versuchte verzweifelt loszukommen. Sie durfte nicht zulassen, dass sie ihn davon abhielten, diesen Körper zu verlassen.

»Lasst ihn!«, schrie sie. »Lasst ihn gehen!«

Bennet ließ mit einer Hand von ihr ab und gab seinen Männern mit einer Geste zu verstehen innezuhalten.

Verwundert sah Addy zu ihm auf. Wie konnte er auf der einen Seite so gnadenlos sein und all die Meliad töten und dann doch auf sie hören? Vielleicht wusste er gar nicht wirklich, was es mit ihnen auf sich hatte, und würde ihr am Ende doch zuhören.

»Er soll gehen«, sagte er gnädig. »Hörst du? Verschwinde aus dem Körper des armen Jungen, den du dir widerrechtlich angeeignet hast.«

Casimir sah zu Addy auf und sie nickte.

Er streckte die Arme weit von sich und richtete den Blick nach oben. Blitze zuckten zwischen ihm und der Umgebung. Die Männer wichen zurück.

Erst wirkte seine Energie unkontrolliert und ziellos, doch bald begann sie, sich zu sammeln und um sich selbst zu winden wie die Ranken eine Pflanze. Sein ganzer Körper erstrahlte, alles um ihn herum wurde in gleißendes Licht gehüllt und Addy hob die freie Hand, schützte damit ihre Augen und schielte durch die Finger.

Es war ein beinahe friedlicher Anblick.

Keiner der Männer regte sich mehr. Alle Blicke waren auf Casimir gerichtet, der sich als Lichtwesen aus blauen, wirbelnden Funken aus Erics Körper löste. Er hatte keine Form, keine Gestalt, wie Menschen sie kannten. Er war reine Energie, pures Leben.

Addy senkte ihre Hand, riss sich von Bennet los und tat einen

Schritt auf die Lichtgestalt zu. Sie nahm etwas von der Wärme, die Casimirs wahres Ich ausstrahlte, tief in sich auf. Es fühlte sich genauso an wie eine seiner Berührungen. Nur dass sie diesmal von seiner Seele berührt wurde.

Plötzlich verkrampfte Erics Körper sich. Er bäumte sich auf, sein Atem stockte und die Wärme des Lichtwesens, das ihn noch nicht gänzlich verlassen hatte, wich einer eisigen Kälte.

Geschockt sah Addy zu Bennet. Er hatte den Blick verengt und ein überlegenes Lächeln umspielte seine Lippen.

Ihr Inneres verkrampfte sich, sie riss ihren Kopf wieder herum und sah, dass Casimirs Energie Erics Körper nicht mehr langsam verließ, sondern regelrecht herausgezerrt wurde. Wehrlos wie Asche im Wind strömte das Licht aus der menschlichen Hülle, Bennet tat einen Schritt zur Seite und sah mit Genugtuung dabei zu, wie die flimmernden Lichtfragmete auf die im Boden eingelassene Maschine zuströmten.

»Neiiiin!«, schrie Addy und stürzte an das Geländer.

Unter ihr rauschte bläuliches Licht durch die stampfende Maschine. Wie ein gewaltiger, reißender Strom aus reiner Energie, der Casimir anzog und verschlang. Der Energiefluss war so machtvoll, dass er ihn regelrecht zerpflückte. Im Bruchteil einer Sekunde war von dem schimmernden Lichtwesen nichts mehr geblieben als purer Strom, der nun durch die Adern des Kraftwerks floss.

Sie haben ihn getötet. Addy hörte diese Worte in ihren Gedanken, wollte es aber nicht glauben. Ihre Hände klammerten sich an das Geländer. Wut und Verzweiflung übermannten sie, kochten in ihr hoch und ließen sie schreien. Sie schrie, bis ihr die Kehle brannte, zerrte an dem Geländer und sackte kraftlos davor zu Boden. Tränen strömten ihr über die Wangen. Das durfte nicht passiert sein!

»Er ist tot«, hörte sie jemanden sagen.

Addy starrte wie in Trance auf das Loch im Boden. Die Worte des Mannes drangen kaum zu ihr vor. In ihren Ohren rauschte es und ihr ganzer Körper fühlte sich taub an. Nur mühsam gelang es ihr, sich von dem Anblick der Maschine zu lösen und zu Erics Körper zu blicken. Er wirkte völlig verändert. Wer da lag, war der Junge von dem Foto, nicht der, den sie kennengelernt hatte.

Einer der Männer fühlte seinen Puls.

Bennet schnaubte. »Schafft ihn fort. Wenn er gefunden wird, dann nicht in meinem Kraftwerk.«

Addy riss sich aus ihrem Bann. »Sie sind ein Monster!«, stieß sie aus.

»Nicht ich habe diesen Jungen auf dem Gewissen. Das war dein Freund, dieses Energiewesen.«

Sie schüttelte verständnislos den Kopf. »Casimir hat nichts getan. Aber Sie sehr wohl. Sie töten all die Meliad für billigen Strom!«

»So nennen sie sich?«, fragte Bennet.

Addy wich vor ihm zurück. Dieser Mann hatte kein Herz. Er war ein Monster und Addy konnte nicht glauben, dass er der Vater ihrer besten Freundin war.

»Hör zu, das mag auf dich anders wirken, aber diese Wesen, diese Meliad, wie du sie nennst, sind nicht wie wir«, erklärte er. »Dass der, den du kennengelernt hast, menschlich wirkte, Gefühle hatte und reden konnte, lag nur daran, dass er von einem Menschen Besitz ergriffen hat. In ihrer wahren Gestalt sind sie einfach nur Energie. Weißt du, wie lange man schon nach einem Weg sucht, eine solche unerschöpfliche Quelle anzuzapfen? Wir haben ihn gefunden. Wir haben das Tor in diese Energiewelt aufgestoßen und wir lassen uns das nicht nehmen, nur weil ein paar wenige entkommen, ein Bewusstsein entwickeln und die Natur gegen uns aufwiegeln.«

»Sie irren sich!«, beharrte Addy. »Casimir war für niemanden eine Gefahr.«

»Tue ich das? Was dein Freund getan hat, beweist, wie gefährlich diese Wesen sind.« Er deutete auf den getöteten Mann. »Oder willst du behaupten, dass das, was mit der Umwelt geschieht, keine offensichtliche Bedrohung darstellt?«

Addy wich weiter zurück. Die zwei Männer begannen, sich ihr langsam zu nähern, und keiner von ihnen wirkte, als hätte er Verständnis für sie. Mit dem Rücken stieß sie gegen die Rohre an der Wand.

»Für das da draußen ist Casimir nicht verantwortlich.«

Bennet lachte. »Wir bringen ihn hierher und plötzlich erhebt sich die Natur, legt die Stadt in Schutt und Asche und bewegt sich direkt auf das Kraftwerk zu. Natürlich war er das. Und wer weiß, in welchem Zusammenhang das mit dem Angriff auf London steht. Diese Wesen sind weitaus gefährlicher, als wir anfänglich vermutet haben, und es ist unsere Pflicht, diese Gefahr zu beseitigen.«

Addy tastete sich an der Wand entlang, auf der Suche nach einer Tür. Sie musste fliehen, bevor Bennet auch sie töten und wie Abfall entsorgen würde.

Sie bekam etwas zu greifen. Eine dünne Metallstange.

Bennet gab seinen Männern mit einer Geste den Befehl, sie aufzuhalten.

Addy reagierte, ohne nachzudenken, zerrte an der Stange und tatsächlich gelang es ihr, sie von der Wand zu reißen. Heißer Dampf strömte aus dem Rohr, das sie gelöst hatte. Sie stolperte zurück, schlug um sich und die Männer wichen ihr aus.

Hastig sah sie sich um, entdeckte eine Tür nicht weit von ihr, blieb mit dem Blick aber an einer der vielen Maschinen hängen. Entschlossen stürmte sie auf die Schalttafel zu, die sich am Geländer um die Maschine befand. Sie schrie und schlug mit der Eisenstange darauf ein, bis alle Lichter wild blinkten, die Funken flogen und ein schriller Alarm ertönte.

»Haltet sie auf, verdammt!«, schrie Bennet.

Jemand packte sie von hinten. Addy wirbelte herum und schlug dem Mann die Stange ins Gesicht. Sie stolperte rückwärts, hielt ihre Waffe drohend auf die Männer gerichtet und schlug dann auf die nächste Maschine ein, zertrümmerte alles, was sie zerstören konnte, bis die Männer sie packten und wegzerrten.

Während einer von ihnen sie festhielt, rannte der andere zu den Maschinen und versuchte, irgendetwas auszurichten. Doch es war zu spät. Das Licht flackerte, einige der blinkenden Knöpfe erloschen und es wurde dunkel.

Addy nutzte die Gelegenheit, trat mit voller Kraft auf den Fuß des Mannes, der sie an den Oberarmen festhielt, befreite sich von ihm und stürzte durch eine der Türen.

»Bleib stehen!«, rief man ihr nach.

Überall war die Beleuchtung erloschen und sie musste sich im Stockdunkeln vorantasten. Tränen sammelten sich in ihren Augenwinkeln und liefen ihr über die Wangen. Sie hatte keine Ahnung, wohin sie der Gang führte, keine Ahnung, ob ihre Verfolger nur wenige Schritte oder weiter entfernt von ihr waren, ob sie entkommen konnte oder nicht.

In ihrem Kopf dröhnte es. Die Worte, die darin hallten, drohten, sie zu ersticken. Casimir war tot. Er war ihretwegen geblieben und ihretwegen gestorben. Sie schluchzte, fiel auf die Knie und rang nach Luft. Alles in ihr drängte danach zu schreien, doch sie durfte nicht. Mühsam kämpfte sie sich wieder auf die Beine und lief weiter.

KAPITEL 14

LIAM

TAG 3: MO, 18:15 UHR, WESTLICH VON SYDNEY, AUSTRALIEN

Liam hasste die Hitze im australischen Outback. Sein Hemd hatte er längst durchgeschwitzt und die Jeans klebte ihm an den Beinen. Er ließ den schweren Holzpfosten ins Gras fallen, zog sich den Stetson vom Kopf und wischte sich den Schweiß von der Stirn. Obwohl die Sonne bereits tief stand, brannte sie noch immer unbarmherzig auf ihn herab.

»Nicht schlappmachen!«, rief Jones.

Liam warf dem abgebrühten Hilfsarbeiter ein müdes Lächeln zu. Er hatte ja gut reden. Seit mehr als zehn Jahren schuftete Jones auf Stone Creek, der Ranch von Liams Eltern, hatte Haut wie Leder und Schwielen an den Händen, die es ihn nicht einmal spüren ließen, wenn er sich einen Nagel durch die Handfläche trieb. Auch Liam scheute sich nicht davor, mit anzupacken, aber für ihn wäre es kein Leichtes gewesen, mal eben einen sechzig Pfund schweren Pfosten den Hügel hinaufzuschleppen, sich mit einer Hand eine Zigarette zu drehen und mit der anderen den Zaun zu reparieren.

Jones warf Hammer und Nägel ins Gras und lehnte sich an den maroden Grenzzaun. Sein Blick schweifte über die endlos scheinende Landschaft, die sich vor ihnen ausbreitete wie ein Meer aus gelb leuchtenden Halmen.

Wind peitschte über das von der Sonne beschienene Steppengras und brachte eine frische Brise mit sich, die sich angenehm kühl auf Liams erhitzter Haut anfühlte. Er schloss für einen Moment die Augen, atmete tief durch und versuchte, die Natur zu genießen.

Aber es war nicht dasselbe. Auf diesem Hügel zu stehen, in Cowboystiefeln, mit Dreck unter den Fingernägeln und Staub im Haar, war nicht vergleichbar mit der Freiheit, die man an der Küste mit jedem Atemzug in sich aufnahm. Es fehlte der salzige Geruch des Meeres, der Sand unter den Füßen und das Tosen der Wellen, die Liam herausforderten, sie zu erobern.

»Fernweh, Surferboy?«, höhnte Jones.

Liam schlug die Augen auf. »Du kannst mich mal«, knurrte er und wandte sich dem Zaun zu. Das trockene Land und die ewige Hitze gingen ihm gehörig gegen den Strich, aber wenigstens saß er nicht in Europa fest, wo sich seit zwei Tagen alle Länder gegenseitig an die Kehle gingen. Er hätte es wirklich schlimmer treffen können. »Lass uns diesen verfluchten Pfosten reparieren und dann von hier verschwinden.«

»Hey, ich zieh dich doch nur auf!«, meinte Jones beschwichtigend, packte Liam am Schopf und zerzauste ihm das Haar, wie er es schon getan hatte, als Liam noch ein kleiner Junge gewesen war. »Ich wär jetzt auch lieber in Sydney. Das kannst du mir glauben!«

Ein schiefes Grinsen huschte Liam über die Lippen. »Du in Bermudas, mit Flipflops und Strohhut. Das will ich sehen!«, spottete er und stieß Jones von sich.

Er fuhr sich mit gespreizten Fingern durchs störrische Haar und setzte den Stetson wieder auf.

Jones begann damit, den alten Pfosten zu lösen. Das Teil war morsch und hätte die nächsten Tage nicht überlebt. Zumindest dann nicht, wenn die Rinder weiter ihre Ärsche daran rieben.

Das Teil stank nach Kuh, wie so ziemlich alles auf Stone Creek. Er selbst eingeschlossen.

»Jetzt erzähl mal, wie kommt es, dass du Sydney in den Wind geschossen hast, um zurück in diese Einöde zu kehren?«, wollte Jones wissen.

»Was denkst du? Als ich mitbekommen habe, dass Rob, Browny und du nur noch kiffend hinter der Scheune abhängen, musste ich ja zurückkommen, um euch Feuer unterm Hintern zu machen.«

»Wer hat dir denn diese Lügen aufgetischt?«, lachte Jones. »Aber mal im Ernst, Junge. Aus dir könnte was werden. Du hast Köpfchen und das Leben hier ist 'ne Sackgasse. Das weißt du doch. Eine Ranch nach der anderen geht vor die Hunde. Die jungen Leute ziehen in die Großstadt, suchen sich Jobs an Computern, handeln mit Börsen und so 'n Kram.«

Liam lachte. »Sie handeln mit Börsen?«

»Ach, was weiß ich«, winkte Jones ab. »Jedenfalls ist das Leben als Kuhhirte nichts für dich.«

»Du musst es ja wissen«, seufzte er. »Und wer weiß schon, was jetzt wird. Nach Europa sind vielleicht bald wir dran.«

»Klar, weil Australien sich ja so gerne einmischt«, brummte Jones. »Ich merke schon, dass du vom Thema ablenkst. So blöd bin ich auch wieder nicht.«

Liam lachte hohl, sagte aber nichts mehr dazu. Er konnte ihm nicht erzählen, was der wahre Grund seiner Rückkehr war. Es lag nicht daran, dass seine Mutter ihm in jeder ihrer Mails geschrieben hatte, wie schlecht es um die Ranch stand. Schließlich hatte Liam seinen Eltern schon oft damit in den Ohren gelegen, das Land zu verkaufen und in die Stadt zu ziehen. Es war auch nicht, weil sein Vater an Gicht litt und kaum mehr die Zügel seines Pferdes halten konnte. Harry Hyland war keiner dieser Männer, die wegen eines solchen Gebrechens um Hilfe baten. Es war, weil Liam versagt hatte.

Er hatte sich vom Meer verführen lassen, war lieber rausgefahren, hatte die Tage unter freiem Himmel verbracht, war der perfekten Welle nachgejagt und nicht zuletzt den sexy Beachgirls in ihren knappen Bikinis.

Seine Noten waren so schlecht geworden, dass er das Stipendium verloren hatte. Und das hatte bei ihm schon was zu bedeuten, denn für gute Noten hatte er nie wirklich lernen müssen. Beim Versuch, sich mithilfe eines Nebenjobs über Wasser zu halten, war er kläglich gescheitert und so war er wieder heimgekehrt.

Zurück ins australische Outback, wo der Wind nicht nach Salz, sondern nach Kuhfladen roch und man nur dann nackte Haut zu sehen bekam, wenn einer der verschwitzten Rancharbeiter sein Hemd auszog. Wo man über die Sache in Europa nur verwackelte Bilder auf einem alten Fernseher sah und die Menschen auch dann noch gelassen blieben, wenn Worte wie Atombomben und Weltkrieg fielen.

»Fertig«, verkündete Jones und rüttelte testweise am neuen Pfosten. »Wozu habe ich dich eigentlich mitgebracht?«

»Damit du hier draußen nicht vereinsamst?«, mutmaßte Liam im Scherz.

Jones lachte und deutete dann den Grenzzaun entlang. »Wir fahren noch mal alles ab, um sicherzugehen, dass es nicht noch mehr zu reparieren gibt, und dann nichts wie heim! Deine Mum macht heute Spareribs, habe ich mir sagen lassen.« Er zog vielsagend die Brauen hoch und rieb sich die Hände.

Liam verdrehte die Augen, schnappte sich den Hammer und die übrigen Nägel und machte sich auf den Rückweg.

»Was denn?«, rief Jones ihm nach. »Sag bloß, du bist Vegetarier geworden. Wenn dir Rippchen nicht passen, kannst du heute Abend gerne mit den Rindern auf der Weide grasen.« Jones hatte ihn eingeholt und klopfte ihm auf die Schulter. »Mhhhh, lecker Buschgras!«

Liam lachte abfällig und stieß Jones von sich. »Schlaf du doch bei den Kühen. Oder noch besser, bei den Schweinen im Stall. Du stinkst jedenfalls genau wie eines!«

Am Fuß des Hügels angekommen, sprang Jones mit einem Satz in seinen Jeep. Liam warf das Werkzeug auf die Ladefläche und löste die Zügel seines Pferdes vom Wagen.

»Komm, spring rein!«, forderte Jones ihn auf. »Dein Gaul kann nebenherlaufen.«

»Vergiss es! Du stinkst nicht nur wie eine Sau, du fährst auch so. Ich will lebend zu Hause ankommen.«

»Wie du meinst«, sagte Jones schulterzuckend und ließ Liam Staub schlucken, als er den Wagen startete und das Gaspedal voll durchtrat.

Sein Pferd Whiskey schnaubte und tänzelte unruhig. Liam strich dem Rapphengst über die Nüstern und ließ die Zügel etwas lockerer.

»Schhhh«, flüsterte er.

Ein Lächeln stahl sich auf seine Lippen, als Whiskey zur Ruhe kam. Bei allem, was Liam am Leben auf Stone Creek hasste und am liebsten nie wiedergesehen hätte, gehörte sein Pferd zu den wenigen Dingen, die er vermisst hatte.

Er war von Beginn an von dem stürmischen Fohlen fasziniert gewesen, das zweifelsohne das Gemüt seiner wilden Eltern geerbt hatte. Damals war er selbst noch ein Kind gewesen, konnte erst seit Kurzem fest im Sattel sitzen und dennoch war es ihm gelungen, Whiskey unter der Anleitung seines Vaters einzureiten. Im Nachhinein waren sein Vater und er sich nie näher gewesen als in diesen wenigen Monaten.

»Dafür mischen wir Jones Pferdemist unter sein Barbecue, wie hört sich das für dich an?«

Whiskey hob den Kopf, als würde er Liams Plan zustimmen wollen.

»Abgemacht«, sagte Liam zufrieden. Er warf die Zügel über den Widerrist des Pferdes und schwang sich in den Sattel. Ein Schnalzen reichte aus und Whiskey galoppierte los.

Von einer Anhöhe aus konnte Liam Stone Creek gut überblicken. Schon seit Generationen war die Ranch im Besitz der Hylands. Das Haupthaus bot genug Platz für eine Großfamilie, wurde aber nur von seinen Eltern und ihm bewohnt, im Stall waren neben Whiskey vier weitere Pferde untergebracht und die Arbeiter lebten in einem der Nebengebäude. Wenn genug Geld da gewesen wäre, hätte man neben Jones, Browny und Rob noch ein halbes Dutzend weiterer Männer einstellen können. Platz genug gab es. Doch es fehlte an allem anderen.

Ein Investor hätte aus Stone Creek ein wunderbares Urlaubsresort machen können. Da seine Eltern aber nicht bereit waren zu verkaufen und in der Gegend eine Ranch nach der anderen dem Tourismus zum Opfer fiel, würde das Land, wenn Liam es irgendwann einmal erbte, keinen Pfifferling mehr wert sein. Vielleicht würde es bis dahin ja nicht einmal mehr Touristen geben, weil Europa dem Erdboden gleichgemacht worden war. Andererseits hatten zwei Weltkriege nicht dafür ausgereicht. Da musste sich schon eine höhere Macht einmischen, um dem nicht enden wollenden Fluss des Massentourismus einen Riegel vorzuschieben.

Der Duft nach Rippchen und Kartoffelsalat stieg ihm schon

am Tor in die Nase. Liam sprang aus dem Sattel, kaum dass er es passiert hatte. Seine Mutter war gerade dabei, den Tisch auf dem Hof zu decken, und sein Vater stand wie immer am Grill.

»Du kommst spät«, meinte seine Mum, ohne vom Tisch aufzusehen. Sie legte Messer und Gabel sorgsam auf die Stoffservietten neben den Tellern, obgleich sie für raue Feldarbeiter deckte und ihr Geschirr die besten Jahre bereits hinter sich hatte.

»Whiskey ist halt nicht mehr der Jüngste«, erwiderte Liam.

»Er ist im besten Alter«, widersprach seine Mum. »Geh dich waschen, du stinkst.«

Liam nickte kaum merklich und stapfte zum Haus. Weder seine Mutter noch sein Vater hatten ein Wort über seine Rückkehr verloren. Sie fragten nicht, was mit seinem Stipendium war und wie seine Zukunftspläne aussahen. Für sie war es selbstverständlich, dass die Flausen, die er sich in den Kopf gesetzt hatte, nun endlich ein Ende hatten, er zur Vernunft gekommen war und seine Rolle als Stammhalter der Familie einnahm. Sie gingen einfach davon aus, dass er Stone Creek eines Tages übernehmen und im Sinne seines Vaters weiterführen würde.

Dass Liam alles lieber täte als das, sprach er nicht offen aus. Denn dann hätte er auch sein Scheitern erklären müssen. Was solche Dinge anging, war wohl jedes Mitglied seiner Familie eher wortkarg. Sie taten, was getan werden musste, und meckerten nicht über das, was sich nicht ändern ließ.

»Erst das Pferd«, erinnerte Harry ihn. Er stand mit dem Rücken zu ihm am Grill und nahm die ersten Rippchen vom Feuer.

Liam seufzte, zog sich den Hut vom Kopf und strich sein Haar nach hinten.

»Probleme?«, fragte sein Vater.

»Nein«, knurrte er, setzte den Stetson wieder auf und ging zu Whiskey.

»Ich hätte dich schon nicht vergessen«, flüsterte er dem Hengst zu. »Ich lasse dich nur lieber gesattelt, damit wir hier schnell wegkommen, wenn es drauf ankommt.« Er grinste schief. »Nur du und ich und die Wildnis. Wie hört sich das an?«

Whiskey schnaubte und begann, an Liams Hutkrempe zu knabbern.

»Ich hab auch Hunger, Junge«, meinte Liam und führte das Pferd in den Stall.

Während des Abendessens unter freiem Himmel, beim Zirpen der Zikaden, wurde nicht viel gesprochen.

»Gibt's was Neues von Europa?«, fragte Liam, ohne aufzusehen.

»Nicht wirklich«, meinte seine Mum. »Vielleicht ist es schneller wieder vorbei, als man denkt.«

Sein Vater schnaufte verächtlich, sagte aber nichts dazu. »Reichst du mir die Kartoffeln, Ruby?«, bat er seine Frau und beendete das Thema damit.

Eilig schaufelten die Arbeiter ihr deftiges Mal in sich rein und spülten alles mit reichlich Bier runter. Es hatte sich wirklich nichts geändert. Alles war, als wäre Liam nie weg gewesen.

»Dein Teller?«, fragte seine Mum.

Liam sah verwundert auf. Sie hatte bereits begonnen, den Tisch abzudecken. Jones und Rob leerten noch ihre Bierflaschen, während Browny bereits aufgestanden war.

»Mal wieder köstlich, Mrs Hyland«, brummte er in seinen Bart. Er setzte seinen Stetson auf, griff sich an die Krempe und nickte seiner Mum anerkennend zu.

»Ich kümmere mich um die Ställe«, verkündete Jones und warf seine Serviette auf den Tisch.

Auch das unterschied Liams Leben in Sydney von dem im Outback. Für die Arbeiter auf der Ranch endete der Arbeitstag nicht nach dem Abendessen. Eigentlich endete er nie, wurde nur von schnellen Mahlzeiten und wenigen Stunden Schlaf unterbrochen und es war einem nicht einmal ein ruhiges Wochenende vergönnt.

Er reichte seiner Mum den Teller und leerte sein Wasserglas.

»Hast du das Tor zur Viehweide geschlossen?«, fragte sein Vater. Er nahm den letzten Bissen von seinem Teller und reichte ihn dann mit einem Lächeln an seine Frau weiter.

»Klar«, antwortete Liam mit einem unterschwelligen Vorwurf in der Stimme. Hielt Harry ihn denn für einen totalen Trottel? Er tat gerade so, als hätte sein Sohn nicht bis zu seinem vierzehnten Lebensjahr auf der Farm gelebt und geschuftet. In seinen fast drei Jahren Abwesenheit konnte er nicht alles vergessen haben.

»Auch den zweiten Haken?«

Liam schluckte schwer, zwang sich aber zu einem selbstgefälligen Grinsen. »Was glaubst du, wen du vor dir hast? Ich bin hier aufgewachsen, schon vergessen? In drei Jahren vergisst man nicht alles.«

Sein Vater nickte anerkennend. »Du bist ein guter Junge«, brummte er und stand auf. Er öffnete noch einmal den Mund, tippte angespannt mit den Fingern auf den Tisch und wischte die unausgesprochenen Worte schließlich mit einem flüchtigen Lächeln weg. »Gut, dass du wieder da bist. Wir brauchen dich hier«, sagte er, ohne seinem Sohn dabei direkt in die Augen sehen zu können oder eine Reaktion zu erwarten. Er wandte sich zum Gehen und folgte seiner Frau zum Haupthaus.

Mehr Emotionen hatte Harry Hyland in den letzten zehn Jahren nicht zustande gebracht und würde Liam jetzt wahrscheinlich erst einmal aus dem Weg gehen, um nicht in die Verlegenheit zu kommen, das zu wiederholen.

Liam sah ihm nach und sprang auf, kaum dass sein Vater verschwunden war. Den verdammten zweiten Haken hatte er völlig vergessen! Er war wirklich der größte Trottel auf Erden. Er war kaum zwei Tage zurück auf Stone Creek und baute schon so einen Mist. Die Rinder könnten jetzt schon über alle Berge sein.

Er sah kurz zu den Stallungen und überlegte, ob er Jones Bescheid geben sollte, kam aber schnell von der Idee ab. Jones würde ihn deswegen nicht nur aufziehen, er würde es auch brühwarm seinen Eltern erzählen.

Nein, um die Rinder musste er sich selbst kümmern. Mit etwas Glück waren sie noch genau dort, wo sie hingehörten, und wenn nicht, würde er sie wieder zusammentreiben, wie er es früher oft getan und hoffentlich nicht verlernt hatte.

KAPITEL 15

LIAM

TAG 3: MO, 21:45 UHR, WESTLICH VON SYDNEY, AUSTRALIEN

Die Stone Creek Ranch war so weitläufig, dass es einen Tagesritt brauchte, um sie einmal zu umrunden. Im Vergleich zu den angrenzenden Ländereien war sie jedoch winzig. Zum Glück hatten die drei ausgebüxten Rinder nur wenige Stunden Vorsprung. Es wäre sogar nur eine gewesen, hätte Liam nicht so viel Zeit damit verloren, die Herde zu zählen.

Die Sonne war längst untergangen, doch bei vollem Mond und unter freiem Himmel war es so weitab der Lichter einer Großstadt auch am späten Abend noch hell genug, um die Suche fortzusetzen.

Trittsicher fand Whiskey seinen Weg über die sanften Hügel und durch buschiges Ödland.

Es war still und friedlich. Liam konnte nicht leugnen, dass er es genoss, dieses ungezähmte Land im Sattel seines Pferdes zu durchstreifen.

Auf dem Kamm der nächsten Anhöhe angelangt, entdeckte Liam die Ausreißer. Als wäre die Weide des Nachbarlandes saftiger, grasten sie seelenruhig am Fuße des Abhangs, vor dem Whiskey zum Stehen gekommen war.

»Dann wollen wir mal«, brummte Liam und suchte eine geeignete Stelle für den Abstieg.

Gerade wollte er sein Pferd antreiben, als ein Raunen am Himmel seine Aufmerksamkeit auf sich zog. Ein Gewitter fehlte ihm jetzt gerade noch.

Er blickte zum Horizont, wo mehrere Sternschnuppen das tiefe Schwarz des nächtlichen Himmels durchpflügten. Von Gewitterwolken gab es keine Spur. Doch Whiskey tänzelte angespannt, was kein gutes Zeichen war.

»Ganz ruhig, mein Guter«, murmelte Liam. »Da fallen nur ein paar Steinchen vom Himmel. Weiter nichts.«

Doch so sicher war er sich dabei nicht. Diese Dinger wurden größer, kamen direkt auf ihn zu und das Geräusch wurde lauter. Liam hatte Mühe, sein Pferd unter Kontrolle zu halten.

»Schhhh!«, zischte er, beugte sich vor, um Whiskeys Hals zu tätscheln, da wuchs das Raunen zu einem Krach, als würde der Himmel in zwei Hälften geteilt werden. Es dröhnte in Liams Ohren und Hitze schlug ihm ins Gesicht, als er wieder aufsah.

Was auch immer gerade zur Erde fiel, glühte mit solch einer Intensität, dass es um ihn herum taghell wurde. Eine der Sternschnuppen raste über ihn hinweg und brachte Whiskey dazu, zu wiehern und zu bocken wie ein ungezähmtes Wildpferd.

»Woooow«, stieß Liam aus, stemmte sich in die Steigbügel und riss die Zügel um. Weitere Sternschnuppen pflügten dicht über seinen Kopf hinweg und machten es ihm beinahe unmöglich, den Hengst zu beruhigen. Doch erst, als mit einem markerschütternden Aufprall der erste Einschlag erfolgte, bäumte Whiskey sich auf und warf Liam aus dem Sattel.

Er stürzte zu Boden, etwas Hartes traf ihn schmerzhaft am Bein und er rollte den Hügel hinab. Verzweifelt versuchte er, seinen Fall zu bremsen, griff nach allem, was sich ihm anbot, überschlug sich aber immer schneller und zerschnitt sich am Gebüsch und den scharfkantigen Felsen die Handflächen.

Sein Schädel knallte gegen einen der Steine und das Bild vor seinen Augen verschwamm.

Das Nächste, was Liam spürte, war etwas Weiches, Nasses in seinem Gesicht. Er stöhnte, blinzelte, sah aber nur verschwommene Farbtupfer.

»Was …«, murmelte er. Er schmeckte Blut und konnte kaum reden, so geschwollen war seine Lippe.

Warme, feuchte Luft wurde ihm ins Gesicht gepustet. Er blinzelte noch einmal und diesmal wurde das Bild klarer. Direkt über ihm baumelte Whiskeys großer Pferdekopf. Er knabberte an seinem Kragen und leckte ihm mit seiner riesigen Zunge quer übers Gesicht.

»Ja danke«, stöhnte Liam und schob Whiskeys Kopf weg. »Genug Pferdeküsse für heute.«

Schwerfällig richtete er seinen Oberkörper auf. Jeder Knochen im Leib tat ihm weh. Er fasste sich an den Unterkiefer und bewegte ihn vorsichtig in alle Richtungen. Gebrochen war er nicht, nur angeschwollen und sein Kinn aufgeschürft.

»Was, meinst du, war das?«, fragte er und sah hinauf zum Sternenhimmel. Von den Feuerkugeln war nichts mehr zu sehen. Falls auch die übrigen eingeschlagen waren, hatte er es nicht mitbekommen. »Ist da ein Satellit auf uns runtergekracht oder müssen wir mit einer Alieninvasion rechnen?«

Liam kam sich vor wie in einem dieser Katastrophenfilme, in denen Dutzende Meteoriten die Erde zerstörten. Aber Steine waren da sicher nicht abgestürzt. Liam war nah genug dran gewesen, um zu sehen, dass die Dinger aus Metall bestanden. Andererseits, was wusste er schon? Konnte er den Unterschied zwischen glühenden Metallfragmenten und zerbröselndem Weltraumgestein überhaupt erkennen? Wohl kaum.

Was auch immer es gewesen war, es hatte ihn haarscharf verfehlt. Und mit etwas Glück hatte eines dieser Teile das Tor zur Weide erwischt, dann brauchte er niemandem das mit den ausgebrochenen Rindern erklären.

Bei diesem Gedanken kam ihm etwas ganz anderes in den Sinn. Was, wenn es Stone Creek erwischt hatte? Er musste sofort zurück!

Er sprang auf, schrie und sackte wieder zu Boden. Ein unerträglicher Schmerz war ihm durch den Fuß bis hinauf zur Hüfte geschossen und pochte nun heftig in seinem Knöchel. Sein Atem ging stoßartig. Er krümmte sich, griff sich ans Bein, versuchte, durch den Schmerz durchzuatmen und dagegen anzukämpfen, wie ein Kleinkind zu heulen.

Es dauerte eine gefühlte Ewigkeit, bis er sich beruhigt hatte. Noch immer schwer atmend, wischte er sich die Tränen aus den Augenwinkeln. Wenn Jones ihn so gesehen hätte, würde er sich vor Lachen den Bauch halten.

Er biss die Zähne zusammen, tastete seinen Knöchel ab, gab aber sofort auf, als er vorsichtig versuchte, den Stiefel auszuziehen und ihm der Schmerz erneut das Bein hochschoss.

»Ich glaube, ich bleibe einfach hier liegen und krepiere«, meinte er und sank zurück ins Gras. »Alles ist besser, als damit zu laufen.«

Der Gedanke an seine Eltern, Jones und die anderen ließ ihn allerdings nicht in Ruhe. Wie wahrscheinlich war es, dass diese Dinger ausgerechnet auf die Ranch gestürzt waren?

Egal. Er musste zurück. Und zwar so schnell wie möglich.

In Reichweite fand er einen Stock, mit dessen Hilfe er auf die Beine kam. Wie er es in den Sattel schaffen sollte, wusste er zwar noch nicht, aber das würde er schon herausfinden.

Er humpelte zu Whiskey, ließ den Stock fallen und klammerte

sich mit beiden Händen an das Pferd. Der Hengst schnaubte und machte Anstalten, ihm auszuweichen. Als Gehhilfe missbraucht zu werden, gefiel ihm gar nicht.

»Ganz ruhig«, flüsterte Liam und biss die Zähne zusammen.

Er griff an den Sattelknauf und wollte sich gerade hochziehen, als er in der Ferne eine Gestalt erkannte. Da war ein Mann, der sich auf ihn zubewegte.

Erleichtert atmete Liam auf. Wahrscheinlich war es Jones oder sein Vater. Er war schon eine ganze Weile weg. Sicher suchten sie nach ihm.

»Hier bin ich!«, rief er und winkte, bekam aber keine Antwort. Entweder war es ein Fremder oder Harry, der es nicht für nötig hielt, ihm zu antworten. In beiden Fällen würde er endlich Hilfe bekommen.

Liam kniff die Augen zusammen, um mehr erkennen zu können. Es dauerte nicht lange, bis ihm klar wurde, dass es nicht sein Vater war. Der Mann war kleiner und kräftiger. Irgendwie kam Liam das alles gruselig vor.

Auch Whiskey war die Situation nicht geheuer. Seine Ohren zuckten und er riss unruhig den Kopf hoch.

»Hallo?«, rief Liam.

Der Fremde schwieg noch immer, kam zielsicher näher und plötzlich machte Whiskey einen Satz zur Seite, sodass Liam beinahe gefallen wäre und mit einem Mal nichts mehr zwischen ihm und dem Fremden stand.

Es war nicht irgendein Mann. Es war ein Aborigine. Seine dunkle, sonnengegerbte Haut war mit weißer Farbe bemalt, um seine Stirn trug er ein rotes Band und an seinem Leib nichts weiter als einen Lendenschurz. Er sah aus wie geradewegs aus der Vergangenheit ins 21. Jahrhundert gelangt. Beinahe geisterhaft. Aber auch wirklich nur beinahe, denn was er in der Hand trug, war eine abgesägte Schrotflinte. Kaum dass Liam die Waffe bemerkt hatte, hob der Ureinwohner sie an und zielte auf ihn.

Liam riss die Augen auf. Er konnte sich kaum auf den Beinen halten, geschweige denn fliehen.

»Du hast hier nichts verloren!«, knurrte der Mann.

Vorsichtig hob Liam die Arme an, schwankte dabei stark und befürchtete, eine Salve Schrot in den Bauch zu bekommen, wenn er jetzt stürzen und sich dadurch zu hektisch bewegen würde.

»Ist das dein Land?«, fragte er mit rauer Stimme. Er hatte keine Ahnung gehabt, dass es so nahe von Stone Creek noch Aborigines gab. Er war sich sogar ziemlich sicher, dass er sich auf dem Farmland der Taylors befand und dies hier keine Kultstätte der Aborigines war, die er mit seiner Anwesenheit entweiht haben könnte.

Der Blick des Fremden verengte sich, Liam reagierte sofort und warf sich zur Seite. Ein Knall durchzuckte die Luft, Geäst und Steine, genau dort, wo Liam eben gestanden hatte, zerstoben in tausend Stücke und flogen ihm um die Ohren. Whiskey bäumte sich auf und stürmte davon.

Das war ein gottverdammter Albtraum. Erst die Abstürze, dann ein wild gewordener Schamane mit geladener Waffe. Das konnte doch nicht wahr sein!

Ungeachtet der höllischen Schmerzen, sprang Liam auf und schleppte sich davon. Egal wohin, Hauptsache weg von dem irren Alten.

Ein weiterer Schuss hallte durch die Dunkelheit. Liam warf sich hinter einen Fels und hielt die Luft an. Sein Puls raste und der Schmerz in seinem Fußgelenk war so unerträglich geworden, dass alles in ihm darauf drängte zu schreien.

Was war bloß in diesen Mann gefahren? Was hatte er für ein

Problem mit Liam und in welcher Zeit lebte er denn bitte, wo man auf Fremde schoss, ohne nachzufragen?

Vorsichtig schielte Liam um die Ecke. Es war zu dunkel, um etwas zu erkennen, und sein schmerzender Knöchel hinderte ihn daran, einfach loszulaufen.

Ein Knacksen, direkt hinter ihm, ließ Liam aufhorchen. Er wirbelte herum und blickte in den Lauf der Waffe.

»Ich weiß, wer du bist«, verkündete der Mann.

Liam hob die Hände, jeder Muskel in seinem Körper war zum Zerreißen gespannt und die Todesangst nahm ihm die Luft zum Atmen.

»Ach ja?«, fragte er und bereute es sofort. Statt blöd zu fragen, hätte er ihm sagen sollen, wer er wirklich war. Nämlich ein Rancher, ein harmloser siebzehnjähriger Junge, der seine verflixten Rindviecher gesucht hatte. Er hätte ihm seinen Nachnamen sagen sollen oder den seiner Ranch, den jeder Ansässige der Gegend kannte. Aber nun war seine Kehle wie ausgetrocknet und er brachte keinen Ton mehr hervor.

»Du bist einer von denen. Du willst uns unsere Welt nehmen. Aber das lasse ich nicht zu!«

»Unsere was?«, stieß Liam ungläubig aus.

»Tu nicht so!«, knurrte der Mann und drückte ihm den Lauf seiner Flinte ans Kinn.

»Schon gut!«, versuchte Liam, ihn zu beschwichtigen. »Ich schwöre, ich will niemandem was wegnehmen!«

»Deine Aura verrät dich. Du dachtest, du würdest unbemerkt bleiben, aber ich habe dich erkannt und ich werde den anderen deiner Art eine eindeutige Botschaft schicken!«

Er machte sich bereit abzudrücken.

»Warte!«, schrie Liam und versuchte, den Lauf von sich zu schlagen, doch da fiel bereits der Schuss.

KAPITEL 16

ADDY

TAG 3: MO, 08:45 UHR, ORSETT, ENGLAND

Erst die aufgehende Sonne zeigte das ganze Ausmaß der Zerstörung Orsetts. Addy stolperte durch die Überreste der einst so beschaulichen Stadt. Das von Elekreen verbrannte Gebiet, rund um das Kraftwerksgelände, hatte sie weit hinter sich gelassen. Nun bestimmten gigantische Bäume die Umgebung. Sie hatten die Straßen erobert, mit ihren Wurzeln den Asphalt aufgesprengt, die Häuser zerstört und ihre Trümmer in dichte Baumkronen gehoben. Wo man Türen und Fenster sah, wirkten sie wie Pforten in eine fremde Welt, und wo die Gebäude noch halbwegs intakt schienen, erinnerten sie an bizarre Baumhäuser.

Vögel zwitscherten, als wäre dieser Morgen wie jeder andere, und der Duft nach taunassem Gras lag in der Luft.

Addy war wie betäubt. Tränen liefen ihr über die Wangen, sie zog einen Fuß vor den anderen und fühlte sich, als wäre ihr das Innere aus dem Leib gerissen worden. Die Leere, die es zurückgelassen hatte, war unerträglich.

Sie wusste nicht, wo sie hinsollte, wo sie sicher war und wer ihr Glauben schenken würde. Also lief sie ziellos durch den über Nacht gewucherten Wald.

»Sie ist hier entlang!«, rief jemand.

Die Worte rissen Addy aus den Gedanken. Sie sah sich hastig

um und entdeckte ein paar Gestalten, nicht weit von ihr entfernt.

In einer dichten Hecke fand sie ein gutes Versteck. Sie kauerte sich zusammen und zog die Beine an ihren Körper. Die Stille und Dunkelheit, die sie zwischen den Ästen umfingen, schufen der Leere in ihr Platz. Sie musste den Atem anhalten, um nicht zu schluchzen und sich damit zu verraten. Addy schlang die Arme um ihre Beine und vergrub ihr Gesicht zwischen den Knien.

Diese Männer hatten ihn getötet. Einfach so. Und als ob das nicht schon schrecklich genug wäre, lag ihr ganzes Leben in Trümmern, die Welt ging vor die Hunde, so viele Menschen hatten sterben müssen und das alles nur, weil Elekreen billigen Strom herstellen wollte. Dafür, dass Casimir gestorben war, würde irgendwo eine Lampe ein paar Stunden länger brennen. Wie kaltherzig konnte man sein, den Profit über das Leben einer ganzen Spezies zu stellen? Die Wut übermannte Addy schier und ließ die Verzweiflung etwas mehr in den Hintergrund rücken.

»Hey!«, sprach sie jemand an.

Addy zuckte zusammen, wirbelte herum und sah sich Dave gegenüber. So in Gedanken, wie sie gewesen war, hatte sie ihn nicht gehört. Er war auf ein Knie gegangen, hielt die Äste der Hecke beiseite und lächelte sie freundlich an. Addy fiel ihm blindlings um den Hals.

»Woah!«, stieß er aus und saß da wie ein Brett, während sie sich an ihn klammerte, als hinge ihr Leben davon ab. Und in dem Moment fühlte es sich auch so an.

Endlich ein vertrautes Gesicht. Endlich jemand, von dem ihr keine Gefahr drohte. Ihr war der Boden unter den Füßen weggerissen worden, sie war gestürzt, fiel, und Dave, so wenig sie ihn auch kannte, fing sie in diesem Moment auf.

»Alle suchen nach dir«, sagte er nach einer Weile.

Addy löste sich von ihm, wischte sich die Tränen aus dem Gesicht und atmete tief durch. Sie öffnete den Mund, um zu erklären, wo sie gewesen war, doch kein Ton kam ihr über die Lippen. Stattdessen überkamen sie die Tränen erneut, sie krümmte sich und schluchzte, schnappte nach Luft und konnte nicht aufhören zu weinen.

»Hey, Mann, alles gut. Jetzt hab ich dich ja gefunden«, sagte Dave unsicher. Mit einem weinenden Mädchen schien er überfordert zu sein. »Ich dachte mir schon, dass du dich hier rumtreibst. Irgendwo da drüben hat dein Haus gestanden, oder? Eine verdammte Scheiße ist das.«

Sie folgte seiner Geste und er streckte ihr die Hand entgegen, während Addy ihren Blick noch über die Gegend schweifen ließ. Der Zufall hatte sie hierhergeführt. Vielleicht auch der Instinkt. Nichts von dem, was sie sah, erinnerte sie mehr an die Straße, in der sie gelebt hatte.

Dave wartete geduldig, bis sie seine Hand annahm. Ein dankbares, wenn auch schmales Lächeln huschte ihr über die Lippen und sein fester Griff, als seine Finger sich um ihre schlossen, schenkte ihr ein klein wenig Zuversicht. Er half ihr auf die Beine und ihr Blick fiel auf Jared, der sich durch dichtes Gestrüpp kämpfte.

Er atmete erleichtert auf, als er sie sah, und rückte sich die Brille zurecht. »Wir haben sie gefunden!«, rief er und kurz darauf trat Sarah aus einem Gebüsch.

»Gott sei Dank!«, stieß sie aus, kam zu Addy gelaufen und packte sie bei den Schultern. »Wo zum Teufel bist du gewesen? Ich bin aufgewacht und du warst weg! Ich habe deine Mum belogen und ihr gesagt, du würdest dir nur die Beine vertreten, aber du warst weit und breit nicht zu finden.«

»Ich …«, begann sie, konnte Sarah aber nicht einmal in die Augen schauen. Ihr Vater war für Casimirs Tod verantwortlich, er trug Mitschuld an der Ermordung all der Meliad. Wie hätte Addy ihr das erklären können? Sie wusste nicht einmal, wo sie anfangen sollte.

»Ich habe mich verlaufen«, log sie und zwang sich zu einem Lächeln.

Sarah verdrehte die Augen und seufzte. »Deinetwegen musste ich mich mit diesen zwei Idioten abgeben«, flüsterte sie ihr ins Ohr.

»Du hast Glück, dass wir dich gefunden haben«, sagte Dave und klopfte ihr unsanft auf den Rücken.

Die vier verließen den Wald, der einen großen Teil Orsetts verschlungen hatte, und Addy zeigte sich ein Bild, das alles Vorangegangene in den Schatten stellte. Wo sie zuvor noch durch dichtes Gestrüpp gehetzt und vor Elekreen geflohen war, hatte sich die schwarz verkohlte Ebene rund um das Kraftwerk über die halbe Stadt ausgeweitet.

Alles, bis zu den Elekreen-Türmen hin, war zerstört – die Häuser, aber auch die Pflanzen. Asche lag wie schleichender Nebel über den Trümmern, von Gebäuden standen nur noch die Grundmauern, die Karosserien der Autos waren ausgebrannt und die in der Nacht noch übermächtigen Ranken zerbröselten bei bloßer Berührung unter Addys Fingern.

Überall sah man Männer in weißen Schutzanzügen mit Flammenwerfern oder Drucksprühgeräten auf dem Rücken und Gasmasken über Mund und Nase. Sie streiften durch die Ruinen und besprühten alles mit ihren Pestiziden, was noch am Leben war.

Addy lief bei dem Anblick ein Schauer über den Rücken. Die Natur wehrte sich gegen die Massenmorde, die die Menschen begingen, und das war die Reaktion? Feuer, Zerstörung und Gift. Es tat ihr körperlich weh, das zu sehen. Es nahm ihr die Luft zum Atmen, aber noch größer als die aufkommende Panik in ihrem Inneren war ihre Wut auf die Verbrecher, die das getan hatten. Am liebsten wäre sie zu diesen Männern gestürmt und hätte ihnen ihre Masken vom Gesicht gerissen. Aber sie konnte es sich nicht leisten, noch mehr Aufmerksamkeit zu erregen. Jederzeit könnte Bennet mit seinen Leuten auftauchen und sie unter einem Vorwand verschleppen, so wie er es mit Casimir getan hatte.

Ihr Herz klopfte schneller bei diesem Gedanken. War es wirklich eine gute Idee, ihr Versteck zu verlassen? Aber sie hatte ja keine andere Wahl gehabt. Sie konnte nicht auch noch vor ihren Freunden weglaufen, und wenn sie nicht wollte, dass Casimirs Tod völlig umsonst war, musste sie dafür sorgen, dass alle die Wahrheit erfuhren.

Dave ging voraus, erklomm geschickt einige Trümmer und die anderen folgten ihm. Nur im Norden standen die Häuser noch. Dorthin führte sie ihr Weg durch die Überreste der Innenstadt. Sie passierten einen Krater, wo die Tankstelle gelegen hatte, und kamen an den Ruinen des Rathausgebäudes vorbei. Wie schnell das alles doch geschehen war. Am Tag zuvor hatte Priester Blank noch auf den Stufen gestanden, über die sie nun liefen, und Hände geschüttelt und nun wusste Addy nicht einmal, ob er noch am Leben war.

Auch die kleine Grünanlage, die unter Casimirs Berührung zu einem Wunderland geworden war, lag schwarz verkohlt vor ihr. Von der Zukunft, die Terra Mater ihm gezeigt hatte, war nichts mehr geblieben.

Sie erreichten ein provisorisch errichtetes Lager aus aufgespannten Decken und Campingzelten. Es war zwischen den wenigen noch stehenden Häusern am Rand der Stadt aufgeschlagen worden. Hier und dort sah Addy Kletterpflanzen an den Fassaden, aber das meiste Grün war von den Menschen zerstört worden. Und sicher war es nur eine Frage der Zeit, bis Elekreen auch die letzten von ihnen abfackeln würde.

Die Überlebenden hatten zusammengetragen, was ihnen geblieben war, und das war kaum mehr als die Kleidung an ihrem Leib. Eine erdrückende Stille lag über allem und schlich sich schnell in Addys Gedanken.

»Ich bringe dich zu deiner Mum«, sagte Sarah.

Addy nickte. Die Worte waren ihr im Halse stecken geblieben. Nicht einmal umschauen konnte sie sich.

»Und wir gehen dann«, meinte Dave und deutete in eine unbestimmte Richtung. Jared stand mit in die Hosentaschen geschobenen Hände neben ihm und brummte etwas Unverständliches.

»Danke, dass ihr nach mir gesucht habt«, sagte Addy mit leiser Stimme.

»Nichts zu danken. Das war nach der Sache mit London doch selbstverständlich.«

»Komm jetzt«, forderte Sarah sie auf und führte Addy zu einem Viermannzelt. »Ich lasse dich und deine Mum erst mal allein. Du hast ihr bestimmt einiges zu erzählen.«

Addy griff nach der Plane, zögerte aber.

»Es tut mir leid«, sagte sie, ohne Sarah ansehen zu können. »Ich hätte mich nicht davonstehlen dürfen.« Doch was ihr in Wirklichkeit leidtat, war, dass sie Sarah nicht sagen konnte, wer ihr Vater war. Und noch mehr, dass sie es bald tun musste. Jeder musste erfahren, wer für die Katastrophe verantwortlich war. Auch wenn das für Addy bedeutete, ihre beste Freundin zu verlieren.

»Das nächste Mal, wenn du mitten in der Nacht, während

Monsterpflanzen die Stadt zerstören, das Weite suchst, sag mir einfach vorher Bescheid«, scherzte Sarah auf makabre Weise.

»Das mache ich.«

Sie schlüpfte ins Innere des Zeltes, wo ihre Mum die Augen aufriss, als sie Addy sah. Sie wirkte erschöpfter denn je, ihr Haar war zerzaust, ihre Kleidung verdreckt und Tränen sammelten sich in ihren Augen.

»Gott sei Dank!«, stieß sie aus und zog ihre Tochter an sich. »Hast du eine Ahnung, welche Sorgen ich mir gemacht habe? Ich bin so froh, dass es dir gut geht!«

Erleichterung legte sich über Addy. Sich endlich von ihrer Mum halten zu lassen, nahm ihr einen Teil ihrer Verzweiflung. Sie atmete tief ein und erwiderte die Umarmung. All ihre Ängste rückten für einen Augenblick in die Ferne.

Ihre Mum schob sie von sich, nahm Addys Gesicht in beide Hände und betrachtete sie eingehend. Tränen füllten ihre Augen.

»Es geht dir doch gut, oder?«, fragte sie eindringlich.

Addy nickte, während auch sie die Tränen überkamen.

»Wo hast du dich bloß rumgetrieben?«

Sie öffnete den Mund, spürte aber, wie sich erneut ein Kloß in ihrem Hals bildete. »Ich … Ich bin …«

»Trink erst einmal etwas«, forderte ihre Mum sie auf und reichte ihr mit zittrigen Händen eine Wasserflasche.

Addy ergriff sie, starrte aber nur benommen zu Boden und begann, am Etikett zu fummeln. Sie nahm ein paar Schluck, hauptsächlich, um Zeit zu schinden, und suchte unterdes nach Worten. Was sie erfahren hatte, war zu verrückt, als das man ihr glauben konnte. Wer aber, wenn nicht ihre Mum, würde es verstehen?

»Erzähl«, forderte sie Addy auf, griff nach ihrer Hand und drückte sie fest.

Addy atmete tief durch, und als sie den Mund öffnete, sprudelten die Worte nur so aus ihr heraus. Sie begann mit dem Einschlag der Bomben, erzählte, was bei ihrem Aufeinandertreffen mit Casimir wirklich geschehen war und wie sich ihr die Wahrheit über die Meliad, Terra Mater und die Machenschaften Elekreens offenbart hatte.

Ihre Mum lauschte aufmerksam. Sie unterbrach Addy nicht, ließ sie ausreden, doch nichts von alledem schien sie zu verwirren oder zu schockieren. Sie wirkte zwar betroffen, wurde aber weder wütend noch aufgewühlt. Warum, verstand Addy nicht. Je ruhiger ihre Mum war, desto unruhiger wurde sie selbst. Sie hatte mit einem Streit oder zumindest mit einer hitzigen Diskussion gerechnet, doch beides blieb ihr erspart.

»Du glaubst mir doch, oder?«

»Aber natürlich«, schwor ihre Mum. Sie lächelte und strich ihr das Haar aus dem Gesicht. »Du musst so schreckliche Angst gehabt haben.«

»Angst?! Mum, ich …« Die Worte blieben ihr im Halse stecken. Sie schluchzte, ihre Finger schraubten sich um die Flasche in ihrer Hand und zerknüllten sie zu einem Klumpen Plastik.

»Schon gut«, beruhigte ihre Mum sie, zog Addy an sich und drückte sie fest. Addy ließ ihren Tränen freien Lauf. »Es ist nicht deine Schuld. Nichts davon. Ich hätte einfach besser auf dich achten sollen. Ich hätte viel früher etwas merken müssen.«

Addy wollte ihr widersprechen, wollte ihr versichern, dass sie nichts hätte tun können, doch sie konnte nicht aufhören zu weinen.

Nach einer Weile schob ihre Mum sie behutsam von sich und strich ihr die Tränen aus dem Gesicht. »Du solltest jetzt schlafen, und wenn du wieder bei Kräften bist, wirst du feststellen, dass es dir schon viel besser geht.«

»Aber Mum!«, stieß Addy aus. Wie sollte sie jetzt schlafen können? Elekreen musste zur Rechenschaft gezogen werden. Die Anwohner mussten die Wahrheit erfahren! Die ganze Welt musste das, wo der Konzern doch überall sein falsches Spiel trieb. Für Schlaf war einfach keine Zeit!

»Ruh dich aus und wir reden später weiter.« Ihre Mum setzte ein gezwungenes Lächeln auf und streichelte ihr übers Haar.

»Wir müssen jetzt etwas tun«, beharrte Addy.

»Ich weiß«, flüsterte ihre Mum. »Aber erst einmal musst du dich beruhigen. Du musst etwas schlafen und dann sehen wir weiter, okay? Vertrau mir einfach.«

Verwirrt, aber vor allem todmüde, wie Addy war, sagte sie nichts weiter. Ihre Mum verdiente es, dass sie ihr vertraute. Und wahrscheinlich hatte sie auch recht. Addy brauchte etwas Schlaf, brauchte Zeit, um neue Kraft zu sammeln, ihre Gedanken zu ordnen und Bennet dann gegenüberzutreten. Sie legte den Kopf in den Schoß ihrer Mum und schloss die Augen.

»Mein armes Baby«, flüsterte ihre Mum. »Du musst ja völlig am Ende sein.«

Die Unruhe ließ von Addy ab und Müdigkeit legte sich wie eine Decke über sie. Sie war einfach zu erschöpft, um zu protestieren. Nur ein paar Stunden Schlaf, mehr brauchte sie nicht. Und dann würde sie dafür sorgen, dass alle ihr zuhörten. Es musste Beweise geben, die die Menschen überzeugen konnten, und sie würde sie finden. Koste es, was es wolle.

»Es müsste bald nachlassen«, hörte sie jemanden vor dem Zelt flüstern.

Addy schlug die Augen auf. Es kam ihr vor, als hätte sie sie gerade eben erst geschlossen, doch sie musste feststellen, dass ihr Kopf auf einem Kissen ruhte und ihre Mum nicht mehr da war. Wie lange hatte sie geschlafen? Ihre Glieder fühlten sich steif an und ihr Schädel dröhnte.

»Das muss eine heftige Droge gewesen sein, wie kam sie da bloß ran?«, fragte jemand.

»Das weiß niemand«, antwortete ihre Mum. »Es muss dieser Junge gewesen sein. Wie hieß er? Eric? Ich verstehe einfach nicht, wie es so weit kommen konnte. Es ging ihr besser. Wir hatten das alles längst hinter uns gelassen. Zumindest habe ich das geglaubt. Ich weiß gar nicht, wie ich wiedergutmachen kann, was sie im Kraftwerk an Schaden angerichtet hat.«

»Aber Helen, es ist doch nicht deine Schuld.«

Addy war sofort hellwach. Ihre Gedanken rasten. Drogen? Hatte ihre Mum ihr deswegen so geduldig zugehört? Weil sie glaubte, Addy hätte einen Rückfall und würde versuchen, ihre Ängste diesmal heimlich mit irgendwelchen illegalen Mitteln zu bekämpfen?

Sie konnte nicht glauben, dass ihre Mum so über sie dachte. Dass sie so wenig Vertrauen in ihre Tochter hatte. Sie war doch der einzige Mensch, dem Addy immer alles sagen konnte. Der einzige, der immer zu ihr gehalten hatte. Wie konnte ihre Mum auch nur in Betracht ziehen, Addy würde dieses Vertrauen derart missbrauchen und sie auf diese Weise hintergehen?

Die Verzweiflung schraubte sich ihr fest um die Brust und nahm ihr die Luft zum Atmen. Tausend Gedanken schossen ihr durch den Kopf.

Und mit einem Mal fiel es ihr wie Schuppen von den Augen. Bennet! Er war dafür verantwortlich. Er war ihr einen Schritt voraus gewesen, hatte herumerzählt, dass sie unter Wahnvorstellungen litt, und damit ihre Glaubwürdigkeit zerstört. Er hatte ihrer Mum eingeredet, dass sie Drogen nahm, und die hatte ihm das einfach so geglaubt.

Woher wusste Bennet überhaupt von ihrer Vorgeschichte? Natürlich! Seine Frau. Sie war im Schulrat und kannte daher sicher ihre Schulakte. Sie wusste, dass Addy wegen Angstzuständen in psychologischer Behandlung gewesen war und Medikamente genommen hatte. Und Bennet, dieses Schwein, setzte das jetzt gegen sie ein.

Ihre Hände ballten sich zu Fäusten. Casimir war tot und niemand würde ihren Schmerz verstehen können. Niemand würde ihr Glauben schenken. Sie hielten ihn für ein Hirngespinst, so wie alles, was sie ihrer Mum erzählt hatte. Sie glaubten, Addy wäre verrückt und würde sich das alles nur ausdenken.

»Addy?«, sprach ihre Mum sie an. Sie war in den Zelteingang getreten.

Addy riss den Kopf hoch. Wie aufgewühlt sie war, musste man ihr auf den ersten Blick ansehen können, denn ihre Mum legte die Stirn in Falten.

»Geht es dir besser?«, fragte sie.

In Addys Kopf herrschte Chaos. Sie konnte keinen klaren Gedanken fassen, wusste nicht, wie sie jetzt noch irgendjemanden von der Wahrheit überzeugen konnte, wenn nicht einmal ihre Mutter ihr glaubte.

»Du hast gesagt, ich soll dir vertrauen«, stieß sie bitter enttäuscht hervor.

Noch bevor ihre Mum antworten konnte, sprang Addy auf, stieß sie zur Seite und stürmte aus dem Zelt. Sie musste einfach nur weg, an die Luft, raus aus dem Gefängnis, das Bennet für sie geschaffen hatte.

»Addy, warte!«

Sie stürmte blindlings los und hatte ihre Mum bald abgehängt. Sie rannte durch das Lager, verfolgt von den Blicken, die man ihr nachwarf, und dem Getuschel der Leute. Bennet schien ganze Arbeit geleistet zu haben. Wie ein Lauffeuer mussten sich die Gerüchte über sie unter den Menschen verbreitet haben. Offenbar wusste jeder Bescheid, wusste von ihrer Vergangenheit und glaubte Bennets Lügen, die sich perfekt in dieses Bild fügten.

Sie blieb abrupt stehen, wusste nicht, wohin sie konnte, und raufte sich die Haare. Ihr Atem hetzte.

»Dass man die so rumlaufen lässt.«

Addy wirbelte herum, konnte die Stimme aber niemandem zuordnen. Verlor sie jetzt wirklich den Verstand? Tränen füllten ihre Augen und sorgten dafür, dass sie nur noch Farben und Umrisse erkennen konnte, während sie sich gehetzt umsah.

»Stimmt es, dass sie das Zeug von einem Mitschüler hatte?«, fragte jemand.

»Drogen hin oder her. Was die sich geleistet hat, geht gar nicht.«

Addy legte sich die Hände auf die Ohren. Sie konnte es nicht ertragen, die Menschen so reden zu hören. Egal, wie viele Beweise sie auch sammeln würde, niemand würde ihr zuhören. Alles, was sie hinter sich gelassen hatte, als sie von London weggezogen waren, stürzte mit einem Mal über ihr zusammen. Das durfte nicht geschehen! Sie musste doch die Wahrheit aufdecken.

Plötzlich packte sie jemand am Arm. Ihr erster Instinkt war es, sich loszureißen, doch dann erkannte sie Dave.

»Mann, du bist ja 'ne richtige Berühmtheit«, lachte er. »Als wir dich im Wald aufgespürt haben, hast du dir da was reingezogen?«

Entsetzt sah sie zu ihm auf, doch Dave schien das nicht aus der Fassung zu bringen.

»Komm mit, ich will dir was zeigen.« Er zog sie zwischen zwei Zelten hindurch, ging sicher, dass sie niemand beobachtete, und führte sie dann an den Rand des Lagers, zu einem der abgebrannten Gebäude.

Hinter einer Mauer warteten Jared und Patti auf sie. Patti zog an einer selbst gedrehten Zigarette, nickte ihr zu und reichte sie an Jared weiter. Erst als Addy näher kam, nahm sie den würzigen Geruch wahr, der ihr sofort klarmachte, was die beiden da rauchten.

»Falls ihr darauf hofft, dass ich euch Drogen verkaufe, muss ich euch enttäuschen«, sagte Addy mit rauer Stimme und tat einen Schritt rückwärts.

Ihr war richtig übel. Ihr Ruf war zerstört, ihre Glaubwürdigkeit in den Dreck gezogen und so schnell würde ihr niemand verzeihen, dass sie das Kraftwerk lahmgelegt hatte. Mit Sicherheit wussten auch Dave, Jared und Patti mittlerweile von ihrer Vergangenheit. Allein der Gedanke daran machte es ihr fast unmöglich, einem von ihnen in die Augen zu blicken.

»Für wie bescheuert hältst du uns?«, fragte Jared.

Addy sah verwirrt zu ihm auf.

»Du warst völlig klar, als ich dich gefunden habe«, sagte Dave. »Na ja, klar vielleicht nicht, aber auch nicht zugedröhnt.«

»Zumindest nicht mit dem üblichen Mist«, lachte Patti.

»Ich nehme keine Drogen«, beharrte Addy. Sie deutete in die Richtung, in der die Zelte lagen. »Was Bennet da behauptet, ist nicht wahr! Ich habe weder was von … von Eric bekommen noch von jemand anderem.«

Sie wollte sich nicht verteidigen müssen, aber was hatte sie schon für eine Wahl? Am liebsten wäre sie einfach wieder davongerannt, wie sie auch schon vor ihrer Mum geflüchtet war – und wie sie es in London getan hatte. Aber wo sollte sie denn hin? Was brachte es, immer wieder davonzulaufen? Am Ende holte sie ihre Vergangenheit doch ein.

»Ganz ruhig«, meinte Dave mit erhobenen Händen. »Wir glauben dir ja.«

Addy war sich nicht sicher, was sie davon halten sollte. So oft schon hatte ihr jemand geschworen, ihr zu glauben, und am Ende war das doch nur eine weitere Lüge gewesen. Und wenn sie ihr wirklich glaubten, würden sie das auch noch tun, wenn sie begann, von Meliad, Terra Mater und dem Untergang der Welt zu erzählen? Addy bezweifelte das.

Unsicher, was sie zu Dave sagen sollte, sah sie sich um und ihr Blick fiel auf etwas Metallisches, das unter einem Haufen Schutt in der Mitte des zerstörten Gebäudes hervorblitzte.

»Wolltest du mir das zeigen?«

Dave nickte.

Sie näherte sich dem Haufen, schob ein Brett beiseite und ein schwarzer Jeep Wrangler mit offenem Verdeck kam darunter zum Vorschein. »Fährt der noch?«

»Ja, aber behalt das für dich«, bat Dave.

»Ihr wollt abhauen?« Sie wandte sich den dreien zu. Eigentlich wusste Addy nicht viel über sie. Nur dass Dave in der Schule ziemlich beliebt war und damit in einer ganz anderen Liga spielte als sie. Sein Vater war fast das ganze Jahr über im Ausland unterwegs, er hatte das Haus für sich allein und schmiss fast jedes Wochenende eine Party, zu der sie nicht eingeladen wurde. Patti war Waise und tanzte ihren Adoptiveltern gerne auf der Nase rum. Vermissen würde sie die beiden wohl nicht. Und Jared? Von ihm wusste sie eigentlich gar nichts. Außer, dass er von ihnen die meisten Angst gehabt hatte, als sie nach London unterwegs gewesen waren. Davon merkte man ihm jetzt nichts mehr an, was wahrscheinlich an dem Gras lag, das er rauchte. Ihr Blick fiel auf den Joint, woraufhin Jared ihn ihr anbot. Sie schüttelte den Kopf.

»Hilft auch bei Angstzuständen«, meinte er vielsagend.

»Die habe ich aber nicht«, sagte sie mit Nachdruck.

»Es ist aber wahr, oder?«, fragte Dave. »Das, was sich hier alle erzählen. Dass du bei einem Psycho-Doc warst und deswegen aus London weg bist.«

Addy erwiderte nichts darauf.

»Keiner von uns verurteilt dich deswegen«, versprach Jared.

»Wir haben doch alle unsere Probleme«, fügte Patti hinzu.

»Wenn du reden willst …?«, bot Dave an.

Ihr Blick wanderte zu den Pflanzen, die wild über die Trümmer der zerstörten Stadt gewuchert waren. So lange hatte sie versucht, für sich zu behalten, was in London geschehen war. Und nun waren es ausgerechnet diese drei, denen sie sich anvertrauen sollte? Nicht einmal Sarah hatte sie etwas darüber erzählt.

»Du musst nicht«, meinte Jared.

Addy öffnete den Mund, brauchte aber noch einen Moment, ehe sie etwas sagen konnte. »Es gibt nicht viel zu erzählen«, meinte sie, ohne einen der drei anschauen zu können.

»Ich dachte immer, ich wäre ganz normal. So wie alle anderen eben. Jeden Tag nach der Schule bin ich in den Park gegangen. Bei Wind und Wetter. Keine Ahnung, warum, ich habe es einfach geliebt. Und dann haben sie ihn abgeholzt. Sie haben die Bäume gefällt, die Büsche rausgerissen. Alles war weg und es tat so unheimlich weh. Es war … es tat einfach weh.« Sie schwieg für einen Moment. Ihr war, als würde sie diesen Schmerz auch jetzt noch spüren können. Sie versuchte, durch ihn hindurchzuatmen, um nicht vor den dreien in Tränen auszubrechen. Nicht wegen ein paar Bäumen. Das hatte damals schon niemand verstanden und sie bezweifelte, dass es heute jemand verstehen würde.

Leise und mit gesenktem Blick fuhr sie fort. »Ich bin dann einfach zusammengebrochen. Ich weiß auch nicht, wieso. Mir war klar, dass das verrückt war. Ändern konnte ich es trotzdem nicht. Ich fühlte mich plötzlich so verloren. Alles war sinnlos geworden, die Stadt wirkte mit einem Mal so unheimlich laut und voll. Ich konnte nicht mehr atmen, meine Gedanken nicht mehr hören. Alles machte mir Angst und ich zog mich immer mehr zurück. Meine Mum schickte mich dann zum Psychologen, während ihr Freund das nicht verstehen konnte. Niemand konnte das. Es ging ja schließlich nur um einen Park. Davon gab es noch genug andere in der Gegend. Er hat sich am Ende von ihr getrennt. Meinetwegen. Meine Mitschüler bekamen mit, was passiert war, und machten sich über mich lustig, meine Lehrer ignorierten das einfach. Am Ende sind wir dann hierhergezogen und ich konnte alles hinter mir lassen. Ich musste keine Medikamente mehr nehmen, hatte keine Angst mehr. Das alles ist vorbei und ich habe keinen Grund, irgendwelche Drogen zu nehmen. Das, was Bennet da anscheinend behauptet hat, ist eine Lüge.«

»Natur hast du jetzt ja genug um dich herum«, meinte Patti in ironischem Ton.

»Haha«, sagte Jared trocken.

»Es geht hier alle einen Scheißdreck an, was in deiner Vergangenheit passiert ist«, meinte Dave. »Du hast den Mist hinter dir gelassen und das sollten sie akzeptieren.«

»Voll assi, so was rumzuerzählen«, brummte Patti. »Was denkt sich dieser Drecksack überhaupt? Und woher weiß er davon?«

»Woher wohl? Von seiner Frau natürlich«, meinte Dave und rollte mit den Augen.

»Aus der Schulakte?«, fragte Patti. »Wenn die wüssten, was da bei mir drinsteht. Da ist Addys Kram ein Witz dagegen. Ich bin echt froh, dass wir hier bald weg sind. Auf die ganze Scheiße habe ich keinen Bock mehr. Dieses bescheuerte Heile-Welt-Getue, während alles in die Brüche geht, ist so heuchlerisch.«

Addy musste unwillkürlich schmunzeln. Es war unheimlich erleichternd zu hören, dass sie nicht die Einzige war, die so dachte. Und keiner von ihnen schien zu glauben, was Bennet an Gerüchten über sie verbreitet hatte.

»Wir haben noch einen Platz frei, wenn du auch auf die Scheiße hier keinen Bock mehr hast«, sagte Jared. »Dave hat Verwandte in Birmingham.«

»Und ihr wollt mich mitnehmen?«, fragte sie ungläubig.

»Klar«, meinte Patti grinsend. »Jetzt, wo wir wissen, dass du genauso einen Dachschaden hast wie wir.«

»Das schulden wir dir, nach der Sache mit London«, sagte Dave. »Wir haben dich zurückgelassen, um unsere eigene Haut zu retten.«

»Und da wussten wir noch nicht mal, wie mies es war, dich überhaupt dorthin zu schleifen, bei allem, was du damals durchgemacht hast«, fügte Jared hinzu.

»Hätte ja auch keiner ahnen können«, murrte Patti.

»Es ist schon gut«, murmelte Addy. »Ihr musstet da weg. Es ging nicht anders.«

War sie denn nicht gerade in einer ähnlichen Lage? Hatte sie denn eine andere Wahl, als Orsett zu verlassen? Niemand würde ihr zuhören, aber die Wahrheit musste ans Licht kommen. Selbst wenn sie ihre Mum nicht verlassen wollte, in Orsett konnte sie nicht bleiben. Nicht mit dem Kraftwerk vor Augen und dem Wissen, was Elekreen mit den Meliad tat. Nicht nachdem Bennet dafür gesorgt hatte, dass niemand ihr glauben würde. Nicht einmal ihre eigene Mum.

In Birmingham stand ein weiteres Kraftwerk. Ob die Stadt

von Terra Mater schon dem Erdboden gleichgemacht worden war, so wie sie es mit halb Orsett getan hatte? Wenn nicht, war es nur eine Frage der Zeit und Dave, Jared und Patti wollten geradewegs darauf zufahren. Addy wollte sie warnen, aber sie bezweifelte, dass sie ihr glauben würden.

»Du kannst es dir ja überlegen«, meinte Jared. »Wir verziehen uns noch heute Abend.«

KAPITEL 17

AYUMI

TAG 3: MO, 06:45 UHR, TOKIO, JAPAN

Ayumi schlich auf Zehenspitzen aus ihrem Zimmer. Geräuschlos schloss sie die Schiebetür, wartete einen Moment, angelehnt an die Wand, und atmete dann erleichtert durch, als aus dem Schlafzimmer nebenan nichts zu hören war.

Es war eine Kunst, unbemerkt aus dieser Wohnung zu entkommen. Sie war kaum größer als ein Schuhkarton, mit Wänden, so dünn, dass sie ebenso aus Papier hätten sein können, und so hellhörig, dass Ayumi nicht einmal in Ruhe durch ein Manga blättern konnte, ohne dass man es im Nebenraum mitbekam.

An der Wohnungstür angelangt, schlüpfte sie in ihre Schuhe. Am Abend zuvor hatte Ayumi sie unachtsam in die Ecke gefeuert, um schnellstmöglich in ihrem Zimmer verschwinden zu können. Nun standen sie geputzt und poliert auf der Fußmatte.

Sie war froh, ihre Mutter vor der Schule nicht mehr sehen zu müssen. Eine Standpauke über Achtsamkeit und Ordnung wären ihr gewiss gewesen. Und obendrein würde sie sicher mindestens eine Woche lang die Schuhe ihrer Eltern putzen müssen.

Sie steckte sich einen Kopfhörerstöpsel ins Ohr und öffnete die Wohnungstür, als sich jemand in ihrem Rücken räusperte. Augenblicklich zuckte sie zusammen.

»Ohayō Ayu-Chan«, grüßte ihre Mutter sie betont freundlich.

Ayumis Gesichtszüge entglitten ihr. »Ohayō«, presste sie hervor und zog den Stöpsel wieder aus ihrem Ohr.

»Wo willst du denn so früh am Morgen hin?«, fragte ihr Vater mit gespieltem Desinteresse.

Ayumi wandte sich mit gesenktem Blick um. Ihre Finger waren fest um ihre Schultasche geschraubt, die sie wie ein Schutzschild vor sich hielt.

»Zum Unterricht?«, murmelte sie, ohne den Blick zu heben.

»War das eine Frage?«, hakte ihr Vater nach.

Er saß im Schneidersitz am Esstisch, nippte an seinem Kaffee und las über seine Brille hinweg die Nachrichten auf seinem Tablet.

Ayumis Eltern wussten sehr genau, wohin ihre Tochter fast zwei Stunden vor Schulbeginn unterwegs war, und sie würden es ihr verbieten. Aber das durften sie nicht! Sie durften ihr nicht nehmen, was ihr am allerwichtigsten war. Ayumis Gedanken überschlugen sich und sie suchte nach Worten. Sie war nie gut darin gewesen, für das einzustehen, was ihr am Herzen lag. Gerade deswegen hatte sie vorgehabt zu verschwinden, bevor ihre Eltern sie zur Rede stellen konnten.

»Ich wäre rechtzeitig zum Unterricht in der Schule gewesen!«, schwor sie und tat einen Schritt auf ihre Mutter zu. »Es ist genug Zeit und Geld habe ich auch gespart. Ihr versteht nicht, wie toll die neuen Stifte sind. Man kann die Farben mischen und Verläufe malen. Jeder Mangaka benutzt sie. Wenn ich nur die Grundfarben hätte, könnte ich … ich könnte …«

»Genug«, unterbrach ihr Vater sie und legte das Tablet beiseite. »Du hast jede Menge Stifte, Papier, Bücher und all das. Du brauchst nicht noch weitere Ablenkungen. Deine Mutter hat dir eine Bento Box zubereitet. Sie ist in aller Frühe aufgestanden und hat sich viel Mühe gegeben, damit du ein ausgewogenes Mittagessen hast. Willst du, dass wir schon wieder von deinem Rektor angerufen werden, weil du in der Mittagspause deine Mangabildchen gemalt hast, statt etwas Vernünftiges zu essen? Willst du, dass sie sich entschuldigen und schämen muss, weil deine Mitschüler ihren Eltern erzählen, wir wären zu arm, um dir dein Essen zu zahlen?«

»Nein, natürlich nicht«, erwiderte sie kleinlaut und sah wieder zu Boden. Sie spürte, wie ihr vor Scham die Hitze ins Gesicht stieg. Das Letzte, was sie wollte, war, ihre Eltern zu enttäuschen.

»Komm, setz dich zu uns«, forderte ihre Mutter sie auf. »Iss etwas.«

Widerwillig folgte Ayumi der Anweisung. Die Schultasche weiterhin fest an die Brust gepresst, setzte sie sich ihnen gegenüber und starrte auf die Tischplatte, während ihre Mutter ihr eine Schüssel Reis und ein Päckchen Furikake reichte.

Mit nur einem Ohr lauschte sie dem Tischgespräch und hörte in Gedanken, wie die wenigen freien Minuten, die ihr noch blieben, Sekunde für Sekunde verstrichen. Tick-tack, tick-tack, tick-tack. Bald wäre es Zeit, sich auf den Weg zur Schule zu machen, danach dann die Nachmittagskurse, dann Nachhilfe und anschließend Hausaufgaben, bis sie zu müde war, auch nur einen Strich zu zeichnen.

Die Helden in all den Geschichten, die sie kannte und so sehr liebte, hätten sich nicht so einfach in dieses Leben gefügt. Sie wären aufgestanden und hätten gegen ihre Eltern rebelliert. Aber deswegen waren sie ja auch Helden und Ayumi nur ein einfaches Mädchen mit schlechten Schulnoten und zu vielen Flausen im Kopf.

Ihre Eltern unterhielten sich über Ayumis schulische Leistungen und über die verschiedenen Möglichkeiten, etwas daran zu verbessern. Noch mehr Nachhilfe, Wochenendkurse, Feriencamps. Sie wollten ihr die Luft zum Atmen nehmen, jede Minute ihres Lebens verplanen, nur damit sie eines Tages einen staubigen Bürojob bei irgendeinem gesichtslosen Konzern bekam. Ayumi wusste, dass sie die Erwartungen ihrer Eltern niemals erfüllen konnte und ihre eigenen verraten musste, in dem Bestreben, es dennoch zu versuchen.

»Das verstehst du doch?«, fragte ihre Mutter nach einer Weile und legte ihr die Hand auf den Arm.

Ayumi sah auf. Sie hatte nicht mehr zugehört, sich nur den Reis in den Mund gestopft wie ein Hamster und darauf gehofft, schnell genug hier rauszukommen. Hastig nickte sie.

»Du bist ein braves Kind«, sagte ihr Vater anerkennend. »Und diese Stifte laufen dir ja auch nicht fort. Wir wollen dir das Zeichnen nicht verbieten. Aber wenn du dich zu sehr darauf versteifst, kommt die Wirklichkeit zu kurz.« Er nahm das Tablet in die Hand, wo noch die Schlagzeile über die Geschehnisse in Europa zu sehen war, und winkte damit bedeutungsvoll. »Gerade in der heutigen Zeit und bei dem, was in der Welt passiert, ist es wichtig, einen wertvollen Beitrag zur Gesellschaft zu leisten. Mathematik, Naturwissenschaften. Darauf solltest du dich konzentrieren. Nicht darauf, Mangaka zu werden. Damit verdient man kein Geld.«

Ayumi schluckte schwer. »Ich weiß. Es ist nur …«

»Ein Hobby«, ergänzte ihre Mutter. »Das wissen wir. Achte einfach darauf, dass es nicht überhandnimmt.«

Das war es nicht, was Ayumi hatte sagen wollen. Zeichnen war ihr Leben. Ihre Fantasien und Träume waren ihre Wirklichkeit. Nichts anderes konnte sie glücklich machen, nirgends sonst als in ihren Geschichten fühlte sie sich zu Hause. Aber ihre Eltern würden das nie verstehen und sie hatte nicht den Mut, ihnen zu widersprechen. Mehr noch, wollte sie ihre Eltern nicht enttäuschen. Also zwang sie sich zu einem Lächeln und schnappte sich ihre Bento Box.

»Arigatō, Okāsan«, bedankte sie sich mit einer Verbeugung bei ihrer Mutter und sprang auf. »Ich muss mich jetzt wirklich beeilen.«

Sie ließ die Pausenbox in ihrer Schultasche verschwinden und rannte zur Tür. Tränen sammelten sich bereits in ihren Augenwinkeln, sodass sie es nicht mehr wagte, ihre Eltern direkt anzusehen.

»Aber die Schule beginnt doch erst in einer Stunde!«, rief ihre Mutter ihr nach.

»Lerngruppe!«, antwortete sie.

»Lass sie gehen«, sagte ihr Vater.

»Sayōnaraaa!«, rief Ayumi, warf sich ihre Schultasche über die Schulter und verschwand durch die Haustür. Draußen angekommen, erlosch das aufgesetzte Lächeln in ihren Zügen, sie wischte sich die Tränen aus den Augenwinkeln und presste die Hand fest auf ihr wild pochendes Herz.

Sie brauchte diese Stifte. Unbedingt. Zur Not würde sie sie verstecken, wie so vieles andere, was ihre Eltern ihr verboten hatten. Sie würde nachts unter ihrer Bettdecke zeichnen und heimlich im Unterricht.

Ein Blick auf ihr Handy verriet ihr, dass sie sich beeilen musste, also rannte sie los.

Tokio war genauso vollgestopft, bunt und chaotisch wie Ayumis Gedanken. Gegensätze trafen aufeinander – Geschäftsmänner mit Headset standen neben Frauen im Kimono und überall dazwischen sah man Menschen, die in ihren Manga versunken waren. Egal, ob jung oder alt, traditionell gekleidet oder im westlichen Stil. Trotz oder gerade wegen all dem Getöse der Großstadt nahmen sie sich die Zeit, in die Welt der Fantasie abzutauchen. Und sei es auch nur für ein paar Minuten, auf dem Weg zur Arbeit oder zur Schule. Eines Tages, so hoffte Ayumi, würden einige von ihnen auch ihre Geschichten lesen und für ihre Bilder schwärmen.

Sie war nicht das einzige Schulmädchen, das so frühmorgens schon auf Tokios Straßen unterwegs war. Überall sah man sie in ihren Schuluniformen in Grüppchen beisammenstehen, kichern, lachen und Selfies schießen.

Geschickt huschte Ayumi zwischen ihnen hindurch und nahm eine Seitengasse, um schneller an die U-Bahn-Station zu gelangen. Von Weitem sah sie bereits die Beschilderung.

»Gomen'nasai«, murmelte sie entschuldigend, während sie sich durch eine Menschenmenge schlängelte, die sich wie eine Lawine über den Zebrastreifen wälzte.

Das letzte Stück zur U-Bahn rannte sie. Sie stürmte die Rolltreppe nach unten, hetzte an den Fahrkartenautomaten vorbei und sah gerade eben noch, wie ihr der Zug vor der Nase wegfuhr.

»Kuso!«, fluchte sie und erntete dafür einige böse Blicke.

Es war zu spät. Ihre Lehrer würden es melden, käme sie nicht rechtzeitig zum Unterricht, und nach der Schule musste sie zur Nachhilfe. Da blieb keine Zeit für den Schreibwarenladen.

Enttäuscht starrte sie auf die U-Bahn, die in grauen Farbtupfern an ihr vorbeischoss, und wieder sammelten sich Tränen in ihren Augenwinkeln. Sie hasste es, dass sie so eine Heulsuse war. Bei jeder Kleinigkeit hätte sie wimmern können wie ein Kleinkind. Doch das half alles nichts. Sie würde zum anderen Gleis gehen und die U-Bahn zu ihrer Schule nehmen müssen.

Gerade als sie sich zum Gehen wandte, stieß sie mit einem jungen Geschäftsmann zusammen.

»Gome…«, begann sie, eine Entschuldigung zu murmeln, sah auf und schaute direkt in golddurchzogene Augen.

Sie kannte diesen Mann, kannte sein Gesicht und diesen dämonisch wirkenden Goldschimmer in seinem Blick.

Ihr klappte die Kinnlade runter und die Worte blieben ihr im Halse stecken. Der Fremde beachtete sie nicht. Seine Miene war wie aus Stein gehauen und er schob sich an ihr vorbei, als hätte er den Zusammenstoß gar nicht bemerkt. Sein Geruch hing für einen Moment in der Luft und vernebelte Ayumis Sinne. Ein süßlicher Geruch nach Elektrizität. So, wie sie geglaubt hatte, ihn noch in ihrem Zimmer riechen zu können, Sekunden, nachdem sie aufgewacht war. Das konnte unmöglich wahr sein! Verlor sie den Verstand, dass ihr nun schon Dinge aus ihren Träumen in der Wirklichkeit begegneten?

Ayumi wirbelte herum und sah dem Mann nach. Ihre Fantasie spielte ihr da einen Streich. Anders konnte sie es sich nicht erklären.

Der Mann, in seinem hochgeschlossenen Anzug, wirkte beinahe so unscheinbar wie all die anderen namenlosen Geschäftsmänner, die sich zu dieser Zeit in den U-Bahn-Tunneln tummelten. Wenn sie nicht zusammengestoßen wären, hätte Ayumi ihn gar nicht bemerkt. Doch diese Augen vergaß man nicht. Sie waren ihr so häufig im Traum erschienen, dass sie …

Ayumi stockte. Eilig zog sie sich die Tasche von der Schulter, ging in die Hocke und kramte darin. Sie stellte ihr Schulmäppchen, die Bento Box und ein paar Bücher beiseite und zwischen ihren Heften kam eine vergilbte Mangazeichnung zum Vorschein. Das war er. Der Akuma. Das Monster aus ihren Träumen, mit Augen so leuchtend, als würden sich fremde Welten darin verbergen.

Sie stand auf und verglich den Mann darauf mit dem, der gerade dabei war, in der Masse zu verschwinden. Um ihn noch sehen zu können, musste sie auf Zehenspitzen gehen. Kurz bevor er zu weit von ihr entfernt war, sah er sich um, wandte dabei sein Gesicht in ihre Richtung und seine Augen schimmerten dämonisch. Ebenso unheimlich strahlend wie die auf ihrer Zeichnung.

Ayumi duckte sich und hoffte, dass er sie nicht bemerkt hatte.

Das konnte doch unmöglich gerade passieren. Sie bildete sich das ein und bewies damit, was ihre Eltern schon lange prophezeit hatten. Sie war so sehr mit ihren Fantasien beschäftigt, dass sie die Wirklichkeit nicht mehr von ihren Träumen unterscheiden konnte.

Sie wandte sich einem der Mülleimer zu, bereit, das zu tun, was ihre Eltern von ihr erwarten würden. Sie zerknüllte die Zeichnung und brachte es doch nicht fertig, sie wegzuwerfen. Seufzend stopfte sie das Bild zurück in ihre Tasche und sah sich noch einmal nach dem Mann um. Gerade fuhr eine U-Bahn ein und er verschwand mit dem Pulk anderer Menschen in einem der Waggons.

Ayumis ganzer Körper stand unter Anspannung. Alles in ihr drängte darauf, ihm zu folgen. Dabei wusste sie, was richtig war, wusste, was ihre Eltern und Lehrer ihr geraten hätten und wie dumm es gewesen wäre, ihren Hirngespinsten nachzujagen.

Sie sah sich schon vor der Klasse stehen und erklären, warum sie zu spät gekommen war. Ihre Mitschüler würden sie auslachen, wie sie es immer taten. Sie würden sie hänseln, an den Zöpfen ziehen und sie als Otaku beschimpfen. Weil sie ja genau das war – ein Geek, der nicht aufhören konnte, seinen Fantasien und Träumen nachzuhängen.

Andererseits käme sie höchstens ein paar Minuten zu spät,

wenn sie statt ihrem Zug denselben wie der Akuma nehmen und einfach ein Stück durch die Stadt laufen würde.

Sie raffte all ihren Mut zusammen, rannte zum Zug und quetschte sich in den überfüllten Waggon, in dem der Dämon mit den goldenen Augen verschwunden war.

Sitzplätze gab es keine mehr, überall starrten die Fahrgäste auf ihre Handys, waren vertieft in ihre Manga oder lauschten der Musik aus ihren Kopfhörern. Trotz der Enge und dem Gestank nach Schweiß und Parfüm taten sie so, als wären sie ganz allein auf der Welt.

Ayumi ging auf die Zehenspitzen, um einen Blick auf den Akuma erhaschen zu können. Es war seltsam, aber in dem Moment, als sie ihn sah, verschwanden all die schweren Gerüche um sie herum und sie roch nur noch den süßlichen Duft nach Elektrizität. Als wäre die Luft um sie herum statisch aufgeladen.

Er schien außer ihr der einzige Fahrgast zu sein, der sich nicht mit irgendetwas beschäftigte. Als würde er das erste Mal in seinem Leben U-Bahn fahren, ließ er seinen Blick über die Menge schweifen, sah sich interessiert, aber distanziert um und schließlich blieb sein Blick an Ayumi hängen.

Sie erstarrte. Er sah sie direkt an, seine Augen verengten sich und Neugier schlich sich in seine Züge.

Ayumi sah sofort zu Boden. Er hatte bemerkt, wie sie ihn beobachtete! Ein Dämon war auf sie aufmerksam geworden. Bei dem Gedanken machte ihr Herz einen Satz und zeitgleich ermahnte sie sich, nicht zu sehr den Bezug zur Realität zu verlieren. Für all das musste es eine Erklärung geben. Eine vernünftige Erklärung, die nichts mit Akumas, übernatürlichen Kräften und anderen Fantasiegebilden zu tun hatte. Dieser Typ sah vielleicht nur zufällig aus wie auf ihrem Bild und das goldene Leuchten seiner Augen rührte womöglich von Kontaktlinsen her.

Vorsichtig hob Ayumi noch einmal den Blick, sah zu dem Mann und erkannte … nichts. Er stand noch dort, wo er zuvor gestanden hatte, doch er schien nicht derselbe zu sein. Sein ganzes Wesen hatte sich von einem Moment auf den nächsten verändert. Seine Gesichtszüge waren völlig verändert, seine Augen waren dunkel wie die der meisten Japaner, sein Ausdruck verwirrt und nicht mehr abgeklärt. Er rieb sich die Stirn und sah aus, als wäre er aus einem Tagtraum erwacht und wüsste nicht, wo er gelandet war.

Hätte Ayumi ihn bei ihrer ersten Begegnung so gesehen, wäre sie niemals auf die Idee gekommen, ihn mit ihrer Zeichnung zu vergleichen. Sie verlor also doch den Verstand. Diese plötzliche Verwandlung ließ sich nicht mit Kontaktlinsen erklären. Alles, was sie dazu verleitet hatte, in diesen Zug zu steigen, ihre Eltern zu verraten und sich dem Gespött ihrer Mitschüler auszusetzen, entsprang ihrer Fantasie.

Innerlich sackte sie zusammen. Es dauerte eine Weile, bis ihr klar wurde, dass etwas nicht stimmte. Der Geruch. Er war noch immer da.

Ihr Herz machte einen Satz, sie sah sich um und plötzlich stand er direkt vor ihr, der Akuma. Es waren dieselben dämonisch leuchtenden Augen, die sie anstarrten, doch es war nicht der Mann von vorhin. Ihr gegenüber stand ein Mädchen in Schuluniform, ein paar Jahre jünger als sie. Sie fixierte Ayumi regelrecht und lähmte sie mit ihrem durchdringenden Blick.

»Du siehst mich«, stellte der Akuma fest.

KAPITEL 18

AYUMI

TAG 3: MO, 07:45 UHR, TOKIO, JAPAN

Die Stimme des Akuma war, wenn auch monoton und holprig, die des jungen Schulmädchens. In ihren Augen zuckten goldene Blitze und ihr Gesichtsausdruck erinnerte mehr an ein Tier als an einen Menschen.

Ayumi wollte etwas sagen, doch ein Kloß steckte ihr im Hals und kein Ton kam ihr über die Lippen.

Ein plötzlicher Ruck ließ sie zur Seite stolpern. Die Menschen schrien und wurden gegen die Wände geschleudert. Das Licht flackerte, die Bremsen quietschten unerträglich laut und schließlich kam die Bahn ruckelnd zum Stehen. Es wurde still.

Ayumis Atem ging stoßartig. Die Panik rauschte ihr in den Ohren und ihr ganzer Körper zitterte. Hier und dort waren ein paar der Deckenlampen ausgefallen, einige Menschen wimmerten, andere schimpften.

Ayumi sah zu dem dämonischen Mädchen, das sich verängstigt umschaute.

»Was ist passiert?«, fragte sie. Der goldene Glanz in ihren Augen war verschwunden, der kühle Ausdruck in ihrer Mimik der Angst gewichen.

»Ich weiß es nicht«, erwiderte Ayumi. »Vielleicht ein Erdbeben?«

»Wie komme ich hierher? Ich habe dort gesessen und …« Das

Mädchen deutete auf einen der Sitzplätze, auf dem nun ein anderer Passagier saß.

Der Geruch des Dämons war verschwunden. Er musste den Körper des Mädchens und diesen Zug verlassen haben. Hatte er vielleicht sogar das Beben ausgelöst? Wenn irgendjemand Ayumis Gedanken hätte lesen können, hätte man sie für verrückt erklärt. Erdbeben kamen in Tokio vor. Das hatte nichts mit übernatürlichen Kräften zu tun.

Als die Bahn wieder losfuhr, applaudierten einige Passagiere. Über die Lautsprecher erklang eine monotone Stimme, doch bei dem ganzen Lärm konnte Ayumi nicht verstehen, was sie sagte.

»Du solltest dich besser festhalten«, riet sie dem verwirrten Mädchen.

Kaum dass sie die Worte ausgesprochen hatte, bebte der Zug erneut. Diesmal so heftig, dass kaum einer auf den Füßen blieb. Wieder flackerte das Licht und plötzlich hatte Ayumi keinen Boden mehr unter sich. Für den Bruchteil einer Sekunde sah sie nur noch Arme, Beine und Gepäckstücke wie schwerelos um sich herumfliegen. Dann knallte sie mit dem Rücken gegen Glas, Dutzende kleine Splitter bohrten sich ihr ins Fleisch und der Schmerz raubte ihr die Sinne. Jemand schrie ganz in ihrer Nähe, doch bei all dem Krach, Gebrüll und der Panik konnte sie nicht unterscheiden, ob sie sich selbst oder jemand anderen hörte.

Es wurde dunkel, sie lag auf dem Boden und der Schmerz, der durch ihren ganzen Körper pulsierte, lähmte ihre Glieder. Ein weiterer Ruck und sie wurde zur Seite katapultiert.

Alles geschah in so kurzer Zeit, dass Ayumi nicht denken, sich nicht festhalten, nicht einmal ihr Gesicht schützen konnte. Wie eine Puppe wurde sie durch den Waggon geschleudert. Taschen und sogar Menschen flogen an ihr vorbei, als wären sie nur Spielzeug.

Obwohl alles unheimlich schnell ging, kam es Ayumi vor wie ein Film, der sich ganz langsam vor ihr abspielte. Ein weiteres Mal schlug sie hart auf, wurde unter eine Sitzreihe geschleudert und blieb dort liegen, während die anderen Passagiere wie vom Sturm getragenes Laub durch den Waggon wirbelten.

Ayumi starrte reglos geradeaus, lauschte auf das Rauschen in ihren Ohren und spürte, wie ihr Blut und Tränen über die Wangen liefen.

Irgendwann wurde es still um sie herum. Die U-Bahn bewegte sich nicht mehr, entferntes Knarzen und Ächzen war zu hören und nur noch eine klägliche Lampe flackerte in der Dunkelheit, erhellte den Waggon, dessen hinterer Teil zusammengedrückt und mit Trümmern des eingestürzten Tunnels gefüllt war. Auch vor den gesprungenen Fenstern waren nur noch Staub und Steine zu sehen.

Nach und nach kehrte das Gefühl in Ayumis Körper zurück, doch sie wagte es nicht, sich zu bewegen.

Vor ihr lag ein Berg aus Menschen. Keiner von ihnen regte sich mehr. Ihre Augen starrten ins Leere, ihre Körper waren unnatürlich verdreht und ganz unten, mit der Hand nach Ayumi ausgestreckt, sodass sie beinahe ihre Fingerspitzen berühren konnte, lag das junge Mädchen. Ihre Mimik war von Panik beherrscht, ihr Schädel zusammengedrückt wie eine verbeulte Dose. Sie starrte Ayumi an. Tot, mit hervorquellenden Augäpfeln und dunklen Blutstropfen über ihre makellos weiße Haut gesprenkelt.

Ayumi zitterte. Die Wirklichkeit überschwemmte sie mit solch einer Wucht, dass sie zu schreien begann. Tränen nahmen ihr die Sicht. Sie krümmte ihre Finger, der Schmerz schoss ihr bis in die Schultern und sie schrie lauter, schluchzte und rang nach tiefen Atemzügen.

Sie waren tot! Alle waren sie tot und Ayumi würde ihnen bald folgen. Panisch schnappte sie nach Luft, ihre Gedanken rasten. Die U-Bahn war entgleist, verschüttet unter Tonnen von Gestein und für Rettungskräfte unmöglich zu erreichen.

Ihre Eltern ahnten nicht einmal, dass Ayumi diese Linie genommen hatte. Es würde ihnen das Herz brechen zu erfahren, dass ihre Tochter unter den Leichen gefunden worden war – auf dem Weg, nicht zur Schule, wie sie es versprochen hatte, sondern in eine ganz andere Richtung.

Aus Ayumis Schreien waren tiefe, rasselnde Atemzüge geworden. Tränen liefen ihr übers Gesicht, tropften auf ihre Finger und sammelten sich in einer Pfütze um ihre auf den Boden gepresste Wange.

Sie durfte nicht aufgeben. Sie musste hier raus! Und das Erste, was sie dazu tun musste, war, sich zusammenzureißen.

Vorsichtig stützte sie sich auf den Handflächen ab und versuchte, unter den Sitzen herauszukriechen. Schmerz schoss ihr durch die Hüfte und ließ sie erneut aufschreien. Sie war eingeklemmt. Gefangen. Panik stieg in ihr auf und sie begann, hektisch nach Luft zu schnappen.

Es war dieser Akuma gewesen. Er hatte den Zug entgleisen lassen, weil Ayumi ihn erkannt hatte. Er alleine war schuld und sie wollte sich nicht ausmalen, was er noch anstellen würde, wenn er sich weiter frei unter den Menschen bewegte. Vielleicht würde er es als Nächstes auf ihre Eltern abgesehen haben und dann auf alle, denen Ayumi von ihm erzählt haben könnte – alle, die ihr lieb und teuer waren. So hätte es der Akuma in ihren Träumen getan und nichts anderes erwartete sie von seinem wahren Ich.

»Hilfe …!«, wimmerte eine Frau.

Ayumi war nicht die einzige Überlebende. Aber was, wenn der Akuma zurückkehren und sie alle töten würde?

Sie sah an ihrem Körper herunter. Einer der Sitze war verdreht und klemmte ihre Hüfte ein. Sie musste sich zur Seite drehen, um freizukommen, doch ihr Fuß war ebenfalls verkeilt und ließ das nicht zu. Panisch zerrte sie daran, kam so aber nicht weiter.

Sie musste sich beruhigen. Tief durchatmend, schloss sie die Augen und konzentrierte sich auf ihren Körper. Ganz vorsichtig drehte sie den Fuß, kam frei und konnte sich zur Seite lehnen, um unter den Sitzen hervorzukriechen. Glassplitter bohrten sich dabei in ihre Arme, doch sie spürte den Schmerz kaum.

Vorsichtig robbte sie ins Freie, stieß mit dem Rücken gegen etwas Weiches und plötzlich legte sich ein schwerer, lebloser Arm über ihre Schultern.

Ayumi schrie, dass ihr die Kehle brannte. Sie versuchte aufzuspringen, doch der Tote, gegen den sie gestoßen war, sackte noch weiter nach vorne in ihre Richtung.

Panisch schlug sie um sich, kam auf die Füße, stolperte rückwärts und landete auf einem Berg weiterer Toter. Sie krümmte sich zusammen, vergrub ihr Gesicht zwischen den Beinen und schloss die Augen, so fest sie konnte.

Es wurde wieder still. Nur ihr gehetzter Atem und das Zischen offener Stromleitungen drangen in die Dunkelheit ihres Geistes vor.

»Hilfe«, flüsterte wieder jemand.

Aus einer anderen Ecke des Waggons kam ein leises Stöhnen. Ayumi wagte es nicht, wieder aufzusehen. Sicher würde bald Rettung kommen und sie hier rausholen. Sie musste nur warten. Hier sitzen, ausharren und auf Rettung warten. Ruhig bleiben. Ruhig atmen, nicht in Panik geraten.

Doch was, wenn jemand dringend Hilfe brauchte? Wenn jemand verblutete, während sie nichts tat? Oder wenn der Akuma zurückkehrte und die Überlebenden tötete? In der Geschichte, die sie um den Akuma mit den goldenen Augen gesponnen hatte, konnte die Heldin den Dämon mit einem magischen Spruch aus dem Körper des besessenen Menschen vertreiben. Vielleicht funktionierte das auch in der Realität? Aber sie war keine Heldin. Sie hatte Angst und war wie gelähmt.

»Bist du verletzt?«, fragte jemand direkt vor ihr.

Ayumi schrak hoch, sah in das Gesicht eines Mannes und wollte von ihm wegrobben, doch der Leichenberg in ihrem Rücken ließ das nicht zu.

»Alles ist gut! Ich tue dir nichts«, versprach er mit erhobenen Händen. Der Mann sah ebenso mitgenommen aus, wie Ayumi sich fühlte. Sein Anzug war an mehreren Stellen zerrissen, tiefe Schnittwunden zogen sich über seinen linken Arm und an seiner Stirn klaffte eine Platzwunde. Er sah sich um und wandte sich dann wieder Ayumi zu. »Der Zug ist entgleist. Wahrscheinlich ein Erdbeben. Wir müssen jetzt Ruhe bewahren. Tut dir etwas weh?«

»Es war der Dämon«, brach es aus ihr hervor. »Er hat das getan!«

Der Mann legte die Stirn in Falten und sah Ayumi durchdringend an. »Hast du Kopfschmerzen? Ist dir übel? Du musst eine Gehirnerschütterung haben.«

Er hielt sie für verrückt. Natürlich tat er das. Was sie sagte, ergab keinen Sinn.

»Hör zu«, forderte er sie auf. »Bleib einfach genau hier sitzen. Rühr dich nicht von der Stelle. Ich muss nachsehen, ob jemand Hilfe braucht.«

Er stand auf und ließ sie allein zurück. Er hatte den Mut, der ihr fehlte. Die Panik lähmte Ayumi noch immer, und als der Fremde aus dem Lichtkegel der einzigen noch brennenden Deckenlampe verschwunden war, bekam sie es mit der Angst zu tun.

Sie sah sich um. Überall lagen Leichen. Es war nicht wie in Filmen, wo sich die Statisten übereinanderlegten, ihre Augen schlossen und sich tot stellten. Das um sie herum waren keine Menschen mehr. Nur noch zerfetzte, blutbesudelte Körper, mit herausquellenden Gedärmen und blank liegenden Knochen. Der Anblick war so schrecklich, dass er jedes Gefühl aus Ayumis Innerem trieb. Es war der Schock, der das verursachte. Das wusste sie. Er schützte sie davor, den Verstand zu verlieren, lähmte sie aber auch.

Sie atmete mehrmals tief durch und versuchte, Geist über Körper herrschen zu lassen.

Wackelig kam sie auf die Beine. Sie würde dem Mann ihre Hilfe anbieten. Irgendetwas musste sie schließlich tun und alles war besser, als hier alleine inmitten von Toten zu sitzen.

Vielleicht fände sie sogar noch das Erste-Hilfe-Set in ihrer Tasche, das sie vor einer Weile von ihrer Mutter bekommen hatte. Und ihr Handy! Warum hatte sie nicht früher daran gedacht? Gehetzt sah sie sich um.

Sie suchte den Waggon ab und bereute bald, sich genauer umgesehen zu haben. Ihr Magen verkrampfte sich bei dem Anblick all der Toten. Sie selbst hatte nur ein paar Prellungen, Schnitte und Schürfwunden abbekommen, wusste aber, dass der Schmerz erst kommen würde, wenn das Adrenalin nachließ.

Endlich entdeckte sie ihre Schultasche, halb verborgen unter weiteren Körpern. Zögerlich griff sie danach, bedacht darauf, den Arm des Mannes, der sie unter sich vergrub, nicht zu berühren. Sie zerrte daran, bekam sie frei und durchwühlte sie, als ein Schatten ihr das wenige Licht nahm, das sie noch hatte.

Ayumi sah auf und blickte in das Gesicht eines Mannes, der eben noch tot auf ihrer Tasche gelegen hatte. Seine Augen leuchteten golden. Dieser süßliche Duft stieg ihr in die Nase und sie sprang erschrocken auf.

Sie schrie, stolperte von dem Dämon weg, und als sie gegen eine verbogene Haltestange stieß, lag der Mann wieder leblos am Boden.

Ihr Atem ging stoßartig und ihr Blick wanderte hektisch durch das Wrack, um schließlich an dem Mann hängen zu bleiben, der ihr vorhin geholfen hatte. Er zog gerade eine junge Frau auf die Beine. Noch eine Überlebende zwischen all den Todesopfern.

Ayumi klammerte sich an ihre Tasche, als hinge ihr Leben davon ab, und ging auf den Mann zu. Der süßliche Duft war noch immer nicht verschwunden, aber wie hätte sie ihm erklären können, dass es diesen Dämon wirklich gab?

»Ich habe …«, begann sie mit sich überschlagender Stimme.

Der Mann und die junge Frau wandten sich ihr zu und der goldene Glanz in ihren Augen reflektierte das zuckende Licht der Notbeleuchtung.

Sie waren besessen. Sie waren es alle beide! Panisch strauchelte Ayumi rückwärts, sie wirbelte herum, stieß gegen den Toten, der sich erneut erhoben und ihr in den Weg gestellt hatte, und wich vor ihnen allen zurück.

Sie waren überall. Überall um sie herum!

Ayumi rannte los, stolperte durch den Wagen und ihr war, als würden sie die dämonischen Augen verfolgen. Egal, wo sie hinsah, konnte sie nur diesen goldenen Glanz sehen.

Die Akuma wollten sie töten. Da war sie sich ganz sicher. Sie würden sie töten, weil sie zu viel wusste, und es gab nichts, was sie ihnen entgegensetzen konnte.

Durch eine der aufgebogenen Türen gelang ihr die Flucht

aus der U-Bahn. Auf den Schienen angekommen, sah sie erst das ganze Ausmaß der Zerstörung. Kreuz und quer lagen die Waggons, der Tunnel war an einigen Stellen eingebrochen und Schutt und Erdmassen hatten große Teile der U-Bahn unter sich begraben.

In der Dunkelheit konnte sie Bewegungen ausmachen, doch der süßliche Duft der Akuma lag schwer in der Luft und ließ sie befürchten, dass es keine Überlebenden waren, die sie sah, sondern weitere dämonische Wesen.

Sie machte auf dem Absatz kehrt und rannte los – rannte blind in den U-Bahn-Tunnel hinein, in die Dunkelheit, wo der Hall ihrer Schritte alles war, was sie verfolgte.

KAPITEL 19

ADDY

TAG 3: MO, 18:00 UHR, ORSETT, ENGLAND

Addy war auf dem Rückweg zu ihrem Zelt. Die Arme hielt sie um ihren Körper geschlungen und den Blick gesenkt. Der Geruch nach Pestiziden und Asche lag in der Luft und erschwerte ihr das Atmen. Doch noch schwerer wog die erdrückende Stille um sie herum. Die Blicke der Menschen verfolgten sie und Addy mied es, einen von ihnen direkt anzusehen.

Sie hatte Stunden bei Dave und den anderen verbracht und genossen, dass es jemanden gab, der sie weder verurteilte und für verrückt hielt noch mit Mitgefühl überhäufte. Ihnen zu erzählen, was sie von Casimir wusste, hätte alles zerstört. Sie aber gehen lassen, in dem Wissen, was in Birmingham auf sie wartete, konnte sie auch nicht. Bevor die drei am Abend aufbrechen würden, musste Addy es ihnen sagen. Ob sie ihr glauben würden und danach weiterhin bereit wären, sie mitzunehmen, bezweifelte sie allerdings.

»Da ist die Kleine!«, rief jemand.

Addy beschleunigte ihre Schritte. Die Anwohner waren verzweifelt, frustriert, hatten alles verloren. Und sie suchten einen Schuldigen, der Addy nicht sein wollte.

Ein Mann stellte sich ihr in den Weg. »Wie fühlt es sich an, eine ganze Stadt auf dem Gewissen zu haben?«

»Lass sie«, bat eine Frau und versuchte, ihn wegzuziehen. Es war ihre Nachbarin, Ms Campbell, die um zehn Jahre gealtert schien, seit Addy sie das letzte Mal gesehen hatte. »Sie war nicht bei Sinnen.«

Addy versuchte, sich an dem Mann vorbeizuschieben. Einige Leute waren stehen geblieben und beobachteten die Szene.

Der Mann griff nach ihrem Arm und hielt sie auf. »Ach ja? Ist das so? Oder ist das eine Ausrede?«

»Ich habe keine Drogen genommen«, zischte Addy und riss sich los. Sie stolperte von ihm weg.

»Also hast du das Kraftwerk aus Spaß sabotiert?«, fragte jemand.

Addy wirbelte herum, wurde aber von dem Mann an der Schulter gepackt und wieder umgedreht, ehe sie erkennen konnte, wer das gesagt hatte.

»Ist dir klar, was du angerichtet hast?«, fragte er.

»Sie ist nur ein Kind«, erinnerte ihn Ms Campbell, versuchte, ihn wegzuziehen, wurde aber von einer anderen Frau beiseitegedrängt.

Fassungslos musste Addy feststellen, dass es sich dabei um Mrs Clark von gegenüber handelte. Die junge Frau hatte sie immer so freundlich gegrüßt, doch nun sah sie Addy mit hasserfülltem Blick an. Jedes gute Wort zwischen ihnen schien vergessen zu sein.

»Ich habe versucht, uns zu retten!«, erklärte Addy entschlossen. Sie wollte sich abermals von dem Mann befreien, kam diesmal aber nicht frei. »Ihr habt ja keine Ahnung, was Elekreen angerichtet hat. Ihnen verdanken wir es, dass die Natur uns vernichten will. Ihnen allein.«

»Red keinen Unsinn!«, schrie der Mann.

»Mrs Clark, bitte, glauben Sie mir«, flehte sie.

Jemand anderes packte sie am Ellbogen und zog sie von dem

Mann weg. Erst glaubte sie, man wolle ihr helfen, doch das Gesicht, in das sie blickte, als sie sich umdrehte, war von Wut gezeichnet. Es war das einer ihr fremden Frau, die sie schüttelte. »Hast du noch mehr von dem Zeug genommen?«, fragte sie. »Hast du es an unsere Kinder verkauft?«

»Ich bin nicht high!«, beharrte sie und riss sich los. »Wieso hört ihr mir nicht einfach zu? Es ist wahr, was ich sage!«

»Schluss jetzt!«, rief eine dunkle Stimme über den Tumult hinweg. Bennet schob die Frau beiseite und stellte sich schützend vor Addy. »Schuldzuweisungen bringen niemandem etwas. Addyson ist ein Opfer wie wir alle.«

»Von Ihnen brauche ich keine Hilfe!«, zischte Addy.

Bennet wandte sich ihr zu. Sein süffisantes Grinsen ließ Übelkeit in ihr aufsteigen. »Du gehst besser.«

»Sie sind ein Mörder!«, schrie Addy ihn an. Ihre Hände ballten sich zu Fäusten. »Und ich werde dafür sorgen, dass es alle erfahren.«

Sie tat einen Schritt auf ihn zu, doch ihre Mum schob sich zwischen sie und Bennet, packte sie an den Schultern und zerrte sie von ihm weg.

»Mörder!«, beharrte Addy wutentbrannt.

»Beruhige dich, Addy!«, bat ihre Mum.

Doch Addy wollte sich nicht beruhigen. Sie wollte nicht so tun, als wäre das, was sie innerlich zerriss, nie geschehen. Sie befreite sich von ihrer Mum und sah in die Gesichter der verzweifelten, gequälten Menschen. Menschen, die ihr niemals glauben würden.

Addy öffnete den Mund, doch kein Wort kam ihr über die Lippen. Nichts gab es, was sie tun oder sagen konnte. Geschickt hatte Bennet seine Lügen um eine Wahrheit gesponnen, die sie versucht hatte, geheim zu halten. Das waren die besten Lügen.

Die mit einem Funken Wahrheit darin. Seine Falle war zugeschnappt und es gab keinen Weg für sie hinaus.

Sie stolperte rückwärts, drehte auf dem Absatz um und rannte davon.

Addy konnte das Zelt einfach nicht verlassen. Eine weitere Konfrontation mit den Menschen dort draußen hätte sie nicht überstanden. Irgendwie hatte sie gehofft, ihre Mum würde kommen, sie trösten und ihr zuhören – ihr vielleicht sogar glauben. Aber sie kam nicht. Wahrscheinlich weil Bennet sie in Beschlag nahm und ihr seine Lügen einimpfte, so wie den anderen Leuten.

Ein Chemieunfall. Das war die Erklärung, an die die Menschen glauben wollten. Versehentlich waren genetisch veränderte Biobomben auf London abgefeuert worden. Wahrscheinlich eine Fehlfunktion in einem Militärlabor. Die Pflanzen waren mutiert und zerstörten die Umgebung um die verstrahlte Zone herum. Das konnte man glauben, das klang irgendwie logisch und niemand aus Orsett wäre schuld daran. Niemand musste sich Vorwürfe machen und ein schlechtes Gewissen haben. Im Gegensatz zu Addys Version der Geschichte.

Selbst wenn Addy noch mehr Zeit verstreichen lassen würde, um klarzumachen, dass sie nicht unter dem Einfluss von Drogen stand, würde man sie als Lügnerin hinstellen. Weil die Menschen nur glauben konnten, was sie glauben wollten.

Entschlossen griff sie nach Papier und Stift. Beides hatte sie von Patti bekommen, um sich verabschieden zu können, falls sie sich entschließen würde, mit ihnen nach Birmingham zu fahren. Dorthin, wo ein weiteres Kraftwerk der Elekreen Group stand.

Sie zögerte, doch sie wusste, dass ihr keine andere Wahl blieb. Dennoch fiel es ihr schwer, die richtigen Worte zu finden. Sie wollte diesen Abschied nicht klingen lassen, als ob ihre Mum Schuld daran trug. Und auch nicht nach einem Abschied für immer.

Tränen tropften auf das zerknitterte Papier und verwischten die Tinte der ersten geschriebenen Buchstaben. Addy schluchzte, krümmte sich, gewann aber bald die Selbstbeherrschung zurück. Sie tat das nicht nur für sich. Sondern auch für ihre Mum und für alle Menschen. Auch wenn die Schlacht in Orsett verloren schien und Addy keine andere Möglichkeit als den Rückzug sah, war sie nicht bereit aufzugeben. Sie lief nicht wieder weg. Diesmal nicht. Sie zog in den Krieg. In einen Krieg, den die Menschen mit ihren Verbrechen gegen die Natur begonnen hatten und schon lange führten, ohne es zu wissen.

Ein kräftiger Ruck am Lenkrad ließ Addy gegen die Tür knallen. Durch den Asphalt der Straße zogen sich tiefe Furchen, um die Dave herummanövrieren musste.

»Ich glaub's nicht, dass wir das wieder tun«, meinte Jared.

Diesmal saß er auf dem Beifahrersitz und Addy neben Patti auf der Rückbank. Sie hatte nichts mitgenommen, weil sie nur noch das besaß, was sie am Leib trug. Den anderen ging es da ähnlich. Ein paar Vorräte und Decken, mehr hatten sie nicht dabei.

»Diese verdammten Pflanzen haben mein Haus verschluckt«, sagte Dave gefasst. »Unglaublich ist, dass wir nicht schon früher hier weg sind.«

»Der Verwandte in Birmingham, ist das dein Vater?«, fragte Addy.

Dave warf einen flüchtigen Blick in den Rückspiegel. »Meine Tante. Mein Dad ist sonst wo. Ich glaube, nicht mal in England.«

Er sprach darüber, als würde es ihn nicht berühren, aber das nahm Addy ihm nicht ab. Sicher machte er sich große Sorgen und vielleicht erhoffte er sich, seine Tante würde wissen, wo sein Vater war.

»In Birmingham …«, begann Addy. Irgendwann musste sie den dreien schließlich sagen, was es mit Elekreen auf sich hatte. Sie wusste nur noch nicht, wie sie anfangen sollte.

»Vorsicht«, warnte Jared. »Die Straße hier ist ja ein einziges Schlagloch.«

Wieder musste Dave Hindernissen ausweichen, doch was Addys Aufmerksamkeit fesselte, waren nicht die Straßenschäden, sondern ihre Beleuchtung. Die Lampen brannten und Addy brauchte einen Moment, um zu begreifen, was das bedeutete.

»Stopp!«, rief sie, stand auf und wandte sich der Stadt zu.

»Setz dich wieder hin!«, forderte Dave sie auf und im selben Moment ruckelte der Jeep so stark, dass Addy beinahe von der Rückbank geflogen wäre und in die Knie ging.

»Was war das?«, fragte Patti erschrocken und klammerte sich an den Sitz.

»Scheiße!«, stieß Dave aus.

Auch Addy sah es. Ihr Herz pochte wie wild und in ihren Ohren rauschte es. Die Risse im Asphalt wurden breiter. Krachend und knacksend sprengten sie die Straße weiter auf, krochen in Wellen unter dem Auto hindurch und näherten sich der Stadt.

»Das Kraftwerk«, murmelte Addy fassungslos.

Sie hatten das Kraftwerk wieder in Gang gesetzt. Trotz aller Warnungen und obwohl Bennet wissen sollte, dass Terra Mater die Stadt vernichten würde, wenn sie weiter die Lebensenergie der Meliad anzapften.

Die Erde bebte, rumorte bedrohlich und plötzlich sackte ein großer Teil der Straße zur Seite weg.

»Fuck!«, schrie Dave und zerrte am Lenkrad.

Addy klammerte sich an die Rücklehne. »Wir müssen zurück! Dreh um, schnell!«

»Bist du irre?!«, schrie Jared.

»Meine Mum ist noch dort unten!«, entgegnete sie. »Wir müssen das Kraftwerk ausschalten, sonst sterben alle!«

»Das Kraftwerk?«, fragte Jared verständnislos.

»Wie stellst du dir das vor, verdammt?!«, rief Patti.

Addy handelte, ohne nachzudenken. Sie warf sich zwischen die Vordersitze und versuchte, ins Lenkrad zu greifen. Sie durften keine Zeit verlieren! Wenn das Beben erst einmal Orsett erreicht hatte, würde niemand überleben.

»Ist ja schon gut!«, schnauzte Dave sie an und wendete den Wagen.

Kaum dass sie umgedreht hatten, bebte die Erde erneut. Diesmal so heftig, dass die gesamte Straße vor ihnen zerbröselte wie trockenes Brot und den Hang hinabrutschte.

Die vier schrien, als sie mitgerissen wurden. Ein ganzes Stück schlitterten sie nach unten, dann blieben sie an einem Felsen hängen.

Sie hatten es überstanden, das Beben war unter ihnen hinweggerollt, doch Orsett stand das Schlimmste noch bevor. Addy sprang auf und musste hilflos mit ansehen, wie die tiefen Risse im Erdreich der abfallenden Straße Richtung Tal folgten, zu breiten Schluchten wurden und und alles in ihrem Weg verschlangen.

Addys Herz pochte ihr bis zum Halse. Jemand sagte etwas, aber sie hörte kaum zu. Sie wagte es nicht einmal zu denken, weil jeder klare Gedanke sie Rückschlüsse hätte ziehen lassen, die sie nicht ertragen konnte. Sie musste zu ihrer Mum. Sie musste zurück und sie retten!

Sie sprang aus dem Auto und rannte los, rutschte den Hügel hinab, stürzte, war aber sofort wieder auf den Beinen.

Dave rief ihr nach, doch darauf konnte sie jetzt nicht reagieren. Sie musste weiterrennen, auch wenn die Erde unter ihren Füßen nachgab und der aufgewirbelte Staub ihr die Lunge verklebte. Sie hustete, rannte weiter und folgte den Rissen zurück ins Tal.

»Addy, verdammt!«, schrie Dave. »Warte auf uns, du bringst dich noch um!«

Sie stolperte über einen Stein, fing sich an einem Baum, der vom Beben bereits in Schieflage geraten war und unter ihrem Aufprall völlig entwurzelt wurde. Laut krachend stürzte der Baum um und hätte sie mit sich gerissen, wenn Dave in dem Moment nicht bei ihr angelangt wäre und sie nach hinten gezogen hätte. Beide fielen sie zu Boden.

Kurz darauf hatte sie auch Jared eingeholt und half ihnen auf.

»Weiter«, hauchte Addy mit erstickter Stimme.

»Da gibt es nichts mehr, wo du hinkönntest«, sagte Dave.

Addy starrte ihn einen Moment an, dann wandte sie sich der Stadt zu. Er konnte gar nicht wissen, ob er damit richtig lag. Eine dichte Staubwolke lag über der Ebene. Noch immer stöhnte die Erde und ganze Teile des festen Grunds verschwanden in den Schluchten, die entstanden waren. Doch das Zeltlager schien das Schlimmste hinter sich zu haben. Terra Mater hatte es auf das Kraftwerk abgesehen und ihm näherte sich das Beben unaufhaltsam, quer durch die Überreste Orsetts.

Ohne auf die anderen zu warten, schlitterte Addy den Hügel hinab. Sie rannte durch die zerstörten Gebäude und wurde langsamer, als sie sich den Zelten näherte. Das Lager war noch da. Es waren nicht alle Zelte dem Beben zum Opfer gefallen und unter den Trümmern der eingestürzten Häuser begraben worden. Stimmen waren zu hören, Menschen schrien, weinten und riefen wild durcheinander.

»Addy!« Jemand kam zu ihr gelaufen und zerrte an ihrem Arm.

In ihren Ohren dröhnte es und ihr fiel es schwer zu erkennen, wer sie angesprochen hatte. Sie war wie betäubt von dem Anblick, der sich vor ihr auftat, lief weiter auf das Zelt ihrer Mum zu, wankte, hielt aber nicht inne. »Addy, komm mit, sie holen uns hier raus.«

Benommen wandte Addy den Kopf um. Sie fühlte sich wie in Trance, ihre Glieder waren schwer und ihr Kopf konnte keine klaren Gedanken fassen.

Es war Sarah, die wie wild an ihr zerrte. »Mein Dad konnte das Kraftwerk wieder in Gang setzen und endlich die Zentrale erreichen. Hörst du? Sie schicken einen Hubschrauber, der uns hier rausholt. Sie werden uns retten. Du musst mitkommen!«

Addy riss sich los und lief weiter.

»Verdammt, Addy, das ist der einzige Weg!«, schrie Sarah ihr nach.

Noch immer dröhnte es in ihren Ohren. Da war nur noch Chaos hinter ihren Schläfen. Chaos und Panik. Endlich erreichte sie das Zelt. Es war, wie auch die anderen, in sich zusammengebrochen und von Schutt und Steinen übersät. Ihr Herz pochte heftig, und als sie auf die Knie sinken wollte, brach sie kraftlos in sich zusammen.

Mit zittrigen Händen zog sie die Plane zur Seite, fand aber nur Schutt. Sie begann zu graben, zerrte Stein um Stein aus den Trümmern, bis ihre Finger bluteten.

»Mum …«, schluchzte sie und grub weiter.

Sie durfte nicht tot sein! Wieso hatte Addy sie bloß alleine gelassen? Wieso dachte sie, ein Abschiedsbrief würde genügen? Das Letzte, was sie zu ihr gesagt hatte, war ein Vorwurf gewesen. Das durfte nicht das Ende sein!

Es fiel ihr schwer zu atmen und ihre Tränen nahmen ihr die Sicht.

Schließlich berührte Addy etwas Weiches zwischen dem ganzen Dreck. Sie grub schneller, warf die Steine und den Schutt achtlos beiseite und legte schließlich einen Arm frei. Ihr Herz setzte aus und sie wirbelte herum.

»Hilfe!«, schrie sie, doch niemand reagierte, also grub sie weiter, bis sie den Oberkörper ihrer Mum freigelegt hatte. Sie rührte sich nicht und auch Addy erstarrte in ihrer Bewegung.

Es dauerte lange, bis sie sich überwand, die Wange ihrer Mum zu berühren. Sie schlug die Augen auf und sah Addy an.

»Mum«, brachte Addy mit tonloser Stimme hervor. Sie biss sich auf die Lippe, um nicht zu weinen.

Ihre Mum lächelte. »Es ist alles gut«, hauchte sie. Blut rann ihr aus dem Mund. Sie hustete, beruhigte sich aber bald wieder.

»Mum«, wiederholte Addy heiser. Tränen füllten ihre Augen, ihr Inneres war zu einem Klumpen geworden.

Ihre Mum war unter einem umgestürzten Balken vergraben. Zwischen dem Boden und dem Holz war so wenig Platz, dass kaum ein Arm darunter gepasst hätte, geschweige denn der Körper einer erwachsenen Frau. Sie musste völlig zerquetscht worden sein und doch war sie noch am Leben.

Addy zerbrach bei diesem Anblick. Panik machte sich in ihr breit und sie suchte verzweifelt einen Funken Hoffnung, an den sie sich klammern konnte. Sie brauchte jemanden, der ihr half, den Balken anzuheben. Wieso war nicht längst das Militär da, so wie in London? Jemand musste ihre Mum befreien! Irgendjemand musste ihr doch helfen. Verzweifelt sah sie sich um.

»Liebling …«, flüsterte ihre Mum, hob die Hand und legte sie an Addys Wange. Addy wandte sich ihr wieder zu, hielt die Hand fest und schmiegte sich an sie.

»Es wird alles gut«, versprach Addy. »Bald kommt Hilfe.«

»Ich bin so froh … so froh, dass du …«

»Schon gut«, flüsterte Addy.

Die Hand, die sie hielt, wurde schwer wie Blei und Addys Brust verkrampfte sich. Sie sah zu ihrer Mum, deren Augen sie weit aufgerissen anstarrten. Ihr Mund war halb geöffnet, als würde sie jeden Moment weitersprechen. Doch das tat sie nicht. Sie regte sich nicht mehr. Sie war tot.

»Nein!«, schrie Addy, packte ihre Mum und schüttelte sie. »Bitte, wach auf! Bitte!«

In Tränen erstickt, beugte sie sich über den leblosen Körper. Sie schluchzte und schrie. Schrie, bis ihr kein Ton mehr über die Lippen kam und alles in ihr zerbrochen und unheilbar zerstört war.

KAPITEL 20

ADDY

TAG 3: MO, 19:00 UHR, ORSETT, ENGLAND

Schatten legten sich über sie, doch sie wandte sich nicht um. Wie lange sie hier gesessen und nichts getan hatte, als zu atmen und ins Leere zu starren, wusste sie nicht.

Schließlich zog sie den Kopf ihrer Mum in ihren Schoß, strich ihr das Haar aus dem Gesicht und wiegte sie. Sie klammerte sich an sie, als wäre sie fähig zu verhindern, dass ihre Seele den leblosen Körper verließ – als müsse sie sie nur fest genug halten, um zu verhindern, was längst schon geschehen war.

Innerlich fühlte sie sich tot. Mit ihren Tränen war jedes Gefühl aus ihrem Leib gespült worden. Alles bis auf den Schmerz und die nagende Schuld. Sie würde sich nie verzeihen können, nicht bei ihr gewesen zu sein.

»Ich glaube, da kommt ein Hubschrauber«, hörte sie Dave neben sich sagen. Er ging in die Hocke und legte seine Hand auf ihre Schulter. »Addy …?«

Wieder bebte die Erde. Diesmal nur leicht. Dave stand auf und wandte sich in Richtung des Kraftwerks, während Addy noch immer ihre Mum hielt. Schließlich wischte sie sich die Tränen aus dem Gesicht, schloss für einen Moment die Augen und versuchte, sich zu sammeln. In ihre Trauer mischte sich Wut – Wut auf Elekreen, auf Bennet und seine Leute. Sie alleine waren für das, was geschehen war, verantwortlich. Für all das Leid und die vielen Toten.

Sie schob ihre Mum vorsichtig von ihrem Schoß, brauchte aber noch eine Weile, um die Kraft zu sammeln, sich von ihr abzuwenden und aufzustehen. Sie wollte sie einfach nicht alleine lassen. Nicht noch einmal. Aber in ihrem Rücken hörte sie, wie es in der Ferne krachte, und sie musste mit ansehen, was geschah, um sicherzugehen, dass Terra Mater tat, worin sie selbst versagt hatte.

Sie stand auf. Zwischen dem zerstörten Lager und dem Elekreen-Gelände lag ganz Orsett in Trümmern. Sie sah gerade noch, wie die letzten Türme des Kraftwerks in Schutt und Asche gelegt wurden. Mit einer Miene aus Stein, ebenso tot wie das zerbrochene Herz in ihrem Inneren, sah sie dabei zu. Eine Genugtuung erfüllte sie, wie Addy sie noch nie verspürt hatte.

Wie ein Kartenhaus stürzte alles in sich zusammen und diesmal war es endgültig. Niemand würde es so einfach wieder in Betrieb nehmen können. Kein Meliad würde mehr sterben müssen, nicht in Orsett.

Über ihnen erklang ein lautes Motorengeräusch und aufkommender Wind zerrte an Addys Kleidung. Der Hubschrauber, von dem Dave gesprochen hatte, flog dicht über sie hinweg in Richtung Kraftwerk. Er wirbelte Staub und Asche auf und veranlasste einige der Überlebenden, aufgeregt zu schreien, zu winken und neue Hoffnung zu schöpfen.

Addys Hände ballten sich zu Fäusten. Bennet hatte es nicht verdient zu entkommen. Er hatte alle Warnungen in den Wind geschossen, hatte das Kraftwerk wieder in Gang gesetzt, so viele Menschen auf dem Gewissen und nun wollte er abhauen und sie alle im Stich lassen?

Und wenn sie ihn eigenhändig aus dem Hubschrauber zerren musste, das würde Addy nicht zulassen! Niemals.

Wer noch genug Kraft hatte zu rennen, folgte dem Hubschrauber über die Trümmer Orsetts hinweg zum Kraftwerk hin. Und auch Addy rannte los.

Sie zwängte sich durch die Menschen, überwand die Ruinen ihrer Heimatstadt und erreichte schließlich das verbrannte Feld zwischen den eingestürzten Häusern und den Überresten des Kraftwerks. Dort setzte der Pilot zur Landung an.

»Bennet!«, schrie Addy wutentbrannt über den Krach der Rotoren hinweg.

Bennet, seine Frau und Sarah rannten gebückt zum Landeplatz, wo der Pilot versuchte, die Maschine zwischen Schutt und den niedergebrannten Baumwurzeln aufzusetzen. Als ihm das gelungen war, öffnete ein junger Mann in Anzug die Tür und winkte Bennet und seine Familie zu sich.

»Bennet!«, schrie Addy erneut.

Sarah sah sich um und erkannte Addy zwischen den anderen Menschen, die dem Hubschrauber gefolgt waren und von aufwirbelndem Dreck ferngehalten wurden. Aufgeregt winkte sie ihr zu.

»Komm schnell!«, forderte Sarah sie auf.

Ihr Vater nahm sie bei der Schulter, schüttelte den Kopf und drängte sie einzusteigen. Der junge Mann half Sarah einzusteigen und Addy sah das Entsetzen und die Enttäuschung in den Zügen ihrer Freundin. Sie hatte Addy einen Platz im Hubschrauber versprochen, nichts ahnend, wer ihr Vater wirklich war und was sich zwischen ihm und Addy abgespielt hatte.

Addy lief gebückt weiter. Der Staub verklebte ihr die Augen und der Wind peitschte ihr so heftig entgegen, dass sie immer wieder von kleinen Steinen und Dreck getroffen wurde. Auch andere Überlebende versuchten ihr Glück. Sie kämpften sich voran, musste aber schließlich, genau wie Addy, mit ansehen, wie der Hubschrauber abhob. In einem Bogen flog er über die Ruine des Kraftwerks Richtung Nordwesten.

Addy wusste nicht, was überwog. Die Wut oder der Schmerz.

Nach und nach zogen die Menschen sich zurück. Nur Addy regte sich nicht. Viele von ihnen weinten, andere fluchten und bald legte sich Stille über das leere Feld aus Schutt und verkohlter Erde.

Sie hatte ihre Rache nicht bekommen, aber der Hass war noch da. Er saß fest in ihrem Herzen und würde sich so schnell nicht abschütteln lassen.

War es das, was die Menschen ausmachte? Das Schicksal der Massen wurde von den grausamen Taten weniger bestimmt. Ein Mann konnte den Befehl erteilen, Tausende zu töten, und alle folgten ihm blind. So war es schon immer gewesen und so würde es immer sein. Bis zum jüngsten Tag, auf den sie sich unaufhaltsam zubewegten.

Addy fiel auf die Knie. Tränen tropften auf die graue Asche und färbten sie schwarz, wuschen sie vom Schutt und legten ein kleines grünes Blatt frei.

Ein trübes Lächeln huschte ihr über die Lippen.

»Wenigstens du hast überlebt«, flüsterte sie mit rauer Stimme.

Vielleicht war sie zu voreilig gewesen zu glauben, die Zukunft, die Terra Mater Casimir in einer Vision gezeigt hatte, würde nicht eintreten. Am Ende überdauerte die Natur den Menschen doch und wuchs wieder zu neuer Stärke heran. Egal, wie sehr er auch versuchte, sie zu zerstören.

Unter ihren Knien spürte Addy die Erde zittern. Sie setzte sich zurück, wischte sich die Tränen aus dem Gesicht und sah, wie die Überreste des letzten Kraftwerkturms endgültig in sich zusammenstürzten.

Staub wurde aufgewirbelt, und als er sich gelegt hatte, erkannte sie ein Schimmern, ein bläuliches Licht, tief unter den Trümmern. Sie verengte den Blick, konnte aber nicht erkennen, ob da wirklich etwas leuchtete oder nur der dunkle Abendhimmel durch die Überreste des Kraftwerks blitzte.

Schwerfällig stand Addy auf und näherte sich den eingestürzten Gebäuden. Sie erklomm die ersten Trümmer, steuerte auf das Schimmern zu, als plötzlich ein gleißendes Licht aus dem Schutt brach und hinauf in die Wolken schoss.

Sie stolperte vor Schreck zurück und hob den Arm, um ihre Augen zu schützen. Die Lichtsäule war mehrere Armlängen breit, im Inneren von einem blendenden Weiß und nach außen von sattem, strahlendem Blau.

Addy lief weiter darauf zu und erkannte bald, dass es sich nicht einfach nur um Licht handelte. Die Säule bestand aus Tausenden kleinen Leuchtfragmenten. Wie der gebündelte Schein unzähliger Glühwürmchen, die durch den Einsturz des Kraftwerks freigesetzt worden waren, hinauf in die Wolken schossen und sich von dort allmählich wieder absenkten. Sie wirbelten umher, umschwirrten einander und verteilten sich nach und nach über die Landschaft.

Es war die Lebensenergie der Meliad. Mit dem letzten Einsturz musste die Maschine endgültig zerstört worden sein und die gefangene Energie wurde freigesetzt.

Addy sah sich um, doch die Menschen, die zum Hubschrauber geeilt waren, hatten sich schon so weit entfernt, dass kaum einer von ihnen das Licht bemerkte. Nur wenige hatten sich wieder umgewandt.

Sie wandte sich wieder nach vorne. Der Anblick war atemberaubend. Ein Gefühl von Frieden legte sich über ihr Herz, nahm ihr sogar einen kleinen Teil ihrer Schmerzen und ließ ihre Tränen versiegen.

Auch wenn es nur die zerfetzten Leben all dieser unschuldigen Wesen waren, auch wenn Elekreen sie für seine Zwecke getötet hatte, so waren sie nun doch endlich frei.

Wie Schneeflocken schwebten die Lichter sanft zur Erde, und wo sie den Boden berührten, erkannte Addy mit Erstaunen, dass unter ihrer Berührung die Natur erblühte. Zarte Pflanzen suchten sich ihren Weg durch die Trümmer, als würde die Lebensenergie der Meliad neues Leben erschaffen. Nun hörte Addy auch die Menschen in ihrem Rücken flüstern und murmeln.

Es war wirklich Leben, das sich über die Welt ergoss. Neues Leben, das die Asche unter einem grünen Teppich begrub. Blumen und andere Pflanzen wuchsen auf dem Schutt, erhoben sich zwischen den Trümmern.

Um sie herum entstand eine neue Welt. Eine Welt, die sie schon einmal gesehen hatte. Gefühlt vor Ewigkeiten und doch lag es kaum zwei Tage zurück, als Casimir ihr Terra Maters Vision der Zukunft gezeigt hatte.

Sie sah wieder zur Lichtsäule. Der Strom der Energie brach längst noch nicht ab und Addy entdeckte eine Gestalt auf der anderen Seite. Jemand bewegte sich darauf zu. Wer konnte das sein, so weit weg von den anderen Überlebenden?

Durch das gleißende Licht war lediglich die Silhouette eines jungen Mannes zu erkennen.

Sie trat nah an das Licht heran. So nah sie konnte, ohne in die Tiefe zu stürzen, und es kam ihr vor, als würde die Zeit hier anders vergehen. Stille legte sich über sie, die fallenden Lichter bewegten sich rückwärts, die Menschen in der Ferne waren wie erstarrt und die Gräser und Blumen neigten sich nur träge im Wind.

Da waren noch mehr Gestalten bei der Lichtsäule. Ein weiterer Junge links davon und ein asiatisches Mädchen rechts. Keiner von ihnen kam ihr bekannt vor.

Sie alle starrten einander verwirrt an und schließlich war es die Asiatin, die zaghaft lächelte und etwas sagte. Aber ihre Worte blieben ebenso stumm wie alles um sie herum.

Der Junge gegenüber dem Mädchen, in abgewetzter Jeans und Cowboystiefeln, antwortete mit einer Geste, die ihr zu verstehen gab, dass er nichts hören konnte. Und gerade, als auch Addy ansetzte, etwas zu sagen, sah er an sich herunter, riss die Augen auf und plötzlich zerstob seine Gestalt, wie von einer höheren Macht zerrissen.

Auch die anderen beiden Jugendlichen wurden allmählich durchsichtig, als wären sie nur Hologramme und nicht wirklich echt.

»Wartet!«, rief Addy.

Die Fremden waren verschwunden und nichts wies mehr darauf hin, dass sie eben noch direkt vor ihr gestanden hatten – so greifbar nah und doch wie aus einem Traum.

Addy blieb alleine an der Lichtsäule zurück. Unfähig, ihre Gedanken zu ordnen. Geräusche und Gerüche drangen wieder zu ihr vor und die Zeit schritt unaufhaltsam voran.

Wer waren diese drei Fremden gewesen und warum hatte Addy sie sehen können? Etwas verband sie miteinander. Da war sie sich ganz sicher. Aber was?

Sie sah zu ihren Händen, um sicherzugehen, dass nicht auch sie unsichtbar wurde. Die Lichtpunkte der Meliad wirbelten um sie herum. Ein paar verfingen sich in ihrem Haar, wurden aber von der nächsten Böe mitgerissen. Andere tanzten vor ihrem

Sichtfeld, schlossen sich zusammen und flogen entgegen der Windrichtung weg von der Säule auf die Wälder zu.

Addy sah ihnen verwundert nach. Eine Vertrautheit war von ihnen ausgegangen, die sie kaum greifen konnte. Ihr Herz begann, schneller zu schlagen, und sie wusste nicht einmal, wieso. Diese Lichter bewegten sich nicht wie Schnee. Sie waren auch nicht wehrlos dem Wind ausgeliefert. Sie schienen lebendig zu sein. Konnte das denn stimmen? Was, wenn doch noch nicht alles verloren war? Was, wenn Casimir …?

Bevor sie es auch nur wagte, diesen Gedanken zu Ende zu denken, rannte sie los, folgte dem Licht über weiches Moos, über die neu erblühte Wiese, bis die Natur immer dichter wurde und ihr das Gras bis zu den Knien ging. Regenbogenfarbener Blütenstaub wurde aufgewirbelt und mischte sich unter die flimmernden Lichter, die Hoffnung in ihr aufkeimen ließen. Konnte es sein, dass die Maschine ihn nicht getötet hatte?

Addy erreichte den Wald, bahnte sich einen Weg durch die Bäume und folgte weiter den Leuchtfunken, die wie Irrlichter durch die Dunkelheit flogen.

Am Rand einer Lichtung hielt Addy inne. Ihr Atem ging stoßartig und ihre Beine zitterten. Sie stützte sich an einem Baum ab und sah, wie die Lichter einen Moment über aufgewühlter Erde schwebten, bevor sie zu Boden sanken und darin verschwanden.

Überall um sie herum schwebten weitere Leuchtfunken, berührten die Bäume, die Erde und das Dickicht und ließen alles wachsen und gedeihen. Nur dort, wo das Licht so zielsicher in der Erde verschwunden war, geschah nichts.

Einige Sekunden vergingen, in denen Addy nicht wusste, warum sie dem Licht überhaupt gefolgt war und was sie sich erhofft hatte. Sie tat unsicher einen Schritt auf die Lichtung zu, da brach eine Hand aus der aufgewühlten Erde.

Addys Herz schlug sofort schneller. Sie rannte los, warf sich auf die Knie und begann zu graben. Mit bloßen Händen schaufelte sie einen Arm frei, während ihr Puls so heftig pochte, dass sie kaum etwas anderes hören konnte. Sie ergriff die Hand, die sich suchend nach ihr streckte, und zog ihn aus der lockeren Erde. Casimir.

Er bäumte sich auf, schnappte nach Luft und hustete den Dreck aus, den er eingeatmet hatte. Schwerfällig kämpfte er sich aus dem flachen Grab und sank daneben zu Boden.

Addy saß wie erstarrt neben ihm. Er lebte. Er hatte den Weg zurückgefunden. Zurück in ihre Welt, in diesen Körper. Sie konnte es noch nicht wirklich glauben.

Casimirs Brustkorb hob und senkte sich in tiefen, rasselnden Atemzügen.

»Was …?«, brachte er kraftlos hervor. »Was ist passiert?«

Er sah sie fragend an, während sie nach den richtigen Worten suchte.

»Du bist zurück«, sagte sie. »Zurück in Erics Körper.«

Casimir wirkte verwirrt. Er hob seine zittrigen, verdreckten Hände und betrachtete sie, als wären sie ihm völlig fremd.

»Das kann nicht sein«, murmelte er fassungslos.

Er drehte sich zur Seite und kam auf die Knie. »Was … was habt ihr getan?« Sein Blick haftete an den Lichtern, die um sie herum zu Boden gingen.

»Du wurdest in die Maschine gezogen, als du den Körper verlassen hast. Erst dadurch, dass Terra Mater das Kraftwerk zerstört hat, kommen jetzt alle Meliad frei«, erklärte Addy. Sie schüttelte den Kopf, weil sie selbst nicht fassen konnte, was geschehen war. »Es tut mir so leid. Bennet hat genau gewusst, was passieren wird, wenn du deine wahre Gestalt annimmst. Ich war so naiv, ihm zu vertrauen.«

»Aber wieso bin ich noch hier?«, fragte er und sah wieder zu seinen Händen. Blitze züngelten zwischen seinen Fingern, ebbten jedoch schnell wieder ab. Er wandte sich Addy zu, sah sie mit seinen warmen goldenen Augen an und Verzweiflung zeichnete sich darin ab. »Wieso kann ich nicht zurück? Wieso bin ich wieder ein Gefangener dieser Hülle?«

»Es … es tut so mir leid.« Ein Kloß bildete sich in ihrem Hals. Ihr war nicht klar gewesen, dass es so eine Qual für ihn sein würde, wieder in einem menschlichen Körper zu sein. Er lebte und das war alles, was für sie gezählt hatte. Doch er schien daran zu zerbrechen, erneut in sterbendes Fleisch gebannt worden zu sein – ohne dieses unbändige Gefühl von Freiheit, das Addy nahe der Lichtsäule der Meliad gespürt hatte und das ein Teil der Existenz dieser Wesen zu sein schien.

Sie starrte zu Boden und die Kälte des nächtlichen Waldes schlich sich ihr in den Leib. Wie sehr sie sich doch wünschte, sie könnte all den Schmerz und den Kummer einfach abstreifen, den das Leben als Mensch mit sich brachte – die Sterblichkeit und alle Verluste, die damit einhergingen.

Casimir stand auf. Schwankend kam er auf die Füße und taumelte in die Richtung, aus der die vielen Lichter kamen. An der Grenze zum Wald hielt er inne und betrachtete den allmählich verblassenden Schein der Lichtsäule.

Addy folgte ihm und blieb mit etwas Abstand zu ihm stehen.

»Es ist nicht deine Schuld«, sagte er, ohne sich ihr zuzuwenden. »Die Wunde, die ihr meiner Heimat zugefügt habt, scheint wie ein Strudel zu sein, der nur in eine Richtung führt. Es gibt keinen Rückweg. Es gab ihn nie. Nicht für mich und nicht für all die anderen – hier und überall dort, wo weitere dieser Maschinen stehen. Selbst wenn ich diesen Körper verlassen würde, käme ich nicht zurück. Ich würde nur so enden wie sie, würde vergehen und zu einem Teil des Energiefeldes der Erde werden, wenn ich nicht rechtzeitig einen neuen Körper fände.«

Er betrachtete die vielen Lichter, die zu Boden sanken und neues Leben erschufen. Sterbende Seelen waren es. Unfähig, außerhalb ihrer Welt und ohne festen Körper zu überleben. Addy schnürte dieser Gedanke die Kehle zu.

Selbst nachdem Terra Mater das Kraftwerk zerstört hatte, nahm das Sterben kein Ende, und wenn niemand Elekreen aufhielt, würde es unzählige weitere Tote auf beiden Seiten geben. Die Welt würde nie wieder dieselbe sein. Egal wie, Addy musste das verhindern und in Birmingham würde sie damit anfangen.

Sie sah, wie sich Casimirs Hand zu einer Faust ballte. Wie es ihm bei dem Anblick seines sterbenden Volkes erging, konnte sie gut nachempfinden, wo sie von hier aus doch über die Ruinen ihrer Heimatstadt blicken konnten. Vorsichtig wagte sie sich näher an ihn heran und ergriff seine Hand.

Es dauerte eine Weile, bis er zuließ, dass sich Addys Finger zwischen seine schoben und sie ihm etwas Trost spenden konnte. Sie wünschte sich nur, sie hätte mehr tun können.

Schließlich wandte er sich ihr zu und lächelte traurig. In seinen Augen leuchtete eine Wärme, die jede Kälte aus ihrem Körper trieb und ihr Herz schneller schlagen ließ.

»Ist es das?«, fragte er. »Dieses Gefühl, das ich habe, wenn du meine Hand hältst und mir dadurch etwas von den Schmerzen nimmst, die mir das Atmen erschweren. Ist das eines dieser kleinen Dinge, von denen du gesprochen hast? Die Dinge, die euer Leben lebenswert machen?«

»Ich … ich denke schon«, sagte sie mit schwacher Stimme.

»Ich wusste nicht, dass ihr das könnt.« Er wandte sich ihr

gänzlich zu und Addy spürte ein Kribbeln, als zarte Blitze durch seinen Körper in ihren fuhren.

Sie war ganz und gar unter seinem Bann, blickte zu ihm auf, verlor sich im Leuchten seiner Augen, und sein Duft nach reiner, alles durchströmender Energie, süßlich und wärmend, vermischte sich mit dem schweren Geruch der Erde.

Er beugte sich vor, strich ihr das Haar hinters Ohr und ließ seine Finger über ihre Wange wandern. Seine Berührung erfüllte sie bis in ihr tiefstes Inneres. Es fühlte sich an, als würden mit der Energie, die von ihm auf sie überging, all seine Gefühle und Gedanken ein Teil von ihr werden. Sie wurden eins. Ein Herzschlag, ein Leben. Sein Wunsch, für sein Volk zu kämpfen, wurde zu ihrem und ihre Hoffnung auf eine Zukunft für beide Welten, zu seiner.

Um sie herum schwirrten noch immer einige blaue Lichter. Wie Glühwürmchen, angezogen von der Wärme ihrer Körper.

Durch ihr Sterben erwachte die Natur zu neuem Leben. All die Trümmer würden bald verschwunden sein, all das Schreckliche mündete in einem Neuanfang. Doch zu welchem Preis? Addy war nicht bereit, ihn zu zahlen, und sie spürte, dass es Casimir nicht anders ging. Sie würden alles daransetzen, um aufzuhalten, was unaufhaltsam schien. Und tief in ihrem Herzen wusste sie, dass sie mit ihm an ihrer Seite den Mut dazu finden würde.